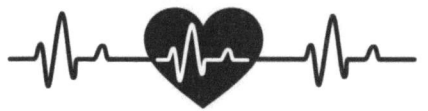

Isabelle Herzog

Munich little secret

Impressum
Isabelle Herzog
c/o COCENTER
Koppoldstraße 1
86551 Aichach

Coverdesign: Isabelle Herzog
Bildmaterial: Midjourney, Shutterstock

Herstellung und Druck über tolino media GmbH & Co. KG,
Albrechtstr. 14, 80636 München. Printed in Germany.
Fragen zu Produktsicherheit an: gpsr@tolino.media.

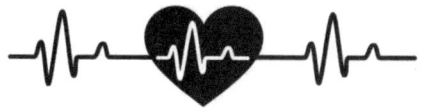

Das Buch

Marie, eine junge und ehrgeizige Assistenzärztin, hat sich geschworen, in ihrem Job professionell zu bleiben – vor allem gegenüber Henry, ihrem attraktiven, aber unnahbaren Chefarzt. Mit seiner autoritären Ausstrahlung verkörpert er all das, was sie vermeiden sollte. Doch je mehr sie versucht, ihn zu ignorieren, desto stärker spürt sie die knisternde Spannung zwischen ihnen.

Henry weiß, dass er sich von der impulsiven, viel jüngeren Marie fernhalten sollte. Aber die unerklärliche Anziehung, die sie verbindet, wird mit jedem Treffen unwiderstehlicher – bis sie an einem Punkt angelangen, an dem die Vernunft kapituliert.

Über die Autorin

Isabelle Herzog lebt in Köln, kommt aber ursprünglich aus einem kleinen Ort in der Nähe von Hannover. Ihre Bücher strapazieren immer die Moral und lassen keinen klaren Unterschied zwischen Gut und Böse zu. Am liebsten verbringt sie den Tag mit ihrem Hund im Garten, mit einem Eistee in der Hand, um sich neue Geschichten auszudenken. Isabelle ist auf Instagram und TikTok unter @isabelle_Herzog_autorin zu finden.

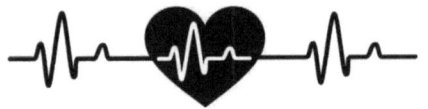

Isabelle Herzog

Munich little secret

Roman

Professor,
danke für die Art von Unterricht,
die ich nie erwartet, aber immer gewollt habe.

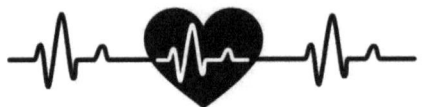

Kapitel 1

Marie

ünchen war mein persönlicher Albtraum. Zumindest war es das in der Sekunde geworden, als ich Professor von Stettenfels zugewiesen wurde. In seinem Weltbild existierten nur Männer, was vermutlich der Grund war, warum alle männlichen Assistenzärzte ihm zugeteilt worden waren, während die Frauen auf weiblichere Fachrichtungen wie Gynäkologie oder Pädiatrie auswichen. Ich hingegen war die Quotenfrau. Die, die er brauchte, damit er nicht wie der Sexist wirkte, der er war.

Mit einem tiefen Atemzug schob die Tür auf und trat ein, die kühle Luft des klimatisierten Raums umfing mich sofort.

Behutsam zog ich meine Kleidung aus und legte sie in das dafür vorgesehene Fach. Jeder Handgriff war bedacht, als ich mich von der Außenwelt löste und mich auf die bevorstehende Aufgabe

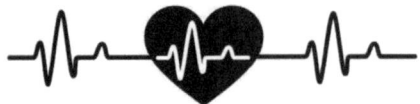

vorbereitete. Nur in Unterwäsche stand ich da, bereit, mich in die Uniform zu hüllen.

Ich griff nach dem dunkelroten Kasack, der OP-Kleidung. Mit geübten Bewegungen schlüpfte ich hinein, zog die Bänder fest. Die Schuhe folgten und mit einem letzten Griff setzte ich die Haube auf, die meine Haare vollständig bedeckte, und wechselte den Mundschutz.

Jeder Schritt hallte in den Korridoren wider, während ich an den verschiedenen Operationssälen vorbeiging.

Mein Ziel war ein vorher vereinbarter Treffpunkt, ein Teil des Flures, auf dem wir uns immer trafen und auf den Boss warteten. Er kam grundsätzlich dann, wenn es ihm passte, was vermutlich ein Verhalten war, das er sich nur als Chefarzt der Herz-Thorax-Chirurgie herausnehmen konnte. Mit jedem Schritt wuchs meine Anspannung, aber auch die Entschlossenheit.

Als ich den vereinbarten Treffpunkt erreichte, standen die anderen Assistenzärzte bereits dort, ein Kreis aus jungen Männern, die allesamt eine Aura von Ernsthaftigkeit und Erwartung ausstrahlten. Sie waren alle vom Chefarzt persönlich ausgewählt worden. Und er vergötterte sie, so wie sie es bei ihm taten.

»Mariechen, bist du bereit, einen weiteren Tag zu überstehen?« In Jonas Augen konnte ich das Lächeln sehen. Er war der liebste Assistent des Bosses.

Doch ich erwiderte es nicht. Eigentlich hatte ich mir vorgenommen, nicht mehr darauf zu reagieren, wenn sie mich in eine Ecke drängen wollten, in die ich nicht gehörte. *Mariechen …* Als wäre ich es nicht wert, dass mein Name einfach bestehen blieb. Böse funkelte ich ihn an und erinnerte mich daran, dass

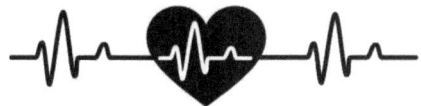

dieses Haifischbecken irgendwann weniger schlimm sein würde. Ich musste nur zum Hai werden. Aktuell fühlte ich mich allerdings eher wie eine Kaulquappe.

»Was denn? Bist du heute so schweigsam?« Sein Blick war prüfend, fast schon feindselig.

»Halt einfach den Mund, Jonas.«

»Oho, Mariechen wird ja ganz wütend. Du bist hier falsch, das hat der Professor dir doch auch schon gesagt.«

Langsam schloss ich die Distanz zu ihm. Dann hob ich den Blick und traf seine Augen. Ich ließ die Zähne auf meiner Unterlippe ruhen. »Leider gebe ich nicht viel auf die Meinung irgendwelcher Männer, die denken, dass sie besser sind, nur weil ein Schwanz zwischen ihren Beinen baumelt.«

Gerade als diese Konversation ihren Höhepunkt erreichte, wurde der Moment durch das Auftreten von Professor von Stettenfels unterbrochen. Seine Erscheinung füllte den Raum mit einer Aura der Überlegenheit und Selbstgewissheit. Er war bekannt für seine herausragenden Fähigkeiten als Chirurg, aber ebenso für seine überhebliche Art. Mit einer fast theatralischen Geste begrüßte er uns, seine Stimme durchdrungen von einem unerschütterlichen Vertrauen in seine eigenen Fähigkeiten. »Wir sind nicht besser aufgrund des Schwanzes, sondern wegen der Funktionalität unseres Gehirns. Weniger Emotionen, weniger persönliche Angriffe und vor allem halten wir es nicht für nötig, unsere Kollegen auf diese Art anzumachen.«

»Ich habe nicht-«

»*Psst.* Ich mag den Klang Ihrer Stimme am frühen Morgen nicht.« Professor von Stettenfels Blick war fest nach vorne gerichtet, während er uns den langen OP-Flur hinunterführte.

Sechzehn Säle reihten sich aneinander und direkt gegenüber lagen die entsprechenden Einleitungen, in denen die die Patienten unter Narkose gelegt wurden.

Ein anderer Assistenzarzt ergriff das Wort: »Wer wird dir heute assistieren?«

Sie durften ihn sogar duzen, das hatte er ihnen schnell angeboten. Allen, außer mir, der Frau.

Schließlich lenkte Professor von Stettenfels uns in den Einleitungsraum, der Raum, in dem Patienten auf den eigentlichen operativen Eingriff vorbereitet wurden. Der Patient, dessen Körper von weichen Decken bedeckt war, schlief bereits. »Ich habe mich noch nicht entschieden, aber diese Entscheidung wird bald fallen. Erstmal kümmern wir uns darum, dass unser Patient eine arterielle Blutdruckmessung bekommt.«

Ich drängte mich in die Ecke des Raumes, um möglichst unauffällig zu sein. Das Anästhesieteam arbeitete mit ruhiger Professionalität, ihre Bewegungen waren routiniert, als sie die letzten Überprüfungen an den Monitoren vornahmen und die Infusionen kontrollierten. Die regelmäßigen Pieptöne und das Summen der Geräte bezeugten die ununterbrochene Überwachung, der lebenswichtigen Funktionen des Patienten im Schlaf.

»Wer möchte?«, fragte der Professor.

Seine Augen musterten die versammelten Assistenzärzte, die sich wie auf ein ungeschriebenes Signal hin fast synchron meldeten. Alle bis auf mich. Ich stand da, die Hände fest an meiner Seite, überzeugt davon, dass er mich ohnehin nicht auswählen würde. Ich hatte seine strengen Blicke und kritischen

Bewertungen in der Vergangenheit gespürt und rechnete nicht damit, dass er sich heute ändern würde.

Schließlich hob er den Finger und deutete auf mich. »Dr. Schmidt, das klingt doch nach einer Aufgabe für Sie. Meinen Sie nicht?«

»Es wäre mir eine Ehre«, erwiderte ich irritiert.

»Dann bitte.« Er deutete auf den Patienten.

Mein erster Schritt war, mich gründlich auf die bevorstehende Aufgabe vorzubereiten, um sowohl die Sicherheit des Patienten als auch meine eigene zu gewährleisten. Zunächst wusch ich mir sorgfältig die Hände, indem ich eine antibakterielle Seife benutzte und darauf achtete, jede Stelle gründlich zu reinigen. Dieser Vorgang dauerte mehrere Minuten, und ich konzentrierte mich darauf, alle Bereiche meiner Hände und Unterarme zu bedecken. Nachdem ich meine Hände abgetrocknet hatte, griff ich nach einem Paar steriler Handschuhe, die speziell für solche Eingriffe verpackt waren.

»Sie wissen doch, was Sie tun, oder?« Er zog eine Augenbraue in die Höhe.

»Ja.« Davon ging ich zumindest aus. Bisher hatte ich es nur gesehen, aber niemals selbst durchgeführt. Was vorrangig daran lag, dass der Mann, der mich lehren sollte, sich in den meisten Momenten weigerte, weil die Herz-Thorax-Chirurgie in seinen Augen nichts für Frauen war.

»Ich beobachte jeden Schritt, also machen Sie bloß keinen Fehler.«

Nun bereitete ich das notwendige Equipment für die arterielle Blutdruckmessung vor. Ich holte einen sterilen Katheter, die notwendigen Verbindungselemente und die

Blutdruckmessgeräte, die für die kontinuierliche Überwachung des arteriellen Drucks notwendig waren. Jedes Instrument wurde sorgfältig überprüft, um sicherzustellen, dass es perfekt funktionierte und keine Defekte aufwies.

»Sie wirken so unruhig. Haben Sie Angst, Dr. Schmidt?«

»Ich konzentriere mich.« Er machte mich nervös. Ich hatte das Studium überstanden, die Doktorarbeit in dieser Zeit geschrieben und die Klinik überlebt. Und dennoch brachte er mein Herz zum Rasen. Mit ruhiger Hand und fokussiertem Blick begann ich, den arteriellen Zugang vorzubereiten. Zunächst desinfizierte ich die Haut des Patienten an der vorgesehenen Einstichstelle, meist an der Arteria radialis am Handgelenk, mit einem sterilen Desinfektionsmittel.

Er trat näher an mich heran, stellte sich hinter mich. Er tat es so dicht, dass ich seinen Atem in meinem Nacken spürte. »Das sieht doch bisher ganz okay aus. Mit ihren zarten Fingerchen können Sie diese Tätigkeit sicher ausführen.«

Nachdem die Haut ausreichend desinfiziert wurde und das Desinfektionsmittel getrocknet war, nahm ich den sterilen Katheter und positionierte ihn über der Arterie. Mit einem Ruck führte ich den Katheter ein. »Das glaube ich auch. Manchmal ist es einfacher, wenn man nicht solche Wurstfinger hat.«

Kaum hatte ich den Schlauch platziert, durchflutete mich ein Gefühl der Erleichterung und Freude. Ich hatte es geschafft, dachte ich mir, und ein Lächeln breitete sich auf meinem Gesicht aus. Doch kaum hatte ich einen Moment, um meinen Erfolg zu genießen, spürte ich, wie der Katheter unter meinen Fingern nachgab. Bevor ich überhaupt reagieren konnte, rutschte er aus

der Arterie und plötzlich spritzte Blut heraus, wie aus einer kleinen Fontäne.

»Was tun Sie jetzt, Dr. Schmidt?«, fragte er seelenruhig.

In diesem Moment erstarrte ich. Das Blut spritzte im hohen Bogen, befleckte meinen Kasack und hinterließ rote Flecken auf der sterilen Umgebung. Die Zeit schien stillzustehen, und für einen kurzen Augenblick wusste ich nicht, was ich tun sollte. Mein Herz raste, und ich fühlte mich hilflos, als wäre ich in einem schlechten Traum gefangen, aus dem ich nicht erwachen konnte.

»Was tun Sie?«

Ich hatte keine Ahnung.

Mein Kopf war vollkommen leer.

Darin existierte nichts mehr.

Alles, was ich tun konnte, war den Blick auf den Arm des Patienten zu richten. Es pulsierte im gleichen Rhythmus wie das Herz.

Mit einem genervten Schnauben trat Professor von Stettenfels vor. Mit einer Ruhe, die nur jahrelange Erfahrung mit sich bringen kann, drückte er gezielt die Arterie oberhalb der Einstichstelle ab, um die Blutung zu stoppen. Seine Handgriffe waren präzise und sicher, und innerhalb von Sekunden hörte das Blut auf zu spritzen. »Abdrücken ist die Lösung, außer Sie wollen doch auf Schlachter umschulen, Bloody Mary.«

Ich stand da, immer noch wie versteinert, mein Kasack war voller Blut, und ich spürte, wie meine Wangen vor Scham brannten. »Wie haben Sie mich gerade genannt?«

»Bloody Mary. Sie wissen schon, die Königin, die ihr eigenes Volk abgeschlachtet hat.«

»Das ist nicht witzig«, erwiderte ich und hielt die Hände immer noch in der Luft.

Er kümmerte sich um die arterielle Blutdruckmessung, so wie es nur der Chefarzt tun konnte. Ohne Handschuhe. Ohne Desinfektion. Etwas, was eben nur Leute seines Standes sich erlauben konnten. »Ihre Unfähigkeit ist das auch nicht.«

Ich wurde ganz still.

Es fühlte sich an, als wenn ich unzählige Zentimeter kleiner wurde – vielleicht auch Jahre jünger. Wenn er so mit mir sprach, dann fühlte ich mich vier Jahre alt, wenn ich von meinem Vater zurechtgewiesen wurde.

»Sie werden mit mir an den Tisch gehen«, sagte er, als er das letzte Pflaster klebte.

Ich verstand es nicht.

Was sollte das?

Wieso nahm er mich mit an den Operationstisch, wenn er eine Hand voll männlicher Assistenten hatte, die dafür töten würden, an dieser Stelle zu sein?

Ich kniff die Augen zusammen. »Warum?«

»Nun, das ist Ihr Job. Es wird Zeit, dass Sie lernen.« Er zwinkerte mir zu. »Vorausgesetzt Sie lassen meinen Patienten nicht ausbluten.«

»Werde ich nicht.« Ich konnte es nicht glauben. Er hatte mich gewählt.

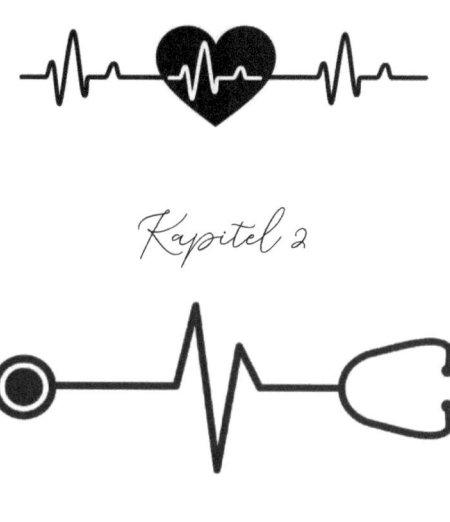

Kapitel 2

Henry

Wir operierten bereits einige Stunden. Für Dr. Schmidt war es das erste Mal, dass sie in einer solch komplexen und anspruchsvollen Situation assistierte, und trotz der Anstrengung und der Länge des Eingriffs hielt sie sich bemerkenswert gut. »Es ist eine große Freude, dass der Patient bisher kein Opfer von Ihnen geworden ist, Bloody Mary.«

»Wollen Sie mir nicht etwas zur Operation erklären?«

»Meinen Sie denn, dass das sinnvoll wäre? Werden Sie uns erhalten bleiben?« Als ich die Vene aus dem Bein entnahm, um sie als Bypass zu verwenden, wies ich Dr. Schmidt an, die sterile Umgebung zu überwachen und die benötigten Instrumente bereitzuhalten.

»Das ist mein Plan.« Ihre Hände zitterten leicht vor Nervosität, doch ihre Konzentration und ihr Engagement ließen sie diese Aufgabe mit einer bemerkenswerten Präzision erfüllen.

»Ich sehe Sie eher woanders.«

»Wo denn?«

Herausfordernd schaute ich sie an. »Raten Sie doch mal.«

»Als Hausfrau?«

Ich lachte auf. »Sie haben Humor.«

Wenn sie eine schlechte Ärztin werden würde, dann könnten die Patienten zumindest mit ihr gemeinsam darüber lachen. »Ich hätte eher an Urologie gedacht. Die Männer wären Ihnen dankbar für diese zarten Fingerchen.«

Alle im Saal lachten, doch sie schaute mit so einem bitterbösen Blick zu mir auf, dass es mir Genugtuung verschaffte.

»Wir legen jetzt den Bypass.« Mit der entnommenen Vene in der Hand, machte ich mich daran, den Bypass zu legen. Ich erklärte Dr. Schmidt jeden Schritt, den ich unternahm, um die verstopften Herzkranzgefäße zu umgehen. Trotz der fortgeschrittenen Stunde und der Müdigkeit, die uns beide zu umfangen begann, war ihre Aufmerksamkeit ungeteilt. Sie folgte jedem meiner Worte, bereit, zu lernen und zu unterstützen.

Das Legen des Bypasses erforderte äußerste Präzision und Ruhe, Eigenschaften, die in solchen Momenten über Erfolg und Misserfolg entscheiden. Unter meiner Anleitung führte Dr. Schmidt einige der kritischen Nähte aus, ihre Hände wurden mit jeder Bewegung sicherer und ihre Nervosität wich einer konzentrierten Ruhe.

Als der letzte Stich gesetzt war und der Bypass erfolgreich angelegt wurde, war das Gefühl der Erleichterung beinahe

greifbar. Wir hatten es geschafft, gemeinsam eine der herausforderndsten Aufgaben zu meistern. Ich blickte zu Dr. Schmidt, deren Augen hinter der Operationsmaske müde, aber erfüllt von einer tiefen Zufriedenheit glänzten. Doch dann schweifte ihr Blick in die Ferne und ihre Bewegungen wurden zögerlicher. »Wenn Ihnen schwindelig ist, sollten Sie abtreten.«

»Mir geht es gut.« Der kalte Schweiß glänzte auf ihrer Stirn.

Sie versuchte, ihre Unsicherheit zu verbergen und konzentriert zu bleiben, doch es war offensichtlich, dass etwas nicht stimmte. Ihr Gesicht wurde mit jeder Minute blasser, fast durchscheinend unter dem grellen OP-Licht. Ich war kurz davor, ihr erneut eine Pause vorzuschlagen, als ich sah, wie ihre Augen plötzlich glasig wurden.

Bevor ich reagieren konnte, schwankte sie leicht, ihre Hand griff instinktiv nach dem nächsten Instrumententisch, doch sie fand keinen Halt. Mit einem Seufzer kippte sie zur Seite, ihr Körper gab unter ihr nach, und sie fiel.

Für einen Moment herrschte absolute Stille, unterbrochen nur durch das Piepen der Überwachungsgeräte. Ich seufzte. »Irgendwann fallen sie doch alle.«

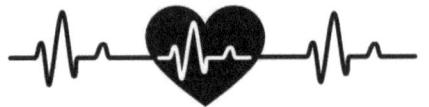

Kapitel 3

Marie

Langsam kehrte das Bewusstsein zurück, und das diffus-weiße Licht des OP-Saals drang durch meine flackernden Lider. Verwirrt und desorientiert versuchte ich, die verschwommenen Konturen um mich herum zu entschlüsseln. Ein Gewicht lastete auf meinem Körper, die kühle, harte Oberfläche unter mir war ungewohnt und unbequem. Mit einem tiefen Atemzug versuchte ich, mich zu sammeln und die Situation zu erfassen.

Dann spürte ich eine Präsenz direkt über mir. Professor von Stettenfels Gesicht war nur Zentimeter von meinem entfernt, seine Augen durchdringend, als er sich darauf konzentrierte, meinen Puls an der Halsschlagader zu fühlen. Seine Nähe, so plötzlich und unerwartet, ließ mich zusammenzucken, ein Schrecken durchfuhr meinen Körper. Ich hatte ihn noch nie aus

dieser Nähe betrachtet, und unter anderen Umständen wäre es vielleicht eine ehrfurchtgebietende Erfahrung gewesen, so nahe an dem Mann zu sein, der in unserer Welt der Medizin so etwas wie eine Legende war.

»Ihr Puls ist viel zu schnell.«

»Ich habe mich erschrocken, das ist wohl normal«, sagte ich und wollte mich von ihm entfernen, was er zu verhindern wusste.

»Wir sollten das überprüfen.« Seine Worte sollten trösten, aber in meinem verwirrten Zustand kämpfte ich mit einer Welle von Fragen und der irrationale Gedanke, ich könnte ihm zur Last fallen, verstärkte meine Panik.

Ich wollte antworten, aber meine Kehle fühlte sich trocken an, und nur ein heiseres Flüstern entwich meinen Lippen. Meine Augen suchten die des Professors, suchten nach einer Erklärung, einem Verständnis dessen, was geschehen war. Meine Atmung beschleunigte sich, mein Herz schlug gegen meine Brust, als würde es gleich hervorspringen wollen. »Nein, mir geht es schon wieder gut.«

Mit Anstrengung und unter dem wachsamen Auge des Professors, begann ich, mich langsam aufzurappeln. Die Welt schien für einen Moment zu schwanken, als ich mich auf meine Ellenbogen stützte. Professor von Stettenfels Hand lag immer noch an meinem Handgelenk, als er meinen Puls überwachte, während seine andere Hand mir half, mich in eine sitzende Position zu bringen.

Mein Kopf war leicht und mein Körper fühlte sich merkwürdig fremd an, als ob ich erst lernen müsste, ihn wieder zu kontrollieren. Trotz seines sonst so bestimmenden Wesens war

der Professor nun geduldig und achtsam, er verstand, dass solche Momente mit Fingerspitzengefühl behandelt werden mussten.

Mit sanfter Bestimmtheit entschied er, dass es besser wäre, mich aus dem sterilen Bereich herauszuführen. »Wir gehen in den Nebenraum.« Seine Stimme ließ keinen Widerspruch zu, aber sie trug auch eine Sorge, die man ihm nicht oft anmerkte.

Er unterstützte mich dabei, aufzustehen, wobei mein Gleichgewicht noch fragil war. Gemeinsam bewegten wir uns langsam zur Tür, die in den angrenzenden Raum führte, der als Lager fungierte. »Ziehen Sie sich aus«, meinte er, als er die Tür hinter sich schloss.

»Wie bitte?«

»Ziehen Sie das Oberteil aus, damit ich Ihr Herz abhören kann.«

Zögerlich, mit einer Spur von Trotz, widerstand ich zunächst der Vorstellung, mich weiter untersuchen zu lassen. Ich wollte nicht schwach wirken, nicht hier, nicht vor Professor von Stettenfels. Doch als ich in seine braunen Augen blickte gab ich nach. Langsam, mit steifen Bewegungen, die noch immer von der vorangegangenen Ohnmacht zeugten, griff ich nach dem Saum meines Kasackoberteils und zog es über meinen Kopf. Die Kühle des Raumes umfing meine Haut sofort.

Mit methodischer Ruhe holte er das Stethoskop aus der Kasacktasche, das kalte Metall glänzte im künstlichen Licht des Nebenraums. Ich konnte seine Nähe spüren, während er sich vorbeugte, um das Stethoskop auf meine Brust zu setzen. Sein Gesicht war von Konzentration geprägt, seine Augen fixierten einen Punkt in der Ferne, als er auf die Geräusche meines Herzens hörte. Jeder Atemzug fühlte sich an wie ein Echo in der Stille des Raumes.

Als er endlich fertig war, blickte er auf und unsere Blicke trafen sich erneut. »Ein Herzproblem ist es jedenfalls nicht. Vielleicht einfach die falsche Fachrichtung. Das lange Stehen ist nichts für Frauen.«

»Ich bekomme das schon hin.« Es fühlte sich unangenehm an, halbnackt vor ihm zu stehen, auch wenn er tagtäglich entkleidete Menschen sah.

Er legte den Kopf schräg. »Wenn Sie gerne Zeit auf dem Boden verbringen, sagen Sie einfach Bescheid. Das bekommen wir schon hin, Bloody Mary.«

»Nennen Sie mich nicht so.«

»Aber es ist so treffend«, raunte er und riss sich den Mundschutz ab.

Ich zog mein Oberteil wieder an und trat näher an ihn heran. »Ich nenne Sie doch auch keinen alten Sexisten, nur, weil es passt.«

Als er sich zurückzog, entwich ein kurzes, tiefes Lachen aus seiner Kehle. Ich fixierte seine Augen, die dunkel und tief waren wie ein stürmischer Herbstabend. In diesen braunen Tiefen lag etwas, das nicht nur ernst war, sondern auch gefährlich. »Vorsicht, Kleines. Ganz vorsichtig. Du kannst ganz tief fallen, wenn du mich zu deinem Feind machst.« Dann ging er, ohne einen Blick in meine Richtung zu riskieren.

Mein Körper schmerzte vor Erschöpfung. Jeder Muskel, jede Faser schien unter dem Gewicht der vergangenen Stunden, Tage und Monate der unermüdlichen Arbeit und des ständigen Strebens zu schreien. Es fühlte sich an, als ob jede Zelle in mir von einer besitzergreifenden Müdigkeit durchdrungen war, die weit

über das Physische hinausging. Mit schweren Schritten bewegte ich mich zur Ecke des Lagers.

Langsam ließ ich mich zu Boden sinken, meine Beine gaben unter mir nach, als wären sie aus Gummi. Der kalte Boden unter mir fühlte sich seltsam tröstlich an. Ich zog meine Knie an die Brust, umarmte sie, in der Hoffnung, ein wenig Geborgenheit in dieser selbstgewählten Isolation zu finden.

Niemand hatte mir gesagt, dass das Medizinstudium nicht das Härteste war. Ja, es war anspruchsvoll, kräftezehrend und manchmal schien es, als würde es meine Grenzen überschreiten. Aber es war die Assistenzzeit, die die wahre Herausforderung darstellte. Hier musste ich mich nicht nur täglich, sondern stündlich beweisen, in einem Umfeld, das keinen Raum für Fehler ließ.

Jeder Tag in der Klinik fühlte sich an wie ein endloser Kampf, ein Versuch, mich zu beweisen und zu rechtfertigen, warum ich hier war. Die Erwartungen schienen ins Unermessliche zu wachsen, und doch schien es, als könnte ich sie nie erfüllen. Jeder Fehler, jede Unsicherheit wurde unter ein Mikroskop gelegt, analysiert und besprochen, und ich fühlte mich oft wie in einem Strudel von Zweifeln gefangen.

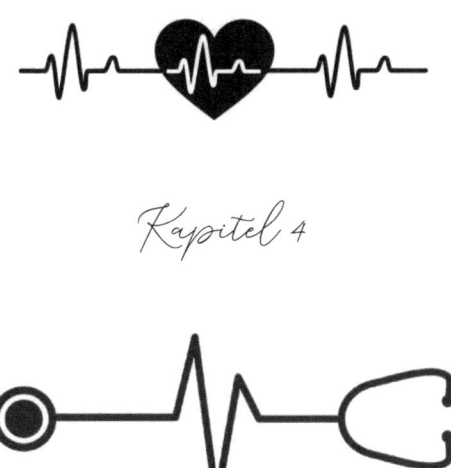

Kapitel 4

Henry

Allein in meinem Büro saß ich, zurückgelehnt in meinem Stuhl, während mein Blick nachdenklich über das Glas in meiner Hand schweifte. Draußen, jenseits der massiven Tür meines Büros, hallte das gedämpfte Stimmengewirr meiner Kollegen herein, die sich zur Verabschiedung eines langjährigen Mitarbeiters versammelt hatten.

Mir graute es vor solchen Veranstaltungen, diesem Zwang, in geselliger Runde Beziehungen zu pflegen, die meist nur an der Oberfläche kratzten. Es fühlte sich an wie ein notwendiges Übel, doch an diesem Abend nahm es die Gestalt einer echten Qual an.

Ich spürte, wie der Whisky langsam seine wärmende Wirkung entfaltete, eine angenehme Ablenkung von dem Nagen der Pflicht. Müsste ich nicht eigentlich dort sein, Hände schütteln und

lächeln? Doch in meinem Refugium, umgeben von Bücherregalen und Papierstapeln, fand ich Ruhe vor der erzwungenen Fröhlichkeit.

So saß ich dort und trank, ließ die Minuten verstreichen, während die Stimmen draußen allmählich anschwellten.

Mit einem tiefen Seufzer stand ich auf und stellte das Glas beiseite, in den letzten Tropfen spiegelte sich das matte Licht wider. Ich warf einen letzten Blick auf die Ordnung meines Büros, bevor ich mich abwandte und die Tür hinter mir schloss.

Die ganze Abteilung schien versammelt zu sein, ein Meer aus vertrauten Gesichtern, die sich in Gelächter und Gesprächen verloren. Ich zwang ein Lächeln auf meine Lippen, das so flüchtig war wie mein Wunsch, hier zu sein. Als ich auf den Kollegen zuging, der uns bald verlassen würde, spürte ich die ritualisierte Schwere des Abschieds. »Roman, es ist wirklich schade, dass wir dich an den Ruhestand verlieren«, sagte ich, meine Stimme trug die richtige Mischung aus Wärme und Professionalität.

Seine Hand lag fest in meiner. Worte wurden ausgetauscht, ein paar Erinnerungen geteilt. »Ich habe mein Leben im Dienst des Klinikums am Englischen Garten verbracht. Es wird Zeit, dass meine Frau mal etwas von mir hat. Das wird ungewohnt genug.«

Gezwungen lachte ich auf. »Dann lernt sie dich mal richtig kennen.« Das Gefühl, dass ich nach all den Stunden immer noch hier sein musste, unter Menschen, die ich den ganzen Tag gesehen hatte, belastete mich. Die Luft schien mit den unzähligen Stimmen gesättigt zu sein, die alle um Aufmerksamkeit buhlten, und ich sehnte mich nach der Stille meines Büros zurück.

»Ob ihr das gefallen wird?« Roman grinste mich an.

»Wenn sie es nicht mag, klingelst du einfach bei mir und ich richte dir die Couch her.« Gott bewahre, dass er diese Worte wirklich ernstnehmen und zu mir kommen würde. Ich ließ meinen Blick durch den Raum schweifen, über die Gruppen, die sich gebildet hatten, die angeregten Gespräche und das gelegentliche Klirren von Gläsern. Jedes Lächeln, jede Geste, die ich austauschte, war Teil des unausgesprochenen Skripts dieser Veranstaltung.

Mit bedachter Freundlichkeit näherte ich mich der ersten Gruppe, tauschte ein paar Worte, erkundigte mich nach dem Wohlergehen, lobte die Zusammenarbeit.

So bewegte ich mich von Mensch zu Mensch, erfüllte die Erwartungen, die an mich gestellt wurden.

Unter den Tanzenden entdeckte ich Marie und Jonas. Doch heute Abend schien etwas anders zu sein.

Marie wirkte merklich zurückgezogen, ihre sonst so selbstsicheren Bewegungen waren von einer uncharakteristischen Zurückhaltung überschattet. Ihre Schultern waren angespannt, die Haltung verkrampft, als würde sie sich in einer unsichtbaren Rüstung verschanzen wollen. Jonas schien sich alle Mühe zu geben, die Situation aufzulockern, doch auch sein Lächeln erreichte nicht die gewohnte Wärme.

Jonas führte zwar mit einer Hand am Rücken und der anderen sanft in Maries Hand, doch ihre Augen suchten immer wieder den Boden oder die ferne Ecke des Raumes – überallhin, nur nicht in die Augen des anderen.

Ein Moment lang überlegte ich, mich ihnen zu nähern, vielleicht in der Hoffnung, die Last, die offensichtlich auf Maries Schultern lag, etwas zu erleichtern oder zumindest zu verstehen. Doch die

Rolle, die ich an diesem Abend spielte, die des Chefarztes und des Gastgebers, erlaubte es mir nicht, diesen Impuls in die Tat umzusetzen.

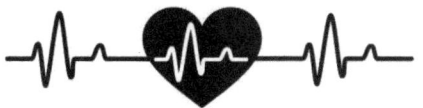

Kapitel 5

Marie

ährend ich mich im Rhythmus der Musik zu bewegen versuchte, fragte ich mich immer wieder, wie ich in diese Situation geraten war. Jonas schien jede Gelegenheit nutzen zu wollen, um mir näher zu kommen, seine Bewegungen waren aufdringlich, seine Berührungen unangebracht. Jedes Mal, wenn seine Hände versuchten, mich fester zu umfassen, schob ich ihn entschlossen weg. »Fass mich nicht an.« In meiner Hand hielt ich immer noch das Getränk, das er mir gereicht hatte.

Doch Jonas schien meine Ablehnung nicht zu akzeptieren oder zu verstehen. Mit jedem Lied, das spielte, mit jedem Takt, der durch die Lautsprecher hallte, wurde seine Entschlossenheit nur stärker. Sein Lächeln, das vielleicht charmant wirken sollte, kam

mir in diesem Moment eher wie ein trotziges Grinsen vor. »Hab dich doch nicht so, Mariechen.«

»Nenn mich nicht so und nimm deine Hände von mir.«

»Du flirtest doch schon die ganze Zeit mit mir«, raunte er und blickte mir so tief in die Augen, dass es unangenehm wurde.

»Mache ich überhaupt nicht.« Ich fühlte mich zunehmend unwohl in seiner Umgebung, meine anfängliche Höflichkeit wich einem Gefühl der Beklemmung.

Warum hatte ich zugestimmt, mit ihm zu tanzen?

War es die gesellige Atmosphäre, die mich dazu verleitet hatte, oder hatte ich einfach nicht mit einer derartigen Aufdringlichkeit gerechnet?

Mit einem Ruck zog er mich noch näher an sich heran. »Ach, ich sehe es doch in deinen Augen.«

Jedes Mal, wenn ich versuchte, einen Schritt zurückzutreten, um etwas Distanz zwischen uns zu bringen, folgte er mir, als wäre es ein Spiel, bei dem es darum ging, wer zuerst nachgab. Doch für mich war es kein Spiel – es war eine zunehmend unangenehme Situation, aus der ich mich befreien wollte.

Ich schob ihn so entschieden von mir, dass ein Teil meines Getränks auf seinem Hemd landete. »Wag es nie wieder, in meine Nähe zu kommen.«

Die Flure des Krankenhauses waren zu dieser späten Stunde verlassen. Meine Schritte war , doch zielstrebig, während ich mich durch das Labyrinth aus Korridoren bewegte. Die kühle Luft des Krankenhauses umgab mich, ein scharfer Kontrast zu der drückenden Atmosphäre, die ich gerade hinter mir gelassen hatte.

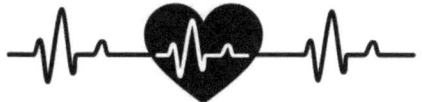

Immer fester hielt ich das Glas in meiner Hand. Instinktiv beschleunigte ich meinen Schritt.

Mein Herz schlug mir bis zum Hals, als ich versuchte, die wachsende Angst zu unterdrücken.

Wer könnte mir in diese verlassenen Korridore folgen?

Die Flure schienen sich endlos zu erstrecken. Dann spürte ich einen festen Griff an meinem Arm – Jonas hatte mich erreicht. Seine plötzliche Berührung löste einen Schreckmoment in mir aus, meine Nerven waren zum Zerreißen gespannt. Sein Auftauchen war so plötzlich wie sein Verhalten zuvor, eine unheilvolle Erinnerung an die bedrängende Situation auf der Tanzfläche. »Spiel keine Spielchen mit mir.«

»Du sollst mich in Ruhe lassen.« Meine Stimme schoss hysterisch schrill in die Höhe, als ich seinen Griff auf mir spürte.

»Schrei doch.« Herausfordernd funkelte er mich an. »Komm schon, schrei für mich.« Er legte die Hände an den Stoff meines roten Kleides und zerriss ihn über meiner Brust. Immer schneller sog ich die Luft ein und stieß sie wieder aus.

Instinktiv und getrieben von einer plötzlichen Welle der Verzweiflung, hob ich mein Glas und ließ es in einer schnellen, fast reflexartigen Bewegung auf Jonas Kopf niedersausen. Das Glas zersplitterte bei dem Aufprall, begleitet von seinem überraschten Aufschrei.

Ohne einen Moment zu zögern, wandte ich mich ab und begann zu rennen, mein Herz raste vor Angst und Adrenalin. Ich hörte ihn hinter mir fluchen, doch ich ließ mich nicht aufhalten. Ich rannte durch die endlosen Gänge, vorbei an verschlossenen Türen und leeren Wartebereichen, getrieben von dem einzigen Gedanken, so weit wie möglich von ihm wegzukommen.

Meine Schritte hallten wider, während ich immer tiefer in die dunkleren Abschnitte der Büroabteilung vordrang, wo das schwache Licht der Notbeleuchtung kaum die Dunkelheit durchbrach.

Ich ließ mich an der Wand zu Boden sinken, die Kühle des Bodens drang durch meine Kleidung. Tränen begannen, meine Wangen hinabzulaufen. Als ich eine Hand auf meiner Schulter spürte, war der erste Impuls von der Annahme getrieben, dass es Jonas sein könnte.

Mein Atem stockte, Panik umklammerte mein Herz mit eisernen Fingern. »Lass mich los!«, keuchte ich, meine Stimme überschlagen vor Angst. Die Erinnerung an Jonas aufdringliche Nähe war noch allzu präsent, und jeder Gedanke, erneut in seiner Gewalt zu sein, löste Furcht in mir aus.

Doch die Stimme, die mir antwortete, gehörte nicht Jonas. »Beruhigen Sie sich, es ist alles in Ordnung«, hörte ich Professor von Stettenfels beruhigenden Ton, eine Stimme, die ich so oft in Vorlesungen und bei Besprechungen gehört hatte.

Mein wildes Schlagen verstummte, meine Hände erstarrten in der Luft, als die Realisierung durch meinen Nebel aus Furcht und Verwirrung drang. »Was ist los, Dr. Schmidt?«

Langsam ließ ich meine Arme sinken, mein Atem ging noch immer schwer, doch die unmittelbare Panik begann zu weichen. Der Professor hielt mich noch immer fest, aber sein Griff war nicht bedrohlich, sondern bot Halt, eine Stütze in diesem Moment der Verwirrung und Angst. »Ich muss hier weg.«

Ich wollte flüchten.

Hauptsache weg von hier.

Doch er griff mich fester. »Nicht so schnell. Was ist mit Ihrem Kleid passiert?«

»Es… Es wurde zerrissen.« Mich durchfuhr eine Welle roher Panik, dass sie jeden vernünftigen Gedanken aus meinem Kopf verbannte. Er ging in die Hocke und schloss seine Arme um mich.

Mein Herz schlug wild, ein rasendes Trommelfeuer gegen meine Brust, während ich verzweifelt versuchte, mich aus seinem Griff zu befreien. Jeder Versuch, mich zu lösen, schien seine Umarmung nur zu verstärken, seine Absicht, mich zu beruhigen, wirkte in meiner Panik wie ein weiteres Eindringen in meine persönliche Sicherheitszone.

»Wer hat das getan?«

Die Kälte der Krankenhausflure, die Stille der Nacht, alles verschmolz zu einem beklemmenden Käfig um mich herum, in dem ich gefangen war. Der Druck seiner Hände, obwohl sicherlich nicht böswillig, löste eine Flut von Ängsten in mir aus, Erinnerungen an das bedrängende Verhalten von Jonas, das noch frisch in meinem Gedächtnis war. »Jonas«, stieß ich atemlos aus.

Ich suchte nach einem Anzeichen von Verständnis oder Mitgefühl. Doch was ich in seinen Zügen zu lesen glaubte, ließ ein neues Gefühl der Angst in mir aufkeimen. Sein Blick, der anfangs von einer besorgten Ruhe geprägt schien, verwandelte sich allmählich. Die Falten auf seiner Stirn vertieften sich, und seine Augenbrauen zogen sich zusammen, was seinem Gesichtsausdruck eine immer düstere Note verlieh.

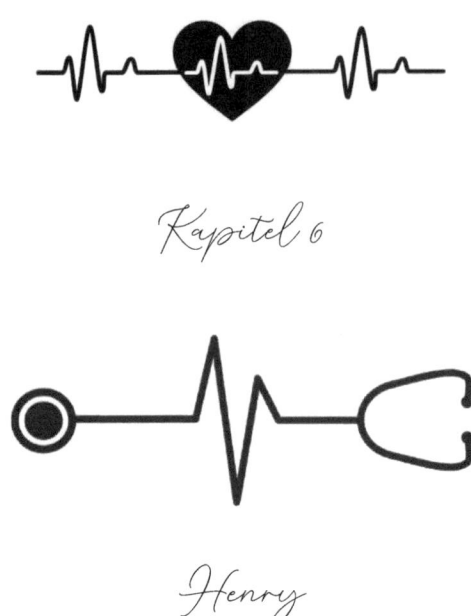

Kapitel 6

Henry

Nachdem ich bemerkt hatte, wie aufgewühlt und verstört sie war, handelte ich sofort und führte sie behutsam in die Sicherheit meines Büros. Ich schloss die Tür hinter uns, um uns eine Atmosphäre der Abgeschiedenheit zu schaffen. Sorgfältig dirigierte ich sie zu einem der gepolsterten Stühle, die für Besprechungen vorgesehen waren, und deutete ihr an, Platz zu nehmen. Ihr Zustand erforderte Fürsorge und Verständnis, und ich war entschlossen, ihr beides zukommen zu lassen. Ihr Zittern war unübersehbar. Behutsam goss ich ihr ein Glas Wasser ein und reichte es ihr.

Dann ermutigte ich sie mit sanfter Stimme, einen Schluck zu nehmen, in der Hoffnung, dass die Flüssigkeit ihr helfen würde, sich ein wenig zu beruhigen.

Als ich sah, wie sie in ihrem dünnen Kleid fröstelte, zögerte ich keinen Moment und zog meine Jacke aus, die ich behutsam über ihre Schultern legte. Mit einem Taschentuch, das ich ihr reichte, versuchte ich, ihr eine weitere Stütze in diesem Moment der Verzweiflung zu sein. Ihre Schluchzer durchbrachen die Stille.

Es schien mir unbegreiflich, wie das Konzept der Zustimmung, der persönlichen Grenzen und des gegenseitigen Respekts für manche so schwer zu verstehen sein konnte.

War es Unwissenheit, Arroganz oder einfach die Weigerung, die klaren Signale einer anderen Person zu erkennen und zu respektieren?

Diese Fragen wirbelten in meinem Kopf herum, jede einzelne von ihnen ließ mich tiefer in ein Meer der Frustration und Enttäuschung sinken.

Die Tränen, das Zittern, die Angst – all dies waren direkte Folgen einer solchen Missachtung. Und während ich den zitternden Körper von Marie vor mir betrachtete, konnte ich nicht anders, als mich von Traurigkeit erfüllen zu lassen.

»Warum tun Sie das?«

»Warum tue ich was?«, hakte ich nach.

Es war eine Sache, von solchen Vorfällen in Berichten oder Nachrichten zu hören, eine andere jedoch, sie so unmittelbar vor sich zu sehen, manifestiert in der zerrütteten Gestalt, die Zuflucht in meinem Büro gesucht hatte. Ich fühlte Empörung darüber, dass jemand in einer Position, die Empathie und Fürsorge erforderte, diese grundlegenden menschlichen Prinzipien so sträflich vernachlässigen konnte.

»Warum helfen Sie mir? Sie hassen mich doch.« Ihre Augen waren gerötet von den Tränen.

»Das ist lächerlich«, erwiderte ich und füllte ihr Glas weiter auf.

Jedes Mal, wenn ich versuchte, mich zu sammeln, drifteten meine Gedanken ab, zurück zu einem Ereignis, das tief in meinem Kopf verankert war. Der Schock in ihren Zügen, die hastigen, unzusammenhängenden Worte, die sie gestammelt hatte – all das hatte sich unauslöschlich in mein Gedächtnis eingebrannt. So wie sie damals gezittert und geweint hatte, so saß Marie jetzt vor mir.

Diese Parallele ließ eine Welle der Hilflosigkeit in mir aufsteigen. Ich fühlte mich wieder wie damals – unfähig, den Schmerz zu lindern, der durch die Taten anderer verursacht worden war. Das Andenken an das Leid meiner Schwester, kombiniert mit der aktuellen Situation, schuf ein emotionales Chaos, das es mir schwer machte, mich zu konzentrieren oder einen klaren Gedanken zu fassen.

»Ich bin okay. Sie können mich gehen lassen.«

Nichts an ihr war ansatzweise okay. Meine Schwester war auch nicht okay gewesen. »Du wirst dieses Büro nicht verlassen, bis ich derselben Meinung bin.«

Die Tränen, die über ihre Wangen liefen, spiegelten die unzähligen Tropfen wider, die einst meine Schwester vergossen hatte, Tränen der Verzweiflung und der Angst, die ich damals nicht hatte stoppen können.

Die Erkenntnis, dass ich auch sie nicht vor dem Schmerz bewahren konnte, den andere ihr zugefügt hatten, lastete schwer auf meiner Seele. »Ist das schon öfter vorgekommen?« Ich schluckte hart.

»Ich habe ihn einige Male abgewiesen.« Maries Unterlippe bebte.

»Hat er immer so reagiert?«

Hastig schüttelte sie den Kopf. »Da war vermutlich eine Menge Alkohol im Spiel.«

Die Emotionen, die ich damals, in der Krise meiner Schwester, empfunden hatte, kochten mit unerwarteter Intensität in mir hoch.

Jedes Schluchzen, jede Träne, die ich jetzt sah, war ein Funke, der das Feuer meiner alten Emotionen entfachte. Ich fühlte mich erneut gefangen in jenem Strudel aus Zorn und Abscheu, der mich damals erfasst hatte. Die Ungerechtigkeit, das Unrecht, das meiner Schwester angetan worden war, verschmolz in meinem Inneren mit dem Schmerz, den ich jetzt wieder vor mir sah.

»Das ist kein Grund, um sich selbst nicht im Griff zu haben.« Mit einem Schluck leerte ich mein Glas. »Es ist kein Grund, jemandem wehzutun, Butterfly.«

»Wie haben Sie mich gerade genannt?«

Verdammt … Es war mir rausgerutscht. »Tut mir leid, das war unangebracht.«

»Was ist aus Bloody Mary, Mariechen oder all den anderen, witzigen Spitznamen geworden, die Sie sich für mich ausgedacht haben?«

Ich bemühte mich, einen klaren Kopf zu bewahren, mich nicht von den dunklen Wellen verschlingen zu lassen, die mich zu überrollen drohten. Doch es war ein Kampf, der mich all meine Kraft kostete. Die Emotionen waren zu mächtig, zu überwältigend; sie ließen sich nicht so einfach beiseiteschieben oder rationalisieren. »Es war nur Spaß.«

»Ich habe nie gelacht.«

Alles in mir schrie danach, etwas Nettes zu ihr zu sagen, etwas, das sie aufbauen und möglicherweise vor einem Fehler bewahren

würde. Doch Freundlichkeit war nicht mein Stil. Ich sagte den Menschen grundsätzlich die Dinge, die sie hören mussten und nicht das, was sie hören wollten. »Weißt du, das Krankenhaus ist ein hartes Feld.« Vor ihr ging ich in die Hocke. »Du wirst dich noch öfter in Situationen sehen, die dir nicht gefallen. Ich bereite dich lediglich darauf vor.«

»Sie sind ein Arschloch.«

Ich schmunzelte in mich hinein und richtete den Blick tief in ihre Augen. Ihre Augen spiegelten eine Mischung aus Verletzlichkeit und Dankbarkeit wider. »Vielleicht bin ich das.« Schließlich richtete ich mich auf und ging wieder auf den Schreibtisch zu. »Vielleicht bereite ich meine Assistenzärzte auch einfach nur auf das Klinikleben vor.«

»Das ist doch Bullshit.«

»Sag es mir in ein paar Jahren, wenn du an der Spitze angekommen bist, weil du dich durchsetzen gelernt hast«, erwiderte ich, griff nach dem Kugelschreiber und notierte meine Nummer. Ich formte aus meinen Assistenten etwas. Das war schon immer so gewesen.

»Natürlich würde ich das nur durch Sie erreichen.« Der Sarkasmus quoll aus jeder ihrer Poren.

Ich riss das Papier sorgfältig ab und trat wieder zu ihr. Mit einer Geste, die zugleich behutsam und bestimmt war, legte ich das Stück Papier in ihre zitternden Hände. »Natürlich nur durch mich. Wie auch sonst?« Ich war ihr Lehrer, ihr Vorbild, ihr Gott der Herz-Thorax-Chirurgie. Sie würde keinen Besseren finden, um verflucht gut in diesem Bereich zu werden. »Das Jackett kannst du mir wiedergeben, wenn es in der Reinigung war, Marie. Da sind überall deine Tränen dran.« Wir alle spielten eine

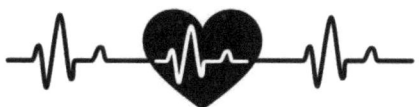

Rolle und ich für meinen Teil war lieber ein Arschloch als ein Opfer.

Kapitel 7

Marie

An diesem Morgen hatte ich mich entschieden, mir den Tag freizunehmen, eine Entscheidung, die ich nicht leichtfertig getroffen hatte. Doch die Ereignisse der letzten Zeit hatten mich an einen Punkt gebracht, an dem ich spürte, dass ich innehalten musste.

Ich fragte mich, ob dieser Beruf, sowie die Fachrichtung wirklich das Richtige für mich waren. Die Fragen, die mich umtrieben, waren nicht neu, doch sie hatten an Dringlichkeit gewonnen. War ich wirklich dazu gemacht, Tag für Tag in einem Umfeld zu arbeiten, das so viel von mir verlangte, nicht nur fachlich, sondern auch emotional? Die Last der Verantwortung, das ständige Miterleben von Leid und Schmerz, die Erwartung, stets stark und unerschütterlich zu sein – all das hatte begonnen, an mir zu nagen.

Vielleicht sollte ich die Fachrichtung wechseln, dachte ich. Etwas, das weniger intensiv war, das mir erlauben würde, ein Gleichgewicht zu finden, ohne ständig am Rande meiner emotionalen Grenzen zu operieren. Oder vielleicht sollte ich sogar einen völligen Neuanfang wagen, etwas ganz anderes machen, fernab vom medizinischen Feld.

Ganz am Anfang hatte man mir gesagt, dass die Kollegen immer die oberste Priorität hatten, und manchmal musste man Dinge tun, die man nicht mochte. War das mit Jonas so eine Situation?

Die Frage, was richtig oder falsch war, schien in diesem Moment unerreichbar, verloren in einem Nebel aus Unsicherheiten und Selbstzweifeln.

War meine Reaktion, mein Bedürfnis nach einer Pause, nur eine Überreaktion?

War ich einfach nur überempfindlich, unfähig, die Härten meines Berufs zu akzeptieren, wie so viele andere es täglich taten?

Diese Gedankenspirale wurde abrupt unterbrochen, als mein Handy auf dem Tisch neben mir zu vibrieren begann. Mit einem Seufzer griff ich nach dem Gerät, ein Teil von mir dankbar für die Unterbrechung, ein anderer jedoch zögerlich, die Konfrontation mit der Außenwelt wieder aufzunehmen.

Unbekannte Nummer, 13:01 Uhr
Wie geht es dir?

Ich, 13:05 Uhr
Wer bist du?

Unbekannte Nummer, 13:07 Uhr
Henry.

Ich kenne keinen Henry.

Professor von Stettenfels.

Als ich das Handy in der Hand hielt, spürte ich, wie mein Puls sich beschleunigte.

Warum schrieb er mir?

Woher hatte er überhaupt meine Nummer?

Mit einem tiefen Atemzug legte ich das Gerät langsam auf den Tisch neben mir. Das Display leuchtete auf. Ich brauchte diesen Moment der Ruhe, um meinen Gedanken freien Lauf zu lassen, um die vielen Fragen, die mich umtrieben, zu durchdenken.

Die Irritation, die in mir hochkochte, war mehr als nur eine Reaktion auf die Unterbrechung. In meinem Kopf drehten sich die Fragen: War es ein Notfall, der mein sofortiges Eingreifen erforderte?

Oder war es eine dieser unzähligen Aufgaben, die angeblich nicht warten konnten, aber letztendlich doch nur Teil des alltäglichen Wahnsinns waren?

Boss, 13:12 Uhr
Wie geht es dir, Marie?

Ich, 13:13 Uhr
Woher haben Sie meine Nummer?

Boss, 13:13 Uhr
Aus der Personalakte.

40

Boss, 13:14 Uhr

Das klingt sehr seltsam und obsessiv, wenn ich so darüber nachdenke.

Boss, 13:15 Uhr

Ich bin eigentlich davon ausgegangen, dass du dich bei mir melden wirst.

Ich, 13:15 Uhr

Warum sollte ich?

Boss, 13:15 Uhr

Du hast mein Jackett vollgeheult.

Boss, 13:16 Uhr

Aber abgesehen davon hätte ich gerne gehört, wie es dir geht.

Ich, 13:16 Uhr

Ich habe mir den Tag freigenommen.

Ich, 13:16 Uhr

Es geht mir gut.

Ich, 13:17 Uhr

Ich bringe Ihr Jackett morgen mit.

Boss, 13:17 Uhr

Dieser Stofffetzen ist mir doch egal.

Boss, 13:17 Uhr

Du musst diesen Vorfall melden.

Ich, 13:18 Uhr

Nein!

Nein, das ist komplett sinnfrei. So etwas funktioniert in den Hierarchien des Krankenhauses nicht.

Ich, 13:19 Uhr

Es ist wie *Friss oder stirb* – das haben Sie selbst gesagt.

Boss, 13:20 Uhr

So ein Verhalten überschreitet Grenzen.

Boss, 13:20 Uhr

Ich bin der Letzte, der etwas gegen einen kleinen Flirt am Arbeitsplatz sagt, aber das ist zu viel.

Boss, 13:21 Uhr

Du darfst das so nicht stehenlassen.

Ich, 13:22 Uhr

Ist das eine dienstliche Anweisung, Professor von Stettenfels?

Boss, 13:22 Uhr

Lediglich die Empfehlung eines Freundes.

Ich, 13:22 Uhr

Wir beide sind keine Freunde.

Ich, 13:23 Uhr

Wir sind Kollegen.

Ich, 13:23 Uhr

Wobei Ihr Umgang in den meisten Momenten nicht einmal dafür spricht.

Boss, 13:25 Uhr
Ich bin kein schlechter Mensch.

Ich, 13:26 Uhr
Nicht?

Boss, 13:27 Uhr
Wie siehst du mich?

Ich, 13:28 Uhr
Wie bitte?

Boss, 13:29 Uhr
Was siehst du in mir?

Ich, 13:33 Uhr
Ist das ein Trick, um mich loszuwerden?

Ich, 13:33 Uhr
Wollen Sie mich kündigen, wenn ich die Wahrheit sage?

Boss, 13:33 Uhr
Nein.

Boss, 13:34 Uhr
Ich möchte es einfach hören.

Boss, 13:34 Uhr
Außerdem mache ich mich doch angreifbar, indem ich dir schreibe und
die Nummer einfach so herausgesucht habe.

Ich, 13:35 Uhr
Sie sind ein alter, weißer Mann.

Boss, 13:35 Uhr

Nun, optisch mag das hinkommen.

Boss, 13:36 Uhr

Aber ich habe mich gut gehalten. Meinst du nicht?

Ich, 13:37 Uhr

Sie sind sexistisch.

Boss, 13:38 Uhr

Bin ich nicht.

Ich, 13:38 Uhr

Ihr Frauenbild ist miserabel.

Ich, 13:38 Uhr

Man könnte meinen, dass Sie sie am liebsten in der Küche einsperren würden.

Boss, 13:40 Uhr

Ich bin nicht sexistisch. Im Gegenteil. Gleichberechtigung ist etwas Tolles.

Boss, 13:40 Uhr

Aber ich sehe in der Medizin einen Unterschied zwischen Mann und Frau. Die meisten Ärztinnen versuchen, ihren männlichen Kollegen nachzueifern, sie zu schlagen, weil sie sich für besser halten, und das ist ein Fehler.

Ich, 13:41 Uhr

Weil sie mit ihren zarten Fingerchen lieber in der Urologie arbeiten sollten?

Boss, 13:42 Uhr

Nein, Butterfly ... Weil ihr Schwerpunkt auf anderen Dingen liegen sollte. Sie verschwenden Potenzial, indem sie zu kleinen Männern werden wollen.

Ich, 13:43 Uhr

Ich kenne keine Frau, die lieber ein Mann wäre, um beruflich erfolgreicher zu sein.

Boss, 13:46 Uhr

Ich kenne einige und das ist der Grund, warum ich keine Frauen mehr in meinem Team will.

Boss, 13:50 Uhr

Sie scheitern daran, ein Mann zu sein.

Boss, 13:50 Uhr

Das ist gegen die Natur.

Ich, 13:51 Uhr

Frauen in der Medizin?

Boss, 13:52 Uhr

Frauen, die sich verstellen.

Ich, 13:52 Uhr

Also kein Sexist?

Boss, 13:52 Uhr

Absolut nicht.

Ich, 13:53 Uhr

Sie fördern dieses Verhalten im Team mit ihrer Art.

Boss, 13:54 Uhr

Ich benachteilige dich nicht.

Ich, 13:54 Uhr

Ich stand erst einmal am Tisch, während Jonas kleinere Eingriffe sogar allein machen konnte.

Boss, 13:54 Uhr

Du willst keinen Schutz, hm?

Ich, 13:55 Uhr

Ich will nach meinem Können behandelt werden.

Boss, 13:56 Uhr

Gut, Dr. Schmidt. Dann sehe ich Sie in zwei Stunden am Hubschrauberlandeplatz.

Ich, 13:57 Uhr

Ich habe frei.

Boss, 14:00 Uhr

Und ich habe ein Spenderherz für Mila.

Boss, 14:01 Uhr

Bewegen Sie Ihren hübschen Arsch hierher, wenn Sie etwas lernen wollen.

Ich, 14:02 Uhr

Es ist nicht die feine Art über meinen Hintern zu sprechen.

Ich, 14:03 Uhr

Oder tun Sie das bei den männlichen Kollegen auch?

Boss, 14:05 Uhr

Die haben einfach nicht so einen hübschen Hintern ;)

Boss, 14:06 Uhr
Bis gleich.

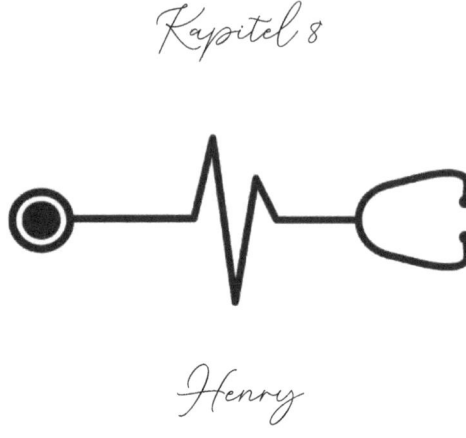

Kapitel 8

Henry

Wir saßen bereits im Hubschrauber, die Rotorblätter wirbelten über uns, und erfüllten die Kabine mit einem durchdringenden Dröhnen, das nur durch die Kopfhörer gedämpft wurde. Ich saß Marie gegenüber, getrennt durch den schmalen Gang, der durch die Mitte unserer Sitze verlief. Trotz des Lärms und der Vibrationen, die durch den Start verursacht wurden, war es ihre Präsenz, die meine volle Aufmerksamkeit auf sich zog. »Hast du Angst vorm Fliegen?«

»Nein, eher vorm Fallen«, gab sie knapp zurück und krallte die Hand immer fester an ihren Gurt.

»Ja, das ist statistisch betrachtet häufig der Fall. Die meisten Menschen fürchten sich nicht vor der Höhe, sondern vor dem Fall.« Ihre Art war kalt, unnahbar, und doch übte sie eine seltsame Faszination auf mich aus. In ihrer Zurückhaltung lag eine Art

Stärke, eine Selbstsicherheit, die man nicht oft antraf. Sie machte sich selbst rar, gab sich nicht sofort hin, und gerade das unterschied sie von den anderen, denen ich begegnet war. »Also, genug Smalltalk. Es ist erstaunlich, dass du an deinem freien Tag herkommst, um mir zu helfen.«

»Es ist eine große Chance, Professor von Stettenfels.«

»Henry«, sagte ich und streckte ihr die Hand entgegen.

Doch sie schüttelte den Kopf.

»Was denn? Es ist doch nur mein Vorname.«

Ihre Augen schienen alles um sich herum auszublenden, einschließlich meines Blicks, den ich kaum von ihr lösen konnte. Diese Unnahbarkeit, gepaart mit einer subtilen Aura der Entschlossenheit, machte sie zu einem Rätsel, das ich unbedingt lösen wollte. »Bin ich aus Mitleid hier?«

Ich lachte auf. »Du willst doch nach deiner Kompetenz behandelt werden, oder?«

»Okay.« Sie wandte ihren Blick ab und schaute hinaus durch das kleine Fenster neben ihr.

Ich nutzte die Gelegenheit, sie in aller Ruhe zu mustern. Ihr Profil war gegen das Licht des Himmels gezeichnet, das durch das Fenster hereinfiel. Ihre blonden Haare fielen sanft um ihre Schultern und rahmten das Gesicht ein, das von großen, blauen Augen dominiert wurde. Diese Augen schienen in diesem Moment die Farben des Himmels draußen widerzuspiegelten.

Es war ihre Natürlichkeit, die sie so atemberaubend machte. Kein Aufwand, keine künstlichen Verzierungen – nur reine, unverfälschte Schönheit. Doch gerade diese Faszination machte es mir unglaublich schwer, mich auf das zu konzentrieren, was ich ihr beibringen wollte, auf die Aufgabe, die uns in diesem

Hubschrauber zusammengebracht hatte. »Was muss für eine erfolgreiche Herztransplantation gegeben sein?«

»Blutgruppenkompatibilität, Gewebeverträglichkeit, Größe und Gewicht des Spenderherzens sollte mit dem des Empfängers übereinstimmen«, erwiderte sie wie aus der Pistole geschossen.

»Was ist bei der Gewebeverträglichkeit besonders wichtig?« Während ich sie so beobachtete, wie sie ruhig aus dem Fenster blickte, begann mir ihre Vorbereitung aufzufallen, die umso bemerkenswerter war, wenn ich bedachte, wie kurzfristig ich sie zu diesem Einsatz herbestellt hatte. Trotz der Eile und der möglichen Überraschung ihrer Einberufung schien sie in keiner Weise unvorbereitet oder gar überfordert. Ganz im Gegenteil, ihre Ruhe und Gelassenheit strahlten eine beeindruckende Kompetenz und Selbstsicherheit aus.

»Die HLA-Typisierung. Die humanen Leukozytenantigene müssen zwischen Spender und Empfänger übereinstimmen. Das verringert das Risiko einer Abstoßungsreaktion.«

Anerkennend nickte ich. »Sehr gut, Dr. Schmidt.« Diese Fähigkeit, sich so schnell und effektiv auf eine unvorhergesehene Situation einzustellen, ließ in mir Bewunderung aufkeimen.

»Wissen Sie, was dem Spender passiert ist?«

»Er war Ski fahren und ist wohl etwas leichtsinnig bei der Abfahrt gewesen. Er ist mit dem Kopf aufgeschlagen und die Kollegen konnten nichts mehr für ihn tun.« Diese Gattung von Menschen nannte ich die *zukünftigen Organspender*. Zu ihnen zählten auch Motorradfahrer. Gott würde es vermutlich *natürliche Selektion* nennen.

Marie drehte den Kopf zu mir. »Wir fliegen also in die Berge?«

Ich nickte. »Es wird aufregend. Die Lawinengefahr ist hoch.«

»Das Krankenhaus wird ja wohl abgesichert sein.« In ihrer Stimme hörte ich den Hauch von Hoffnung.

»Das schon. Wir werden allerdings erst im Hotel einchecken, denn die gesetzliche Wartezeit ist noch nicht abgelaufen. Deswegen halten wir uns noch einige Stunden im Hintergrund.«

Ihre Augen verdunkelten sich. »Haben Sie gemauschelt?«

Unweigerlich schlich sich das Grinsen auf meine Lippen. Was dachte sie nur immer von mir … »Ich würde doch niemals mauscheln.« Das Risiko, das mit diesem Einsatz verbunden war, war mir durchaus bewusst. Die Möglichkeit einer Lawine, die Schwierigkeiten, die die abgelegene Lage mit sich brachte, und die Unberechenbarkeit der Wetterbedingungen in den Bergen machten jeden Weg hier hin zu einem Wagnis. Doch genau dieses Risiko war es, das mich anzog, das mich immer wieder antrieb. Es war dieser Kick, diese Adrenalinfülle, die ich suchte, die mich lebendig fühlen ließ.

»Also haben Sie es getan …«

Während der Hubschrauber seinen Weg durch die tückischen Luftströmungen der Berge fand, spürte ich die Aufregung in mir aufsteigen. »Wir reden hier über eine junge Frau, die ihr ganzes Leben noch vor sich hat und die perfekten Voraussetzungen für das Herz dieses Idioten hat. Da kann man nicht von Mauscheln reden, nur, weil wir bereits vor Ort sind.« Es war Gerechtigkeit. Unsere Gesetze waren an einigen Stellen etwas lückenhaft und in der Wintersaison die Krankenhäuser rund um die Skigebiete im Auge zu behalten, war kein Verbrechen. Viel eher war es vorausschauend – vielleicht auch brillant. Oder es entsprach einfach nur meinem Wesen. *Wir* würden dieses Herz bekommen.

Kapitel 9

Marie

Während ich in der Lobby des Hotels stand und mich umsah, konnte ich ein Gefühl der Verwunderung nicht unterdrücken. Das Ambiente des Ortes, die eleganten Möbel, die Kronleuchter und die Kunstwerke an den Wänden, all das schien kaum zu dem Bild zu passen, das ich von einer Unterkunft hatte, die das Krankenhaus für uns ausgesucht hätte. Die Räumlichkeiten strahlten eine Exklusivität aus, die eher einem Luxusresort als einem einfachen, zweckmäßigen Hotel für medizinisches Personal entsprach.

Professor von Stettenfels diskutierte schon einige Minuten mit der Dame an der Rezeption. Seine Haltung schien plötzlich unsicher, fast zerknirscht, als er sich zu mir umdrehte. »Es gibt ein Problem, Marie.«

»Was denn?«

Sein Gesichtsausdruck verriet eine Mischung aus Verlegenheit und einer leichten Irritation. »Bei der Buchung ist etwas schiefgelaufen. Es gibt nur ein Zimmer.«

»Das ist ein schlechter Scherz, oder?« Die Vorstellung, eine Nacht, geschweige denn mehrere, in einem Zimmer mit ihm zu verbringen, fühlte sich seltsam und unbehaglich an. Mit jedem anderen Kollegen hätte ich diese Vorstellung vielleicht einfach hingenommen, vielleicht sogar als Teil des Abenteuers betrachtet. Doch bei ihm war es anders.

Die Rezeptionistin hob beschwichtigend die Hände. »Es tut mir wirklich sehr leid, das muss ein technischer Fehler gewesen sein.«

»Wie wäre es mit zwei Einzelzimmern?«, fragte ich, in der Hoffnung, dass sie diese Option einfach nicht gesehen hatten. Es war nicht so, dass ich ihn nicht respektierte oder seine Gesellschaft grundsätzlich ablehnte. Aber es gab eine Art von Distanz zwischen uns, eine professionelle Barriere, die ich immer als notwendig und angemessen empfunden hatte. Diese Grenze nun zu überschreiten, war eine Vorstellung, die mich unweigerlich in Unbehagen versetzte.

»Nichts mehr verfügbar. Wir haben diesen Kongress und sind komplett belegt.«

Hastig nickte ich. »Dann fliege ich zurück.« Zu dieser inneren Anspannung kam noch die Kälte, die das Bergdorf fest im Griff hatte. Draußen lag der Schnee in dicken, unberührten Schichten, und die Kälte kroch durch jede Ritze, machte die Vorstellung eines warmen und behaglichen Hotelzimmers zu einem fernen Traum.

»Nein, das ist doch absurd. Ich werde einfach auf dem Boden schlafen und dir das Bett überlassen«, schlug er vor und nickte mir zu.

Ich kniff die Augen zusammen. »Wirklich?«

»Ich bin Chirurg. Ich kann auch im Stehen schlafen.« Er nahm der Frau die Zimmerkarte ab und ging wieder auf mich zu.

Kaum hatten wir uns in der Opulenz des Hotels etwas zurechtgefunden, durchbrach das schrille Geräusch des Alarms das Gemurmel der Lobby. Die abrupte Unterbrechung ließ uns beide aufschrecken. Es war der Lawinenalarm, ein Ton, der in diesen Bergen allzu bekannt war. Trotz der späten Stunde und der Erschöpfung, die sich langsam in meinen Gliedern breitmachte, wussten wir beide, was das bedeutete.

»Das ist nur die Lawinenwarnung. Keine Panik. Es ist ungefähr die Dritte heute. Niemand verlässt das Hotel, solange die Lage so ist«, meinte die Rezeptionistin mit einem Lächeln auf den Lippen. »Gehen Sie beruhigt auf ihr Zimmer, wir haben das alles im Griff.«

Mit einem stummen Einverständnis zwischen uns machten wir uns auf den Weg zu unserem Zimmer, das jetzt für unbestimmte Zeit unsere Basis sein würde.

Das Zimmer, das wir betraten, war abgeschieden, ein scharfer Kontrast zum hektischen Treiben, das draußen herrschte. Ohne ein weiteres Wort ließ er sich auf das Bett fallen. Er atmete tief durch, als würde er versuchen, die Anspannung des Tages abzuschütteln und sich auf das vorzubereiten, was noch kommen mochte. »Warum bist du so angespannt?«

»Da draußen herrscht Lawinengefahr und wir sitzen hier fest«, stieß ich aus und spürte die Unruhe in mir aufsteigen.

»Gott sei Dank sind wir früh genug angekommen. Sonst hätten wir den ganzen Weg zurückfliegen müssen.«

Ich ging zum Heizkörper, legte meine Hände darauf in der Hoffnung, ein wenig Wärme zu spüren. »Es ist arschkalt hier drin.«

»Ja, die Rezeptionistin meinte eben schon, dass die Heizung wohl durch das Chaos nicht richtig geht.«

»Wunderbar«, erwiderte ich sarkastisch. Das wäre noch ein Grund gewesen, nach Hause zu fliegen.

Stunden vergingen in diesem Zustand des Frierens, während ich mich in eine Decke hüllte, die nur wenig Schutz gegen die Kälte bot. Schließlich fand ich mich am Fenster stehend wieder, meine Augen auf das endlose Schneetreiben gerichtet, das draußen im Schein der Straßenlaternen zu sehen war. Der Schnee fiel unaufhörlich.

Das Fenster war beschlagen, und meine Atemzüge hinterließen einen feinen Nebel auf der Glasscheibe. Ich fühlte mich wie in einer anderen Welt, fernab von der vertrauten Hektik und Wärme des Alltags.

Plötzlich spürte ich, wie er immer näher an mich herantrat. Ohne ein Wort zu sagen, legte er seine Hände sanft auf meine Schultern. Seine Berührung war überraschend warm. Langsam begannen seine Hände, in beruhigenden Bewegungen auf und ab über meine Schultern zu streichen, die von der dicken Winterjacke und der Decke verhüllt wurden. »Worüber denkst du nach?«

»Ich habe ein komisches Bauchgefühl.«

»Musst du nicht. Das ist hier der Standard.« Seine Stimme hatte etwas Beruhigendes an sich. Etwas, das seine Patienten vielleicht auch an ihm fesselte und ich bisher nicht verstanden hatte.

Überwältigt von dem dringenden Bedürfnis nach Wärme, lehnte ich mich instinktiv gegen ihn. »Mir ist so kalt.«

Fast reflexartig schlang er seine Arme um meinen Bauch, zog mich näher an sich heran. »Mein Vater hat mich als Kind immer auf die Piste geschleppt und ich habe es gehasst, weil mir immer kalt war. Irgendwann hat er mir beigebracht, dass es nur so kalt ist, wie man es im Kopf zulässt.«

»Das ist doch eine Illusion.«

»Genauer gesagt, ist es Gedankenmanipulation.«

»Funktioniert es?«

»Mir hat es immer geholfen.« Seine Wärme durchdrang langsam die Schichten meiner Kleidung, brachte ein wohliges Gefühl zurück in meinen erstarrten Körper. Ich schloss die Augen und gab mich dem Gefühl der Sicherheit hin, das seine Nähe vermittelte. »Du solltest dich etwas entspannen, Butterfly.«

Jedes Mal, wenn er mich so nannte, konnte ich ein Zögern nicht unterdrücken, ein inneres Innehalten, während ich versuchte, die Implikationen dieser Wahl zu entschlüsseln. War es eine Anspielung auf eine wahrgenommene Zerbrechlichkeit meinerseits, eine unterschwellige Bemerkung über meine Fähigkeiten? Oder war es vielleicht ein Versuch, eine gewisse Vertrautheit zu schaffen, die ich bislang nicht erkannt hatte? »Warum *Butterfly*?«, rutschte es mir heraus.

Er räusperte sich. »Schmetterlinge durchlaufen eine bemerkenswerte Transformation von der Raupe bis zum Schmetterling. Die Lebensspanne kann sehr kurz sein, was uns daran erinnert, jeden Moment zu schätzen. Es ist eine Erinnerung, die Zeit miteinander zu schätzen und die flüchtigen Momente des Glücks festzuhalten.«

Langsam drehte ich mich in seinen Armen um, bis ich ihm in die Augen sehen konnte. Die Nähe und die Stille des Raumes schufen eine Intimität, die ich bisher nicht kannte. Unsere Blicke trafen sich, und für einen Moment schien die Zeit stillzustehen. In seinen Augen sah ich eine Tiefe, eine Ernsthaftigkeit, die ich bisher nur erahnen konnte. »Sie sind gar nicht so eiskalt, wie Sie wirken.«

»Niemand ist so, wie er wirkt.«

Die Kälte war vergessen, während ich in seine Augen gefangen war. Die Welt um uns herum verschwamm zu einem undeutlichen Hintergrund, der in diesem Moment keine Bedeutung mehr hatte. Alles, was zählte, war dieser Austausch stummer Worte, dieser Dialog der Blicke, der mehr verriet, als Worte es je könnten.

Dann, mit einer Bewegung, die so sanft war, dass sie beinahe ehrfurchtsvoll wirkte, hob er seine Hand zu meinem Gesicht. Sein Daumen glitt über meine Lippen, zeichnete ihre Konturen nach, als wollte er jede Einzelheit festhalten. Seine Berührung war warm, ein Kontrast zu der Kälte, die noch immer in der Luft lag. Sie brachte ein Prickeln mit sich, das sich schnell über mein ganzes Gesicht ausbreitete und mich für einen Moment den Atem anhalten ließ.

Mein Herz schlug immer schneller.

War das richtig?

War es das, was wir tun sollten?

Nein.

Die klare Antwort war Nein.

»Ich werde mich jetzt hinlegen«, sagte ich und steuerte das Bett an. Je früher ich einschlafen würde, desto schneller würde diese Nacht enden. Mit einer gewissen Fürsorglichkeit in meinen Bewegungen schüttelte ich die Decke auf, breitete sie sorgsam über die Matratze aus.

»Okay, dann lege ich mich mal auf den Boden.«

Trotz der angespannten Atmosphäre und der ungewohnten Nähe zu Professor von Stettenfels war es mir wichtig, dass wir beide etwas Ruhe fanden. Die Vorstellung, ihn auf dem kalten, harten Boden schlafen zu lassen, war mir unerträglich. Es wäre einfach nicht richtig gewesen, nicht nach allem, was wir gemeinsam durchgemacht hatten. »Das ist absurd. Es ist viel zu kalt. Sie werden sich den Tod holen.«

»Nenn mich doch einfach Henry.«

»Henry, du wirst erfrieren.« Mit zitternden Händen, die die Kälte kaum noch abwehren konnten, kroch ich dann unter die Decke.

»Nun … Erfrieren vielleicht nicht, aber es wird kalt werden.«

Ich hielt meine Jacke fest um mich gewickelt, eine zusätzliche Schicht gegen die eisige Luft, die durch das Zimmer wehte. Trotz der Decke und der Jacke konnte ich das unerbittliche Zittern nicht abstellen, die Kälte schien bis ins Mark zu dringen. »Du nimmst die linke Seite des Bettes und ich die rechte. Das passt schon.«

Kurz nachdem ich mich hingelegt hatte, spürte ich, wie sich das Bett unter dem zusätzlichen Gewicht leicht bewegte. Henry hatte sich ebenfalls entschieden, sich hinzulegen. Seine Anwesenheit war spürbar, auch wenn wir uns nicht berührten.

Während die Nacht fortschritt, wurde das Zittern meines Körpers immer intensiver, ein unkontrollierbares Beben, das mich durchfuhr. Trotz der Decke, meiner Jacke und der scheinbaren Sicherheit des Bettes war die Kälte unerbittlich. Sie kroch in jede Faser meines Seins, ließ meine Zähne klappern und meine Glieder steif werden. Der Schlaf, den ich so dringend brauchte, blieb unerreichbar, vertrieben durch die gnadenlose Kälte, die mich umklammerte.

Er rückte langsam näher. Ich spürte, wie das Bett unter seinem Gewicht nachgab, als er sich mir vorsichtig annäherte. Dann öffnete er seine Jacke und schmiegte sich an mich. Die Wärme seines Körpers, die plötzlich gegen meinen drückte, war wie ein rettender Anker in der eisigen Flut, die mich zu verschlingen drohte. »Was tust du?«

Er umschloss mich mit seinen Armen, zog mich behutsam in eine Umarmung, die mehr als nur körperliche Wärme bot. Seine Nähe, die warme Haut, die jetzt so nah an meiner war, ließ mein Zittern langsam nachlassen. »Willst du lieber erfrieren?«

Nein. Ich wollte einfach nicht mehr zittern und er tat etwas dagegen. »Das bedeutet nichts«, erinnerte ich ihn für den Fall, dass er irgendetwas hineininterpretierte.

»Nichts oder alles … Das ist doch die große Frage.« Vorsichtig legte er das Kinn in meiner Halsbeuge ab. »Was ist das für ein Parfüm?« Seine ruhigen, bedachten Bewegungen, wie er mich behutsam näher zog und seine Jacke um uns beide legte. Das Zittern, das mich zuvor unerbittlich geschüttelt hatte, begann nachzulassen, als seine Körperwärme die kühle Luft um uns verdrängte.

»*Trésor nuit* von Lancome.«

»Mag ich. Riecht irgendwie einzigartig. Den trägst du auch im OP. Ich habe ihn schon öfter gerochen.« Er schien genau zu wissen, wie er sich positionieren musste, um die größtmögliche Wärme zu bieten. Seine Brust war fest an meinem Rücken, seine Beine parallel zu meinen, jede seiner Bewegungen darauf ausgerichtet, den Raum zwischen uns zu minimieren und jede mögliche Kältequelle auszuschließen. Seine Hände waren sanft, aber bestimmt, als sie über meine Arme strichen, die Wärme seiner Handinnenflächen durchdrang den Stoff meiner Kleidung und ließ ein wohliges Gefühl in mir aufsteigen.

»Es ist mein Lieblingsduft.«

»Gut zu wissen.«

Zu meiner eigenen Überraschung fühlte sich die Nähe zu ihm nicht so unbehaglich an, wie ich es erwartet hatte. Vielleicht war es die dringende Notwendigkeit der Wärme oder die sanfte Art, wie er dafür sorgte, dass mein Zittern aufhörte, die jede anfängliche Befangenheit überwand.

Kapitel 10

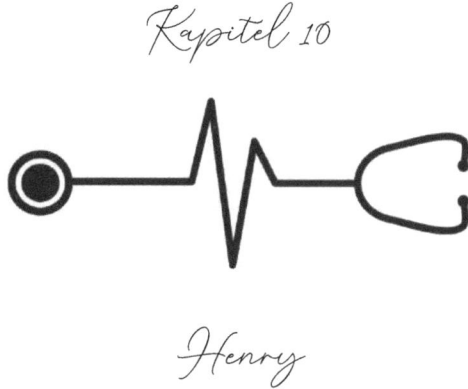

Henry

Mein gesamter Körper war steifgefroren von der Nacht und ich war mir sicher, dass ich Morgen krank sein würde. Angekommen an der Damenumkleide des Krankenhauses, indem wir das Spenderherz abholen sollten, klopfte ich kurz an die Tür, bevor ich vorsichtig eintrat. Marie stand vor dem Spind, halb in ihren Kasack gehüllt.

»Ich wollte nur-« Ich beobachtete einen Moment lang still, wie sie sich auszog.

Ihr Haar war locker zu einem Knoten gebunden, ein paar Strähnen fielen sanft um die Konturen ihres Nackens und verliehen ihr eine ungewollte Anmut. »Ich habe nichts an«, merkte sie an, aber schien sich nicht bedecken zu wollen.

Ich starrte … Verdammt, ich starrte so sehr und konnte nicht wegschauen. »Ja, das sehe ich.« Meine Stimme glich eher einem Grollen.

Marie griff nach dem Oberteil, das ordentlich über der Tür des Spinds hing. Sie hob ihn hoch, ließ ihn einen Moment in der Luft schweben, bevor sie ihre Arme hindurchschob. »Starren Sie doch noch auffälliger, Professor.«

»Henry«, warf ich erneut ein. Wenn ich es nur oft genug sagen würde, dann würde sie mich möglicherweise irgendwann so nennen.

»Hat man Sie nicht erzogen, Henry?«

»Oh, doch. Meine Mutter hat sehr viel Wert darauf gelegt, aber unterm Strich bin ich eben doch nur ein Mann, der nicht wegsehen kann.« Das Licht ließ ihr Haar in verschiedenen Blondtönen schimmern, von hellen, fast weißen Reflexen bis hin zu tieferen, goldenen Nuancen.

Verspielt biss sie sich auf die Unterlippe. »Soll ich das Oberteil in diesem Fall noch einmal ausziehen, damit Sie sich sattsehen können?«

»Tu dir keinen Zwang an.« Ich lehnte mich gegen die kühle Wand, meine Arme verschränkt, und beobachtete sie.

Mit einem verschmitzten Grinsen, das all ihre frühere Zurückhaltung Lügen strafte, zog sie den Stoff wieder über ihren Kopf. »Was tut man nicht alles für die guten Operationen?«

Das tat sie nicht nur für die Operationen, davon war ich überzeugt. »Na, die hast du doch schon längst sicher, Butterfly.«

»Ich finde, mein Boss könnte da ein wenig mehr springen lassen.« Ihr Grinsen war ansteckend, und es brachte eine Leichtigkeit in die angespannte Atmosphäre des Umkleideraums.

»Ist das so?«

»Mhm«, raunte sie.

»Was stellst du dir vor?«

Sie stand da, im sanften Licht des Umkleideraums, und ihr Lächeln lud ein, an diesem Moment der Unbeschwertheit teilzuhaben. »Was sind Sie bereit zu geben, Professor?«

Plötzlich wurde ich aus meinen Gedankenspielen gerissen, als ich einen festen Schlag auf meinem Arm spürte. Als ich aufsah, stand Marie vor mir, ihren Kasack korrekt angezogen. Ihre Arme waren verschränkt, und ihr Blick, der mich traf, war alles andere als amüsiert. Die Funken sprühten, durchdrungen von Missbilligung und Unmut. »Das ist die Damenumkleide, Sie Perversling.«

»Ich wollte nur Bescheid geben, dass Sie sich beeilen sollten. Wir können mit der Entnahme beginnen und dann nach Hause fliegen. Es wird ein harter Tag, Marie.« Hart war nicht nur der Tag. Diese Frau kostete mich den Verstand.

»Sind wir jetzt also wirklich bei *Marie* angekommen?«

»Henry«, erwiderte ich, ohne den Blick auch nur eine Sekunde abwenden zu können.

Irritiert musterte sie mich.

»Mein Name ist Henry. Du kannst mich auch endlich duzen.« Die Wärme und Leichtigkeit, die ich mir in meiner Vorstellung ausgemalt hatte, waren wie weggewischt, ersetzt durch die kühle Distanz, die Marie nun ausstrahlte. Ihre Augen fixierten mich, als wollte sie mich zur Rechenschaft ziehen, nicht nur für die Unachtsamkeit meiner Gedanken, sondern auch für die Unterbrechung ihrer Vorbereitungen.

»Möchte ich nicht. Ich wahre gerne Distanz.« Entschlossen verschränkte sie die Arme vor der Brust. »Sie wirken durch den Wind, Professor.«

»Ich habe nicht gut geschlafen.«

»Hat sich anders angefühlt. Sie haben mir wie ein Bär in mein Ohr geschnarcht.«

Diese spitzen Bemerkungen machten etwas mit mir. Vielleicht lag es auch einfach daran, dass sie sich von meinen Titeln nicht einschüchtern ließ. »Ich schnarche nicht.«

Die Diskrepanz zwischen meiner Vorstellung und der tatsächlichen Situation vor mir ließ mich innerlich zusammenzucken.

»Hm, das würde ich jetzt auch behaupten. Ich wette, Sie kuscheln auch sonst nicht.«

Ich presste ihr den Finger auf die Lippen. »Verrate es keinem.«

Während ich mich vom Umkleideraum abwandte und durch die langen, sterilen Gänge des Krankenhauses in Richtung OP-Saal eilte, konnte ich spüren, wie sich etwas in mir veränderte.

Mit jedem Schritt, den ich dem OP-Saal näher kam, spürte ich, wie die Faszination für Marie wuchs. Es war nicht nur die Art, wie sie sich in ihrer Professionalität bewegte, sondern auch ihre Kompetenz und Hingabe an die Arbeit, die mich beeindruckte.

Diese neue Sichtweise auf Marie ließ mich in Gedanken versinken, die mich noch den ganzen Tag und den gesamten Rückflug begleiteten. Die Erkenntnis, dass hinter ihrer ernsten Fassade so viel mehr lag, ließ mich nicht los.

Kapitel 11

Marie

In der Stille des gewohnten Operationssaals des Klinikums am Englischen Garten, unterbrochen nur durch das rhythmische Piepen des Herzmonitors und das sanfte Zischen der Beatmungsgeräte, lag eine Spannung in der Luft, die man fast greifen konnte. Wir waren schon einige Stunden am Werk, hatten das alte Herz entnommen und den Patienten an die Herz-Lungen-Maschine angeschlossen.

Wann hatte ich zuletzt geschlafen?

Oder gegessen?

Ich hatte keine Ahnung, aber es war wie im Rausch.

Ich nahm das Spenderherz vorsichtig in meine Hände, seine Kühle durch die sterilen Handschuhe hindurch spürbar. Ich ließ das schmelzende Eis und die Konservierungsflüssigkeit in den vorbereiteten Behälter tropfen. Jede Bewegung war bedacht, jedes Detail zählte. Das Herz, nun in meinen Händen, war bemerkenswert in seiner Stille, bereit, in einem anderen Körper zu neuem Leben erweckt zu werden.

Henry nickte mir kurz zu. Gemeinsam hoben wir das Herz, ließen es behutsam in die offene Brusthöhle des Empfängers gleiten.

Als es Zeit war, die großen Blutgefäße zu verbinden, reichte ich ihm das feinste unserer Instrumente. Ich konnte sehen, wie seine Hände mit ruhiger Bestimmtheit arbeiteten, jede Naht ein Versprechen für das kommende Leben. Das Zusammennähen der Aorta und der Pulmonalarterie war wie das Knüpfen eines unsichtbaren Bandes, das das Herz mit seinem neuen Zuhause verband.

Dann kam der Moment, in dem wir die Blutzirkulation wiederherstellten. Ich beobachtete, wie er die Klemmen vorsichtig löste, eine nach der anderen, und wie das Blut begann, sich seinen Weg durch das neue Herz zu bahnen. Das erste zaghafte Schlagen des Herzens war wie ein Flüstern von Leben, das sich zu einem starken, sicheren Rhythmus steigerte.

In den letzten Phasen der Operation konzentrierten wir uns darauf, das Herz sicher in seiner neuen Heimat zu verankern. Ich reichte ihm das nötige Nahtmaterial, während wir beide die Signale des Herzens überwachten.

Nach Stunden der Operation und der emotionalen Achterbahn, die mit der Durchführung einer komplexen und lebensverändernden Operation wie einer Herztransplantation einherging, spürte ich, wie sich ein unerwarteter, fast euphorischer Rausch in mir ausbreitete.

Wir traten beide zeitgleich vom Tisch ab. Die Müdigkeit, die sich nach dem langen Schlafentzug hätte einstellen sollen, war überraschenderweise einem Gefühl der Schwerelosigkeit gewichen. Meine Sinne schienen geschärft; die sterilen Weißtöne des Operationssaals leuchteten heller, und die routinemäßigen Geräusche des Krankenhauses, das ferne Summen von Maschinen und Stimmen. Meine Gedanken wirbelten in einem schnellen Strom dahin, sprudelten vor Ideen und Erinnerungen an die Operation, die wir gerade abgeschlossen hatten. Ich fühlte mich verbunden mit jedem Herzschlag des Patienten, dessen Leben wir gerade verändert hatten, ein seltsames Gefühl der Gemeinschaft und des Triumphes, das mich durchflutete.

»Kommst du noch kurz mit?«, fragte Henry und desinfizierte sich dabei die Hände.

»Klar.« Dieser Zustand war wie ein Tanz am Rand der Realität, wo Erschöpfung und Rausch sich vermischten und eine unerklärliche Lebendigkeit erzeugten. Jeder Schritt, den ich machte, schien von einer inneren Melodie getrieben, ein Echo des neu schlagenden Herzens, das wir hinterlassen hatten.

Wir betraten gemeinsam sein Büro, das durch die verglasten Wände eine offene Atmosphäre ausstrahlte. Doch die Außenseiten der Glaswände waren verspiegelt, wodurch eine gewisse Privatsphäre gewährleistet wurde, ohne das Gefühl von Weite und Offenheit zu beeinträchtigen.

»Das war so verrückt«, stieß ich hastig aus, spürte immer noch, wie sehr alles in mir kribbelte. »Oh, mein Gott. Das war unglaublich, wie Sie dieses Herz einfach eingesetzt haben, als wäre es das Einfachste auf der Welt. Als wären Sie Gott.« Meine Augen wurden immer größer. Wir beide waren Gott. Wir hatten Leben gerettet. Verrückt.

Ohne zu zögern, ging er zu einem kleinen Schrank, der in die Ecke des Raumes integriert war. Mit geübten Bewegungen entnahm er eine Flasche Champagner, deren Etikett auf eine exquisite Auswahl hindeutete.

»Es ist so verrückt, was die Medizin alles kann, da nimmt man ein Herz und pflanzt es in einen anderen Menschen und es funktioniert.« Ich konnte einfach nicht aufhören, zu reden. Dafür war ich viel zu aufgeregt.

Mit einem Ausdruck konzentrierter Vorfreude in seinen Augen griff er nach dem Flaschenhals, drehte und zog gleichzeitig am Korken, bis dieser sich schließlich löste. Die plötzliche Geräuschkulisse, gefolgt von dem sanften Zischen des entweichenden Kohlendioxids, füllte den Raum mit einer Atmosphäre der Feierlichkeit. »Ganz so einfach ist es nicht. Die Patientin muss einige Wochen auf der Intensivstation überstehen, wir müssen ihr Immunsystem unterdrücken, aber, wenn sie das alles schafft, dann ist sie auf einem guten Weg.« Er schenkte zwei Gläser ein.

»Es ist unglaublich.« Ein Wunder. Ein menschengemachtes Wunder. »Und ich war dabei.« Stolz lächelte ich in mich hinein. Eigentlich hatte ich nicht viel dazu beigetragen, auch wenn es sich so viel größer anfühlte.

»Ich bin stolz auf dich. Du hast das sehr gut gemacht.« Henry überreichte mir ein Glas.

Das goldene Getränk reflektierte das Licht und schien mit den verspiegelten Wänden um die Wette zu funkeln. »Ich kann nicht trinken. Ich habe Dienst.«

»Ein Schluck hat noch keinem geschadet.« Sanft rieb er über meine Schulter. »Auf die Patientin.«

»Auf Mila.« Ich nahm das Champagnerglas in die Hand, spürte die Kälte. Vorsichtig führte ich es an meine Lippen und ließ mir einen ersten Schluck des Getränks auf der Zunge zergehen. Die feinen Perlen tanzten prickelnd im Mund, eine exquisite Mischung aus Säure und dezenten Fruchtnoten, die sich zu einem harmonischen Ganzen vereinten.

»Sie wollte auch immer Medizin studieren, aber das Herzversagen kam ihr dazwischen. Ihr Mann heißt Josh, er ist Amerikaner und in diesem Moment wird er auf Station warten. Die beiden sind wirklich süß zusammen. Ich werde gleich zu ihm gehen und ihm mitteilen, dass alles gut lief.«

»Sie wirken nicht, als würden Sie all diese Details interessieren.«

»Details sind wichtig, Marie. Niemand, der sie ignoriert, wird jemals ein guter Arzt sein.«

»Ich versuche, darauf zu achten.«

Er lächelte mich an. »Ja, das merke ich. Du analysierst eine Menge.«

»Machen Sie das nicht?« Seine Fähigkeit, komplexe medizinische Informationen zu verarbeiten und gleichzeitig die menschliche Seite nicht aus den Augen zu verlieren, war beeindruckend.

»Doch, immer.« Dann trat er einen Schritt näher an mich heran. Seine Bewegung war bedächtig, fast zögerlich, als wollte er die feine Linie zwischen professioneller Nähe und persönlichem Raum nicht überschreiten. Doch als er näher kam, konnte ich nicht anders, als seine Präsenz intensiver wahrzunehmen, die Art, wie er sich bewegte, wie er sprach, die Aufmerksamkeit, die er jedem Detail widmete. »Ich hatte Angst, dass dir die Nerven versagen würden.«

»Ja, ich auch.« Nervös lachte ich auf. »Aber Sie waren so ruhig, dass ich versucht habe, mich anzupassen.«

»Das ist eine gute Strategie. Du kannst mich immer als Vorbild nehmen.«

Ich hob meinen Blick, um ihn anzusehen, und in diesem Moment erfasste mich eine unerwartete Faszination. Vielleicht war es die Art, wie das Licht der untergehenden Sonne sein Gesicht in weiche Schatten tauchte, oder die Tiefe seiner Augen, die gerade ungewöhnliche Wärme ausstrahlten. Plötzlich sah ich ihn nicht mehr nur als den distanzierten, vielleicht sogar unnahbaren Professor, sondern als jemanden, der eine überraschende Zugänglichkeit und Wärme ausstrahlte. »Oder fragen, wenn du etwas brauchst.«

Er war wirklich einfach nur nett, eine Erkenntnis, die mich fast überraschte, da sie so sehr von dem Bild abwich, das ich mir zunächst von ihm gemacht hatte. Diese neue Sichtweise ließ mich schmunzeln.

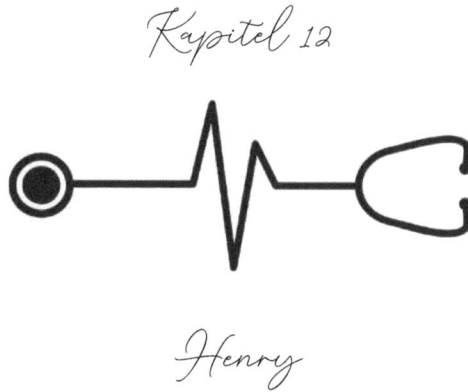

Kapitel 12

Henry

ährend ich Marie ansah, fiel mir auf, wie außergewöhnlich schön sie war. Das sanfte Licht des Raumes fing die feinen Details ihres Gesichts ein, ihre Haut schien im weichen Schimmer fast zu leuchten.

Ich konnte einfach nicht wegschauen. Jedes Detail an ihr, von der Art, wie ihre Lippen sich zu einem Lächeln formten, bis hin zu der leichten Neigung ihres Kopfes, schien eine stille Eleganz und Anmut zu verkörpern, die mich faszinierte.

Ohne darüber nachzudenken, was ich tat, und getrieben von einer spontanen Regung, streckte ich meine Hand aus und strich eine widerspenstige Strähne aus ihrem Gesicht, die sich über ihre Stirn gelegt hatte. »Wenn ich dir etwas beibringen kann, dann werde ich jede Gelegenheit dazu nutzen.«

In ihrem Blick lag eine unschuldige Neugier, die mich noch tiefer in ihren Bann zog. »Das ist sehr nett.«

Die klaren Linien der Hierarchie und Professionalität, die ich immer zu wahren versucht hatte, schienen in ihrer Gegenwart zu verschwimmen, herausgefordert von der Intensität des Moments.

Ihre Augen hielten meinen Blick gefangen, offen und unverhohlen, und in ihrer Tiefe schien sich eine ganze Welt zu offenbaren. Es war mehr als nur die physische Schönheit, die mich faszinierte; es war die Art, wie sie mich ansah, ohne Zurückhaltung, ohne die üblichen Barrieren, die zwischen Vorgesetztem und Untergebener bestehen sollten. Diese unerwartete Offenheit, diese ungeschützte Ehrlichkeit in ihrem Blick, war es, die mich reizte und gleichzeitig verwirrte.

Ich war mir bewusst, dass ich diese Art von Verbindung nie hatte eingehen wollen, schon gar nicht mit jemandem aus meinem Team. Die klare Trennung zwischen beruflichem und privatem Umgang war mir immer heilig gewesen, ein unumstößlicher Grundsatz in meinem Berufsleben. Doch hier, in diesem flüchtigen Augenblick, in dem unsere Blicke sich trafen und eine stumme Konversation zwischen uns stattfand, spürte ich, wie diese Grundsätze ins Wanken gerieten.

Die Erkenntnis, dass ich eine Grenze überschritt, die ich mir selbst gesetzt hatte, löste ein komplexes Geflecht aus Emotionen in mir aus. Auf der einen Seite stand die Faszination, die diese unerwartete Verbindung mit sich brachte, auf der anderen die Mahnung meiner eigenen moralischen und beruflichen Standards.

Mit einer fast zögerlichen Bewegung hob ich meine Hand und legte sie an Maries Wange. Ihre Haut war weich unter meiner Berührung, und der Kontakt schien einen Stromstoß durch mich hindurchzusenden, ein Gefühl der Nähe, das ich kaum in Worte fassen konnte. »Du solltest jetzt gehen, Marie.«

Sie ließ einige Sekunden vergehen. »Was ist, wenn ich bleibe?«

Die Spannung zwischen dem, was ich fühlte, und dem, was ich als richtig erachtete, wurde immer intensiver. Trotz meiner inneren Konflikte, trotz des Wissens um die Grenzen, die ich zu überschreiten drohte, fand ich mich gefangen in der Intensität des Augenblicks.

Fast wie in Trance, geführt von einer Mischung aus Verlangen und der tiefen Verbindung, die ich in ihrem Blick zu spüren glaubte, ergriff ich Maries Nacken. Mit einer bestimmten Bewegung führte ich sie zur verspiegelten Glasfront des Büros. »Dann kann ich nicht widerstehen, dich zu berühren.« Keine einzige Sekunde konnte ich diesem Rausch länger widerstehen. Ich drängte mich hinter sie, atmete den Duft tief ein. »Du trägst dieses Parfüm wieder.«

»Sie haben gesagt, dass Sie es mochten.« Über die Schulter schaute sie mich an.

»Hast du es für mich getan?«

Lächelnd nickte sie.

Der Raum um uns herum schien an Bedeutung zu verlieren, als ich sie noch dichter an mich heranzog. Meine Hand bewegte sich fast wie von selbst unter den Stoff ihres Kasacks.

Die andere Hand legte ich an ihren Hals. Ich wollte, dass sie meine Präsenz spürte, dass sie die Stärke und Entschlossenheit in meiner Berührung erkannte. »Du machst mich wahnsinnig.«

»Bis vor ein paar Tagen haben Sie mich gehasst«, warf sie spielerisch ein.

Ich umfasste ihren Hals fester. »Du hast mich gehasst. Ich hatte niemals ein Problem mit dir.«

»Nun, ich habe mich wohl getäuscht, Professor.«

Fuck …

»Sag das nochmal.«

»Dass ich mich getäuscht habe?«

Ich presste sie fester gegen die Scheibe. »Meinen Titel«, befahl ich und ließ meine Hand unter dem Stoff zu ihren Brüsten gleiten. Wenn das hier ein Spiel war, dann war sie verflucht gut darin, mich anzumachen. Ihre Nähe ... Dieser Duft ...

Konnte ich überhaupt einen klaren Gedanken fassen?

»Professor«, raunte sie verführerisch.

Der Blitz zuckte von meinem Kopf, durch meinen Körper, direkt in meine Lendengegend. »Vielleicht habe ich mich getäuscht und du bist in der Herz-Thorax-Chirurgie ganz gut aufgehoben ... oder einfach bei mir.« Sie atmete immer schneller gegen meine Hand. »Willst du, dass ich dich berühre?«

Kurz zögerte sie. Vielleicht dachte sie über die beruflichen Konsequenzen nach – über das, was man über sie denken würde, wenn sie zu lange im Büro des Chefarztes war. Aber sie nickte, wie das gute Mädchen, das ich kennengelernt hatte.

»Zieh den Kasack aus«, befahl ich und trat einen Schritt zurück, um jede Sekunde davon genießen zu können. Das, was ich mir vorhin vorgestellt hatte, wollte ich jetzt in der Realität sehen. Ich musste ihre Haut berühren, sie betrachten. Fuck, ich brauchte das.

Doch das schrille Klingeln des Pipers durchschnitt die Stille wie ein scharfes Messer.

Nicht jetzt.

Verdammt, warum ausgerechnet jetzt?

Ich warf einen schnellen Blick auf den kleinen Bildschirm, der eine Nummer und eine kurze, eindringliche Nachricht zeigte. Jede Zelle meines Körpers schaltete augenblicklich in den Modus der höchsten Alarmbereitschaft, geprägt von dem unzähligen

Mal, die dieser Ton mich zu Notfällen, zu Patienten, zu entscheidenden Momenten gerufen hatte.

Ohne zu zögern, griff ich zum nächsten Telefon. Meine Finger wählten die Nummer mit einer vertrauten Schnelligkeit, geübt in unzähligen Nächten, in denen jede Sekunde zählen konnte. Während ich das Telefon ans Ohr hielt, spürte ich, wie das Adrenalin durch meine Adern pulsierte, bereit für das, was auf der anderen Seite der Leitung auf mich warten würde. »Was gibt es?«

»Die Patientin hat eine Nachblutung. Sie ist wieder auf dem Weg in den OP«, erklärte die Krankenschwester, die uns eben assistiert hatte.

»Ich wasche mich ein. Bin sofort da.« So schnell wie ich auflegte, konnte ich den Gedanken nicht verdrängen, wie kurz davor ich gewesen war, zu bekommen, was ich mir vorgestellt hatte. »Wir müssen in den OP.« Ich gab ihr ein Zeichen. Wenn ich sie schon nicht ficken durfte, dann wollte ich sie wenigstens an meiner Seite haben.

Kapitel 14

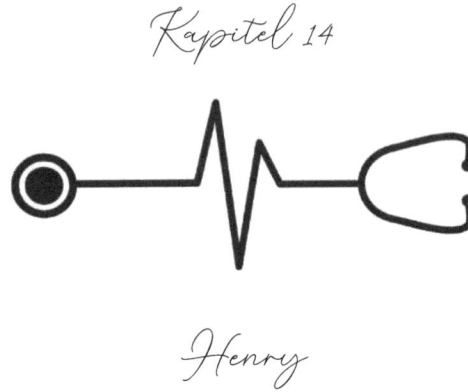

Henry

ach einem langen, kräftezehrenden Tag lehnte ich mich in meinem Bürostuhl zurück und ließ die Stille des Raumes auf mich wirken. Die letzten Patientengespräche, die Operationen und die unzähligen administrativen Aufgaben hatten jede Faser meines Seins beansprucht. Ich schloss die Augen und atmete tief durch, versuchte, den Stress und die Anspannung mit jedem Atemzug zu vertreiben. Die kurze Pause in der Einsamkeit meines Büros war wie ein Ankerpunkt, ein Moment der Ruhe im stürmischen Meer des Krankenhausalltags.

Als ich mich etwas gefasst hatte und die Stille des Raumes ein wenig meiner inneren Unruhe gedämpft hatte, griff ich nach meinem Handy, das auf dem Schreibtisch neben einem Stapel unerledigter Akten lag. Ich entsperrte das Display und scrollte durch meine Kontakte, innehaltend bei einem Namen, der mir ein warmes, wenn auch wehmütiges Lächeln entlockte.

Es war viel zu lange her, dass ich mich bei ihr gemeldet hatte. Die Tage waren verflogen, gefüllt mit Verpflichtungen und Aufgaben, die mich vollkommen vereinnahmt hatten. Jedes Mal, wenn ich daran gedacht hatte, anzurufen oder eine Nachricht zu schreiben, war irgendetwas dazwischengekommen, hatte meine Aufmerksamkeit gefordert und mich davon abgehalten.

Jetzt, in der relativen Ruhe meines Büros, wurde mir bewusst, wie sehr ich diese Verbindung vernachlässigt hatte, wie wichtig es mir eigentlich war, diese Brücke nicht einstürzen zu lassen. Mit einem entschlossenen Tippen wählte ich den Kontakt aus, hielt einen Moment inne und drückte dann auf *Anrufen*. Während ich darauf wartete, dass die Verbindung aufgebaut wurde, spürte ich eine Mischung aus Vorfreude und Nervosität.

»Henry, es ist schön, auch mal wieder von dir zu hören.« Ihre Stimme klang wie Musik in meinen Ohren.

»Es tut mir so leid. Ich hatte unheimlich viel zu tun und zwischendurch hatte ich noch eine Transplantation, Nachblutungen und Fortbildungen. Ich bin tot und brauche einfach Schlaf.«

»Komm doch für ein paar Tage vorbei.« Es war ein Tonfall, der sowohl Vertrautheit als auch eine zarte Vorwurfsspur beinhaltete, ein Spiegelbild der Zeit, die wir nicht miteinander gesprochen hatten. Trotz der untergründigen Vorhaltung war ihre Stimme warm und weich, fast so, als könnte ich das Lächeln hören, das sich in ihren Worten verbarg.

»Ich kann nicht. Hier brennt die Hütte«, erklärte ich und wusste, dass es eine Ausrede war.

Sie seufzte. »Das ist doch immer der Fall. Deine Neffen würden sich auch freuen.«

»Ich komme, sobald ich etwas Luft habe.« Während unseres Gesprächs versuchte ich, die verlorene Zeit ein wenig wiedergutzumachen, lauschte ihren Erzählungen und teilte meine eigenen. Doch die Verantwortung und die anstehenden Aufgaben in meinem Büro ließen sich nicht gänzlich ignorieren. Neben dem Telefonat griff ich zu den Entlassungsbriefen, die auf meinem Schreibtisch gestapelt waren. Meine Hände bewegten sich fast automatisch, während ich die notwendigen Informationen in die Dokumente eintrug, immer wieder von ihrer Stimme am Telefon geleitet.

»Immer am arbeiten … Das wird nicht auf ewig so weitergehen.«

»Ich liebe meinen Job, auch wenn er mich fordert.« Manchmal war ich mir selbst nicht sicher, ob ich mir diese Dinge glauben konnte.

Liebte ich es so sehr oder war es einfach nur meine Flucht geworden, um nicht nachdenken zu müssen?

»Du wolltest einen Nachfolger aufbauen. Was ist daraus geworden?« Ich konnte mir ihr Gesicht genau vorstellen, wie Megan den Finger an die Lippen legte, während sie nachdachte. »Jonas hieß er, oder?«

»Ich denke nicht, dass er geeignet dafür ist. Er …« Er war ein Grabscher. Das allein war schon genug, um ihn für immer auszuschließen, aber er fing auch an, seine Arbeit zu vernachlässigen. Angeblich hatte er wohl mit einer Studentin angebandelt und schwebte auf Wolke sieben.

Sie wurde still, ließ mir einige Sekunden, ehe sie fragte: »Was ist los, Henry? Du kannst mit mir reden. Ich bin deine Familie.«

»Er hat eine Assistenzärztin belästigt und ich überlege die ganze Zeit, ob ich es melde. Sie möchte das nicht, aber es ist doch nicht richtig, es unter den Tisch fallen zu lassen, oder?« Das Tippen auf der Tastatur vermischte sich mit dem Klang ihrer Erzählungen, ein stetes Hintergrundgeräusch, das mich daran erinnerte, dass die Zeit drängte.

»Das ist eine schwere Entscheidung. Ich denke, du solltest das tun, was sie will.«

»Reiße ich damit Wunden bei dir auf?«

Megan wurde still. »Nein, es ist schon okay.«

»Dann gib mir einen Rat.« Es war mir unverständlich, wie Marie beschlossen hatte, den Vorfall einfach auf sich beruhen zu lassen. Irgendwie schien es, als würde sie die Geschehnisse verdrängen, als könnte sie dadurch einen Schlussstrich ziehen. Doch in meinem Inneren wusste ich, dass dies nicht die Lösung sein konnte. Die Gerechtigkeit und das Wohl des Teams standen auf dem Spiel, und die Vorstellung, dass solch ein Verhalten ohne Konsequenzen bleiben könnte, war für mich unerträglich. »Sie ist so… Sie ist einzigartig. Sie hat Potenzial, aber ich denke nicht, dass sie es einfach so wegstecken wird.«

»Das muss jede Frau für sich selbst entscheiden, Henry.«

Eigentlich wollte ich sie nicht bevormunden. Ich hielt es nur nicht für richtig, nach allem, was mit meiner Schwester geschehen war. »Ich glaube, sie überdenkt das nicht richtig.« Ich konnte nicht nachvollziehen, wie Marie so ruhig bleiben und zur Tagesordnung übergehen konnte. Doch ich wusste, dass Verdrängung keine Heilung bedeutete. Die Wunden waren vielleicht nicht sichtbar, aber sie waren da, und sie brauchten Aufmerksamkeit und Pflege, nicht Ignoranz. »Sie war wirklich verstört und jetzt tut sie, als wäre gar nichts geschehen.«

»Verdrängung ist ein normaler Prozess, um weiterleben zu können.«

»Also soll ich es nicht melden?«

»Nicht gegen ihren Willen.« Für Megan klang es so klar – fast schon einfach. »Seit wann interessierst du dich so sehr für deine Assistenten?«

Es beschäftigte mich zutiefst, dass sie nicht wollte, dass der Vorfall an die große Glocke gehängt wurde. Aber Schweigen und Wegsehen waren keine Optionen, die ich mit meinem Gewissen vereinbaren konnte. In einer Welt, in der wir uns tagtäglich für das Leben und die Gesundheit unserer Patienten einsetzten, wie konnten wir dann bei einem solchen Vorfall innerhalb unseres eigenen Teams wegschauen? »Sie ist wirklich gut.«

»Ja, das sagtest du schon. Es ist dennoch ungewöhnlich für dich.«

»Es ist nur Interesse.« In den Tiefen meines Bewusstseins hatte ich längst akzeptiert, dass Marie für mich mehr als nur eine weitere Assistentin war. Ihre Präsenz hatte eine subtile, aber unwiderstehliche Anziehungskraft, die mich immer wieder in ihren Bann zog. Es war eine Anerkennung, ein Gefühl, das ich tief in mir verbarg, wohl wissend um die Komplexität, die solch ein Eingeständnis mit sich brächte. »Ich muss jetzt los. Genieß die Zeit. Bis dann«, sagte ich mit einer Stimme, die ich so neutral wie möglich zu halten versuchte.

Obwohl ich versuchte, die Dringlichkeit meiner aktuellen Aufgaben als Vorwand zu nutzen, war mir bewusst, dass Megan wahrscheinlich zwischen den Zeilen lesen würde. Sie hatte ein feines Gespür für die Emotionen anderer, und ich hatte keinen Zweifel daran, dass sie meine plötzliche Eile bemerken würde.

Ich wandte mich wieder dem Papierkram zu, der sich auf meinem Schreibtisch angesammelt hatte. Akten, Notizen, Berichte – jeder einzelne Zettel schien eine Geschichte zu erzählen, ein Stück des Krankenhausalltags festzuhalten.

Doch trotz der dringenden Notwendigkeit, mich diesen Aufgaben zu widmen, fand ich meine Gedanken immer wieder bei Marie. Ich versuchte, mich auf die Details der Patientenakten zu konzentrieren, doch Maries Präsenz war allgegenwärtig.

Schließlich gab ich dem Drang nach, der mich schon seit dem Moment unseres letzten Zusammentreffens begleitete. Ich griff nach meinem Handy, das neben der Tastatur lag, fast verborgen unter einem Berg von Dokumenten.

Ich, 19:04 Uhr
Die Unterbrechung war fies, oder?

Butterfly, 19:07 Uhr
Schrecklich …

Ich, 19:08 Uhr
Ich habe gesehen, wie du mich angestarrt hast im OP und dann bei der Fortbildung.

Butterfly, 19:08 Uhr
Es tut mir leid. Ich konnte nicht anders.

Ich, 19:09 Uhr
Du darfst schauen.

Ich, 19:09 Uhr
Aber vor allem darfst du deinen Arsch jetzt in mein Büro bewegen.

Ich, 19:09 Uhr

Setz dich auf meinen verdammten Schreibtisch und lass uns da weitermachen, wo wir aufgehört haben.

Butterfly, 19:10 Uhr

Professor, Sie sind aber heute herrisch.

Ich, 19:10 Uhr

Ich scherze nicht.

Ich, 19:11 Uhr

Komm her.

Butterfly, 19:12 Uhr

Ich bin schon längst Zuhause und backe gerade.

Ich, 19:12 Uhr

Was backst du?

Butterfly, 19:13 Uhr

Einen Kuchen.

Butterfly, 19:13 Uhr

Ich habe Morgen Geburtstag.

Ich, 19:14 Uhr

Dann sollte ich mir wohl ein Geschenk überlegen.

Butterfly, 19:14 Uhr

Ich hätte da eine Idee.

Ich, 19:15 Uhr

Erzähl mir davon.

Butterfly, 19:15 Uhr

Was wäre, wenn wir einfach da weitermachen, wo wir gestört wurden?

Ich, 19:16 Uhr

Du möchtest also, dass ich dich berühre?

Butterfly, 19:18 Uhr

Ich will deine Hände überall an meinem Körper spüren.

Ich, 19:20 Uhr

Und dann?

Butterfly, 19:21 Uhr

Dann lehne ich mich gegen dich.

Butterfly, 19:22 Uhr

Ich will, dass du eine Hand in meine Hose schiebst und mich fingerst.

Butterfly, 19:23 Uhr

Ich würde alles darauf verwetten, dass du verflucht geschickte Finger hast.

Ich, 19:24 Uhr

Ich werde nie wieder neben dir am OP-Tisch stehen können, ohne mir Gedanken darüber zu machen, was für schmutzige Dinge aus deinem Mund kommen können.

Butterfly, 19:25 Uhr

Ich habe noch gar nicht angefangen, Professor.

Ich, 19:26 Uhr

Ich kann mir richtig vorstellen, wie du dich gegen die Arbeitsfläche lehnst und dich darüber freust, dass du mich provozierst.

Butterfly, 19:27 Uhr
Bist du denn allein?

Ich, 19:28 Uhr
Ja.

Ich, 19:30 Uhr
Ich habe Bereitschaftsdienst.

Butterfly, 19:30 Uhr
Dann bist du Morgen früh gar nicht mehr da?

Butterfly, 19:31 Uhr
Ich wollte doch Kuchen mitbringen für alle. Du bist auch eingeladen.

Ich, 19:32 Uhr
Ich werde warten.

Ich, 19:32 Uhr
Nicht auf den Kuchen, aber auf dich.

Ich, 19:33 Uhr
Nackt.

Ich, 19:34 Uhr
Auf meinem Schreibtisch.

Ich, 19:35 Uhr
Ich kann es kaum erwarten.

Kapitel 15

Marie

Als ich mit dem Kuchen den Pausenraum betrat, konnte ich die Vorfreude kaum zurückhalten. Mit einem breiten Lächeln rief ich in die Runde: »Hey, ich habe etwas Süßes mitgebracht, um meinen Geburtstag mit euch allen zu feiern.«

Ein erfreutes Raunen erfüllte den Raum, als sich meine Kollegen von ihren Gesprächen und der Pause abwandten, angelockt von der Aussicht auf eine süße Überraschung. Die Atmosphäre wurde schlagartig lebhafter, als sich alle um den Tisch scharten, auf dem ich den Kuchen abstellte.

»Wow, das sieht ja fantastisch aus!«, rief Sarah begeistert aus und griff sich mit funkelnden Augen ein großzügiges Stück Kuchen. »Herzlichen Glückwunsch zum Geburtstag.«

»Danke, Sarah. Ich hoffe, es schmeckt euch. Bedient euch, bitte. Ich habe extra darauf geachtet, dass genug für jeden da ist.« Die Dankbarkeit und Freude über die positive Reaktion meiner

Kollegen erfüllten mich mit einem Gefühl der Zugehörigkeit und des Glücks.

Während sich der Raum mit Lachen, Gesprächen und dem Klirren von Geschirr füllte, bemerkte ich in einer ruhigen Ecke des Raumes Henry, der etwas abseitsstand und mich mit einem nachdenklichen Blick beobachtete. Seine Zurückhaltung überraschte mich, und getrieben von einer Mischung aus Neugier und Besorgnis, bahnte ich mir einen Weg durch die Menge zu ihm.

»Professor von Stettenfels, möchten Sie nicht auch ein Stück?«, fragte ich, als ich ihn erreichte, und deutete auf den inzwischen schon leicht dezimierten Kuchen. »Es ist wirklich genug für alle da.«

Er schüttelte langsam den Kopf, während seine Augen nicht von mir wichen. »Nein, danke. Aber ... herzlichen Glückwunsch.« Eine seltsame Mischung aus Distanz und einer subtilen Wärme lag in der Luft.

Ich konnte nicht anders, als für einen Moment von der Tiefe seines Blickes gefangen zu sein. »Sind Sie sicher? Der Kuchen ist wirklich lecker«, versuchte ich erneut, ein wenig Ratlosigkeit in meiner Stimme.

Sein Blick verweilte einen Moment länger auf mir, bevor er schließlich an mich herantrat und sich zu meinem Ohr beugte. »Ich will dich nach der OP in meinem Büro sehen, das habe ich dir gestern schon gesagt.«

Mein Herz schlug schneller, dröhnte in meinen Ohren nach. »Ich hätte da noch eine Frage bezüglich der Operation. Kann ich Ihnen die stellen, während wir uns einwaschen?«

»Selbstverständlich.« Er deutete mir die Richtung und ich ging voraus.

Obwohl ich den schlabbrigen Kasack trug, konnte ich genau spüren, wie er jeden Zentimeter meines Körpers musterte und beobachtete. Besonders meinen Hintern. Ich bog in die Nische zwischen den OP-Sälen ein, die zu dieser Zeit leer war. Vielleicht war das mein Vorteil.

Ich lehnte mich gegen das Waschbecken und musterte ihn. Es war ein Blick, der eine tiefe, unausgesprochene Verbindung zwischen ihnen offenbarte, eine Spannung, die in der Luft zu knistern schien.

Fernab von den neugierigen Blicken der anderen, schloss Henry die Distanz zwischen uns. Die Kühle der Fliesen im Rücken kontrastierte mit der Wärme, die von ihm ausging. »Was ist deine Frage, Butterfly?«

»Ich habe keine. Ich wollte dich nur vor der Operation allein sehen.« Wir standen so nahe beieinander, dass ich seinen Atem auf meiner Haut spüren konnte. Es war ein leises, unregelmäßiges Hauchen, das von der Anspannung und der Nähe zeugte.

»Du wolltest mich provozieren, oder?«

Ich seufzte. Alles in meinem Körper kribbelte, wenn ich in seiner Nähe war, wenn er meine Haut durch Zufall streifte. »Fuck … Ich halte es doch selbst kaum aus.«

»Was möchtest du, Marie?«

»Küss mich«, raunte ich und blickte zu ihm auf.

»Hier, wo uns jeder sehen kann?« In der Enge dieses Raumes, umgeben von der kühlen Sterilität der Waschbecken und der drückenden Stille, fanden wir uns in einem Wirbel der Emotionen wieder. Es war ein Tanz auf dem schmalen Grat zwischen Professionalität und der rohen, unausweichlichen Anziehung, die sie zueinander führte.

Meine Lippen streiften seine beinahe. »Ist mir egal.«

»Ich möchte, dass du mir ganz genau zuhörst.«

»Alles, was du willst.« Mit einer vorsichtigen, fast zögerlichen Bewegung streckte ich meine Hand aus und berührte seine Wange. Meine Finger zitterten leicht bei der Berührung. Es war ein winziger Kontakt, doch in diesem Augenblick schien er die Welt zu bedeuten.

Er knurrte. »So ein braves Mädchen.«

Henry reagierte auf meine Berührung, indem er sich noch einen winzigen Bruchteil näher an mich heranschob. Jeder Atemzug schien uns näher zusammenzuziehen, die Luft um uns herum mit einer elektrischen Spannung aufzuladen, die jeden meiner Sinne überwältigte. »Ich möchte, dass du dich jetzt steril machst und mir dann assistierst.«

»Küss mich, bitte.« Vermutlich würde ich sonst verbrennen, zu Asche zerfallen und den gesamten Tag nicht mehr ich selbst sein. Er musste es einfach tun, denn er hatte mich zu sehr angefüttert, um jetzt einen Rückzieher zu machen.

»Ich küsse dich, wenn ich es für richtig halte und bis dahin wirst du dich gedulden.« Wir standen so nahe, dass ich die feinen Linien seines Gesichts ausmachen konnte, jede Nuance in seinen Augen. Sein Blick war tief, durchdringend, als könnte er bis in die verborgensten Winkel meiner Seele sehen. Ich spürte seinen Atem.

»Machst du das mit Absicht?«

Er lächelte. »Ich möchte dich am OP-Tisch stehen sehen, wie du mich ansiehst und dein Verlangen immer weiter wächst. Ich will es in deinen Augen sehen, Butterfly.« Die Zeit schien stillzustehen, als wir uns in diesem Schwebezustand befanden, kurz davor, die letzte Distanz zwischen uns zu überwinden.

Mein Herz schlug wild in meiner Brust, ein stürmisches Klopfen, das jede Faser meines Seins erfüllte. Die Nähe, die Hitze, die unerklärliche Anziehung – alles drängte uns näher zueinander, zu einem Punkt, der unausweichlich schien. »Ist das die Retourkutsche, weil ich gestern nicht in dein Büro gekommen bin?«

»Nein, das nennt sich Geduld, Marie. Wir haben hier einen Job zu erfüllen. Das Privatleben kommt später.«

»Wie soll ich mich so konzentrieren?«

Er positionierte seine Lippen so dicht vor meinen, dass ich instinktiv die Augen schloss. »Willst du es so sehr?«

»Mehr, als du es dir vorstellen kannst«, flüsterte ich.

Henry zögerte einen winzigen Moment, als ob er die Tragweite abwog, dann überbrückte er die letzte Distanz zwischen uns. Als seine Lippen die meinen trafen, war es, als würde ein Sturm in mir entfesselt. Der Kuss war leidenschaftlich, fordernd, ein Zusammenprall von Emotionen, der die Welt um uns herum zum Schweigen brachte.

Seine Hände fanden ihren Weg in mein Haar, zogen mich noch näher an ihn heran, als ob es möglich wäre, die ohnehin schon verschwindend geringe Distanz zwischen uns weiter zu verringern. Seine Lippen bewegten sich mit einer Intensität über meine, die jedes meiner vorherigen Erlebnisse in den Schatten stellte.

Ich spürte, wie meine Knie weich wurden. Ich klammerte mich an Henry, suchte Halt in seiner Umarmung, während die Intensität des Kusses mich zu überwältigen drohte. Sein Griff um mich war fest, ein sicherer Hafen in dem emotionalen Wirbelsturm, der in mir tobte.

Dann löste er sich von mir, ließ mich zu Atem kommen, ehe er mir auf den Hintern schlug. »Jetzt wasch dich ein und mach deinen Job, Butterfly.«

Kapitel 16

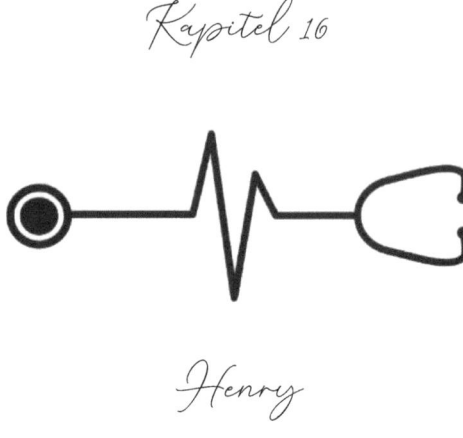

Henry

Der Mundschutz, der den größten Teil von Maries Gesichts verbarg, lenkte die Aufmerksamkeit unweigerlich auf ihre Augen, die noch mehr zu leuchten schienen.

»Warum fangen wir nicht an?«

Während ich ihr gegenüberstand, konnte ich nicht umhin, mich zu fragen, ob sie wirklich bereit war, diesen entscheidenden Schritt zu gehen. Die Aufgabe, einen Patienten zu öffnen, war nicht nur ein technischer Akt chirurgischer Präzision, sondern auch ein tiefgreifender Moment medizinischer Verantwortung. Es erforderte nicht nur fachliches Können, sondern auch eine innere Stärke und eine außergewöhnliche emotionale Belastbarkeit.

Ich beobachtete sie einen Moment lang, suchte nach Anzeichen von Zögern oder Unsicherheit, aber fand keine. Stattdessen sah ich eine junge Ärztin, die trotz der enormen Verantwortung, die auf ihren Schultern lastete, eine bemerkenswerte Ruhe ausstrahlte. Ihre Haltung war konzentriert, ihre Bewegungen bedacht, als sie sich bereit machte, den nächsten Schritt zu gehen. »Hier«, sagte ich und reichte ihr das Skalpell. »Du wirst es tun.«

»Wirklich?« Ihre Hand zitterte leicht, als sie das Instrument entgegennahm. Es war das erste Mal, dass sie diese Verantwortung übernahm.

»Ganz sicher. Du kannst das.« Mit lenkender Stimme gab ich ihr die letzten Anweisungen, erinnerte sie an die Schlüsselpunkte des Eingriffs und die Wichtigkeit einer bedachten Handführung. »Erinnere dich an deine Ausbildung, Marie. Vertraue auf deine Fähigkeiten.«

Als sie den ersten Schnitt setzte, beobachtete ich sie genau. Ihre Hand fand nach den anfänglichen Momenten der Unsicherheit eine stetige Ruhe, und der Schnitt war präzise, genau so, wie es sein sollte. Ich stand direkt neben ihr, bereit einzugreifen, falls nötig, doch es wurde schnell klar, dass sie die Situation unter Kontrolle hatte.

Hin und wieder gab ich Korrekturen oder Hinweise, kleine Anpassungen der Technik oder der Positionierung, die den Eingriff effizienter machten. Marie nahm jede Anweisung auf, setzte sie um, ohne ihre Konzentration zu verlieren. Es war beeindruckend zu sehen, wie sie mit jedem weiteren Schnitt, jeder Naht und jeder Entscheidung, die sie traf, an Selbstvertrauen gewann.

»Du hast eine wirklich ruhige Hand.«

Ich beobachtete sie. Es waren flüchtige Blicke, gestohlen in den kurzen Pausen zwischen den Handgriffen, den Anweisungen und dem konzentrierten Schweigen, das unsere Arbeit begleitete.

»Meine Oma hat immer mit mir gemalt. Sie hat mir schon früh beigebracht, kontrollierte Bewegungen auszuführen.«

»Das hat sie sehr gut gemacht.«

»Woher kommst du?«, fragte sie und schaute kurz zu mir auf.

Die Operation erforderte Präzision und ein tiefes Verständnis für die komplexen Strukturen des Herzens, und es war eine hervorragende Gelegenheit für sie, wertvolle Erfahrungen zu sammeln. »Aus einem kleinen Dorf an der italienischen Grenze.«

»Du bist Italiener?«

»Mein Vater ist es. Meine Mutter ist hier in München geboren und aufgewachsen.« Ich begann mit dem sorgfältigen Öffnen des Brustkorbs, um Zugang zum Herzen zu erhalten, während ich Marie erklärte, was ich tat und warum. »Wo bist du aufgewachsen?«

»In der Nähe von Garmisch-Patenkirchen.«

Jeder Schritt wurde bedacht ausgeführt, jede Bewegung war das Ergebnis jahrelanger Erfahrung und Praxis. »Achte auf die Art, wie ich den Schnitt führe«, sagte ich, während meine Hände routiniert arbeiteten. »Die Präzision hier ist entscheidend.« Am Ende ging es doch immer darum, wie sauber man die Schnitte setzte. »Lebst du allein hier?«

Sie nickte. »Ich habe eine Wohnung am Sendlinger Tor.«

Also hatte sie keinen Freund ... Nicht, dass ich sie für eine Frau gehalten hatte, die Spaß suchte, wenn sie in einer Beziehung war, aber ich wollte es gerne klären. »In der Penner-Gegend?«

Sie lachte über den Seitenhieb hinweg. Nicht alle Teile der Gegend waren so, aber die meisten. So wie ich sie einschätzte, wohnte sie wahrscheinlich am Nussbaumpark und konnte jeden Morgen beim Aufwachen die Junkies betrachten.

»Es kann nicht jeder in Grünwald wohnen, Herr Professor.« Diese kleinen Momente mit ihr, obwohl sie oft nur aus einem kurzen Blickwechsel bestanden, waren mir kostbar. Sie boten einen seltenen Einblick in die Person hinter der professionellen Fassade. Ich fand mich oft in Gedanken verloren, berührt von der Schlichtheit dieser Augenblicke, die doch so viel über unsere gegenseitige Achtung und das ungeschriebene Verständnis zwischen uns aussagten.

»Woher weißt du das?«

»War nur eine Mutmaßung.«

Man sah es mir also inzwischen an. Unweigerlich musste ich in mich hineinschmunzeln. Eigentlich hatte ich mich niemals Zuhause gefühlt, weder in Italien noch in München. Dort war ich immer der Deutsche und hier fühlte ich mich auch nicht, als würde ich dazu gehören.

Als wir das Herz freigelegt hatten, wies ich Marie an, die Instrumente zu reichen und erklärte ihr gleichzeitig die nächsten Schritte. »Wir werden jetzt die blockierten oder verengten Abschnitte umgehen«, erklärte ich, während ich die Stellen für den Bypass identifizierte. »Das Ziel ist es, den Blutfluss zum Herzen wiederherzustellen. Wenn er etwas weniger Fett gegessen hätte, dann wären seine Arterien wohl nicht so verstopft.«

Marie reichte mir die notwendigen Instrumente, ihre Hände sicher und ruhig. »Vielleicht hat er das Leben genossen.«

»Diese Art von Genuss rächt sich später. In deinem Alter steckt man das weg, aber in meinem verfettet es das Herz und führt zu sowas.« Ich konnte sehen, wie sie jeden meiner Schritte genau beobachtete, bereit, zu lernen und zu verstehen. »Jetzt präparieren wir die Vene, die als Bypass dienen wird«, fuhr ich fort, während ich die Vene sorgfältig isolierte und für die Transplantation vorbereitete.

»Lebst du allein?«

Ich schaute kurz auf. »Ja.«

»In einem Haus oder einer Wohnung?«

»Ein Haus.« Es war eine Wertschätzung, die in den hektischen Routinen des Krankenhausalltags selten Platz fand, und doch waren es gerade diese Augenblicke, die mir Kraft gaben und mich daran erinnerten, warum ich diesen Beruf gewählt hatte.

»Genauer gesagt, lebe ich in meinem Elternhaus. Es ist seit drei Generationen in der Familie und ich habe es erst vor einem Jahr vollkommen saniert und verändert.«

Als es an der Zeit war, die Vene mit dem Herzen zu verbinden, ließ ich Marie näherkommen. »Sieh genau hin. Die Nähte müssen präzise gesetzt werden, um sicherzustellen, dass der Bypass dauerhaft funktioniert. Aber ich bin mir sicher, dass du diese Präzision erreichen kannst.«

»Darf ich es üben?«

Ich streckte ihr den Nadelhalter und den Faden entgegen. »Behalte im Hinterkopf, dass du das Leben dieses Mannes in den Händen hältst.« Unter meiner Aufsicht und Anleitung führte sie einige der Nähte aus, ihre Bewegungen konzentriert und genau.

Ihre Hände bewegten sich mit einer Präzision und Sicherheit, die von ihrer gründlichen Ausbildung und ihrem angeborenen Talent zeugten.

»Du machst das sehr gut.« Als sie die letzte Naht setzte und die Arterie sicher verschlossen hatte, hob sie den Blick. Hinter dem Mundschutz, der ihr Gesicht verdeckte, trafen ihre Augen die meinen. Ein Lächeln, unsichtbar für Außenstehende, aber unverkennbar in der Art, wie sich ihre Augen leicht zusammenzogen und ein warmes Leuchten ausstrahlten, erhellte ihr Gesicht. »Ich bin mir sicher, deine Oma wäre stolz auf diese Präzision.«

»Danke für die Chance.«

»Heute ist doch dein Geburtstag.« Es war mehr als nur die Freude über die erfolgreiche Vollendung einer heiklen Aufgabe; es war die Kommunikation zwischen uns, ein geteilter Moment des Triumphes und der Anerkennung unserer gemeinsamen Anstrengungen.

Die Krankenschwester neben mir schaute auf. »Sie sind aber heute sehr freundlich, Herr Professor.«

»So kennt man mich.«

Kapitel 17

Marie

Nachdem die OP erfolgreich abgeschlossen war, spürte ich, wie ein Rausch der Zufriedenheit und des Stolzes über die geleistete Arbeit mich erfüllte. Es war dieses einzigartige Gefühl, das mich jedes Mal ergriff, wenn ich aus dem OP-Saal trat – ein Mix aus Adrenalin, Erleichterung und dem tiefen Bewusstsein, etwas Bedeutsames erreicht zu haben. Mein Puls beruhigte sich nur langsam.

Mit jedem Schritt, den ich auf Henrys Büro zuging, spürte ich, wie die Nervosität in mir anstieg. Mein Herzschlag beschleunigte sich erneut, pochte heftig gegen meine Brust, als wollte es mir entfliehen.

Als ich schließlich vor Henrys Bürotür stand, musste ich einen Moment innehalten, um durchzuatmen und meine Gedanken zu ordnen. Die Tatsache, dass mein Körper so extrem auf ihn reagierte, war beunruhigend und faszinierend zugleich. Es war eine Intensität der Empfindung, die ich mir nicht erklären konnte, ein magnetischer Zug, der mich immer wieder zu ihm hinzog, trotz aller Vernunft und aller Vorsicht.

Mit einem Atemzug und einer Anstrengung, die Nervosität in mir zu bändigen, klopfte ich schließlich an die Tür. Schließlich trat ich ein.

Dort saß er, an seinem Schreibtisch, vor sich einen Minikuchen, auf dem eine einzelne Kerze flackerte. »Alles Gute zum Geburtstag.«

»Ist das für mich?«, fragte ich irritiert nach.

»Nein, für Herbert, den Putzmann.« Er stand auf, ein sanftes Lächeln umspielte seine Lippen, als er mir den Kuchen entgegenstreckte. »Na sicher, das ist für dich. Für einen richtigen Kuchen hat die Zeit nicht gereicht, aber das ist mein liebster Automatenkuchen.«

Unweigerlich musste ich lächeln. »Das ist wirklich süß.«

»Puste die Kerze aus und wünsch dir etwas.«

Ich trat näher. Die Kerze warf ein sanftes Licht auf sein Gesicht, zeichnete die Linien seines Lächelns nach und ließ seine Augen auf eine Weise leuchten, die ich zuvor nicht bemerkt hatte. »Erfüllst du mir den Wunsch auch?«

»Möglicherweise, wenn du sehr fest daran glaubst«, erwiderte er mit ruhiger Stimme.

»Ich möchte, dass du mich belohnst, Henry.«

»Belohnen?«

»Belohne mich für die gute Arbeit.« Ich beugte mich leicht vor, die Wärme der kleinen Flamme spürbar auf meiner Haut, und hauchte, um die Kerze auf dem Minikuchen auszublasen. Die Kerze erlosch mit einem Flackern, und für einen kurzen Moment waren wir umhüllt von der Stille, die auf das kleine Ritual folgte. Als ich mich wieder aufrichtete, trafen meine Augen die seinen.

»Wünsche darf man nicht laut aussprechen.«

»Nur sprechenden Menschen kann geholfen werden.« Ich trat näher an ihn heran und stellte mich zwischen seine Beine. »Du faszinierst mich.«

Henry schien ebenso von diesem Moment gefangen zu sein. Langsam, als ob er von einer unsichtbaren Kraft geführt würde, legte er seine Hände an meine Hüften. »Bietest du jedem Mann an, dich zu belohnen?«

Fast reflexartig legte ich meine Arme um seine Schultern. »Sehe ich so aus?«

Er zögerte nur einen Herzschlag lang, dann zog er mich behutsam näher an sich heran. Die Distanz zwischen uns verringerte sich mit jeder Sekunde, bis kaum mehr Raum war als für einen flüchtigen Atemzug. Die Nähe war überwältigend, und ich konnte seinen Atem spüren, gleichmäßig und ruhig. »Was ist, wenn ich dich viel lieber bestrafen würde?«

»Ich habe keine Strafe verdient.«

»Für freche Widerworte finde ich immer eine passende Reaktion und da habe ich tatsächlich eine ganze Menge von dir bekommen.«

Ich ließ meine Hand über seine Beine gleiten, strich die Naht entlang. »Was würdest du tun, wenn ich deinen Gürtel einfach öffne?«

»Finde es heraus.« In seinen Augen sah ich eine Spiegelung meiner eigenen Gefühle – Überraschung, vielleicht, über die plötzliche Wendung der Ereignisse, aber auch etwas Tieferes, Unausgesprochenes, das in diesem Moment zwischen uns entstanden war.

Ich griff nach dem Gürtel und öffnete ihn. Er ließ es geschehen, als wäre es das, worauf er schon die ganze Zeit gewartet hatte. Wie in Zeitlupe sank ich vor ihm auf die Knie. Es war so lange her, dass ich jemanden so sehr wollte wie ihn gerade. Meine Hand glitt immer wieder über seinen Schwanz, spürte, wie er immer härter wurde.

Plötzlich griff er mein Kinn. »Wann hast du Feierabend?«

»Habe ich schon seit einer halben Stunde.«

»Gut, dann kommst du mit mir ins *Spatzl*.«

Ich stutzte.

»Hast du mich akustisch nicht verstanden?« So schnell, wie ich den Gürtel geöffnet hatte, schloss er ihn wieder.

Henrys Verhalten war wie ein Rätsel, das ich nicht zu lösen vermochte, ein ständiges Wechselspiel aus Nähe und Distanz, das mich zutiefst verwirrte. »Ist das gerade dein Ernst?«

»Steh auf und komm mit.«

Ich verharrte auf dem Boden. »Bist du irgendwie schwul oder asexuell?« Doch dann, fast so plötzlich, wie diese Momente der Nähe entstanden, schien er innezuhalten, als würde ihn die Realität unserer Situation mit voller Wucht treffen. Sein Griff lockerte sich, und in seinen Augen spiegelte sich ein Konflikt, der sein Innerstes zu zerreißen schien. »Ich meine es ernst. Ich knie vor dir und du willst lieber in eine Bar gehen?«

Er lachte. »Ich kann dir versichern, dass ich nicht schwul bin.« Energisch packte er mein Kinn.

Diese plötzlichen Rückzüge, nach Momenten, die so voller unausgesprochener Versprechen waren, ließen mich ratlos und emotional aufgewühlt zurück. »Es gibt nichts, was ich in diesem Moment lieber tun würde, als dir meinen Schwanz in den Mund zu schieben.« Mit dem Daumen umspielte er meine Lippen.

»Aber das wäre nicht richtig. Das wäre nicht das, was ein guter Mann tun würde.«

Ich wimmerte gespielt auf.

Warum tat er es nicht einfach? Warum gab er dieser Lust nicht nach?

»Lass mich nicht leer ausgehen, Henry.« Mit großen Augen schaute ich ihn an, immer in der Hoffnung, etwas verändern zu können.

Mit einem Ruck zog er mich vom Boden hoch. »Wir werden jetzt deinen Geburtstag feiern.«

Sein widersprüchliches Verhalten – dieses ständige Pendeln zwischen Annäherung und Rückzug – ließ mich in einem Meer von Fragen und Zweifeln treiben. Ich fragte mich, ob die Intensität, die ich in seinen Gesten und Blicken zu spüren glaubte, real war oder nur das Produkt meiner eigenen Sehnsüchte. Jeder Moment der Nähe, der so abrupt von seiner Zurückhaltung unterbrochen wurde, war wie ein Schlag gegen die zarte Blüte der Hoffnung, die in mir zu keimen begann. »Du würdest mir sagen, wenn ich nicht dein Typ wäre, oder?«

Er ließ mir keine Chance, meine Frage noch einmal zu überdenken, sondern drängte mich gegen die Wand. »Fühlt sich das irgendwie an, als wärst du nicht mein Typ?« Ich spürte alles von ihm. Jeden Zentimeter seines harten Schwanzes an meinem Rücken. Seine Hände ruhten an der Wand neben meinem Kopf.

»Warum lässt du es dann nicht zu?«

Sein Blick hielt mich gefangen, tief und durchdringend, als könnte er bis in die verborgensten Winkel meiner Seele sehen. Die Luft zwischen uns schien zu vibrieren, erfüllt von Spannung, einem Versprechen, das in der Schwebe hing.

»Weil du mehr verdient hast, als einen schnellen Fick auf meinem Schreibtisch. Deswegen werden wir deinen Geburtstag feiern.« Ich konnte seinen Atem auf meiner Haut spüren.

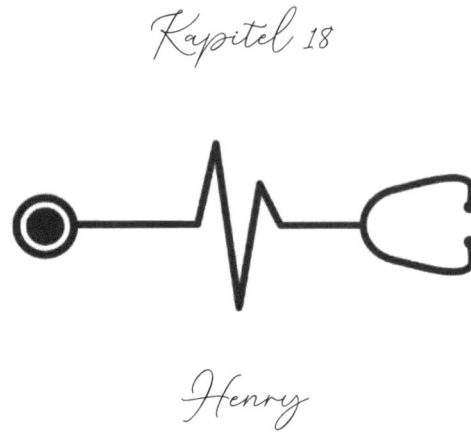

Kapitel 18

Henry

In der gemütlichen Atmosphäre der Bar, umgeben von rustikalem Holzdekor und dem Gemurmel anderer Gäste, saß ich Marie gegenüber. Während ich sie beobachtete, konnte ich nicht umhin, den Frust in ihrem Gesicht zu bemerken, der sich wie ein dunkler Schleier über ihre sonst so lebhaften Züge gelegt hatte.

Sie war bei ihrem dritten Cocktail angekommen. Mit jedem Schluck schien sie nicht, wie erwartet, entspannter zu werden, sondern vielmehr tiefer in ihre eigenen Gedanken und Frustrationen zu versinken. Ihre Hand umklammerte das Glas fester, als wäre es ein rettender Anker in einem stürmischen Meer von Emotionen, und mit jeder Bewegung, jedem Blick, der in die Ferne schweifte, wurde deutlicher, dass sie weit entfernt war von der ausgelassenen Stimmung, die man in einer Bar erwarten würde.

»Bist du ein wenig frustriert?«

»Ein wenig.«

Ich musterte sie. Ihre Stirn war in Sorgenfalten gelegt, und der Ausdruck in ihren Augen schwankte zwischen Zorn und Enttäuschung. »Mach dir nichts draus. Es ist nicht das Ende.«

»Du kannst dir nicht vorstellen, wie gerne ich mich einfach von dir ficken lassen würde.« Die Gier lag so deutlich in ihrer Stimme.

Entschlossen schob ich ihr Glas weg. »Ich glaube, du hast genug getrunken.«

Sie wandte den Blick nicht ab, als sie sich auf meinen Schoß setzte. Als wäre es ein Automatismus, bewegte sie sich über meinen Schwanz. »Stört es dich nicht, die ganze Zeit so hart zu sein, wenn wir etwas dagegen tun könnten?« So unschuldig, wie sie aussah, als sie mit der Hand über meine Beule rieb, hätte ich es ihr beinahe geglaubt.

Dann bemerkte ich, wie die Tür sich erneut öffnete. Christian Meyer und Leon Fitz, zwei unserer Kollegen, betraten die Bar. Ihre Erscheinung war unverkennbar – Christian mit seiner lebhaften Ausstrahlung und Leon, immer etwas zurückhaltender, aber mit einem freundlichen Lächeln. »Du solltest deine Hand aus meinem Schritt nehmen und von meinem Schoß gehen, wenn du nicht möchtest, dass die halbe Klinik es Morgen weiß.«

Ein kurzer Moment des Zögerns war in ihrem Blick zu erkennen, bevor sie eine Art von Resignation zeigte, als hätte sie erwartet, dass dieser Abend nicht in völliger Abgeschiedenheit verlaufen würde.

Christian und Leon steuerten ohne Zögern auf unseren Tisch zu. Es war offensichtlich, dass sie unsere Anwesenheit bemerkt hatten und in der Absicht kamen, sich uns anzuschließen. »Wie nett, dich zu treffen«, sagte Christian und stützte die Arme auf den Tisch.

»Du hast gar nicht gesagt, dass du hier sein würdest.« Leon musterte mich mit einem verschwörerischen Lächeln.

Doch ich konnte nicht reagieren, denn sie ergriff das Wort: »Ich bin Marie. Ich arbeite-«

Ich unterbrach sie. »Sie ist eine Bekannte.«

Es wäre ein großer Fehler, sie darauf aufmerksam zu machen, dass sie auch im Krankenhaus arbeitete. Das war das Letzte, was sie wollte, das konnte ich ihr versichern.

Die beiden nahmen an unserem Tisch Platz, und die Atmosphäre änderte sich schlagartig. »Ihr Gesicht kommt mir irgendwie bekannt vor«, meinte er nach einiger Zeit zu Marie.

»Das ist ein Zufall.« Die Worte rollten hastig von meiner Zunge.

Ich konnte nicht umhin, eine gewisse Unruhe zu spüren, die durch ihre Blicke hervorgerufen wurde. Es war schwer zu übersehen, wie sie Marie musterten, nicht mit der einfachen Neugier oder dem freundlichen Interesse, das man von Kollegen erwarten könnte, sondern mit einer Intensität, die eine andere Absicht verriet.

Diese Art der Betrachtung war nicht neu; ich hatte schon zuvor beobachtet, wie Christian und Leon mit Frauen umgingen, als seien sie nichts weiter als Objekte ihrer Begierde, nicht würdig der gleichen Achtung und des gleichen Respekts, den sie ihren männlichen Kollegen entgegenbrachten.

»Sie ist wirklich hübsch. Wo bekommst du nur immer diese wunderschönen Frauen her?« Christian zog eine Augenbraue in die Höhe, als er mich ins Visier nahm.

Diese Erkenntnis ließ mich zunehmend unwohl fühlen. Es war eine Sache, über solche Verhaltensweisen in abstrakter Form

Bescheid zu wissen, aber es direkt vor meinen Augen zu sehen, gerichtet gegen jemanden, den ich schätzte und respektierte, war etwas ganz anderes. Ich spürte, wie sich in mir eine Mischung aus Ärger und Schutzbedürfnis regte.

Marie selbst schien sich der Blicke bewusst zu sein, und obwohl sie nach außen hin ruhig blieb, konnte ich eine gewisse Anspannung in ihrer Haltung erkennen. Es war schwer zu sagen, ob sie durch die Situation beunruhigt war oder ob sie sich lediglich darauf konzentrierte, ihre Reaktionen zu kontrollieren. Trotzdem war es offensichtlich, dass die Art und Weise, wie Christian und Leon sie betrachteten, nicht nur unangemessen, sondern auch zutiefst respektlos war.

Die bedrückende Erinnerung an das, was mit meiner Schwester geschehen war, lag wie ein Schatten über mir, als ich Christian und Leon dabei beobachtete, wie sie Marie musterten. Ich kannte ihre Art nur zu gut, ihre sorglose Missachtung von Grenzen und die rücksichtslose Art, mit der sie mit Frauen umgingen. Es war ein Verhalten, das in ihrem Charakter verankert zu sein schien, ein Mangel an Empathie und Respekt, der mir nur allzu vertraut war.

Der Gedanke daran, was eine Nacht in ihrer Gesellschaft für Marie bedeuten könnte, ließ mich innerlich erstarren. Ich wusste, dass sie nicht die Art von Menschen waren, die die emotionalen oder physischen Konsequenzen ihrer Handlungen bedachten. Ihre Lüsternheit und ihr Mangel an Rücksichtnahme hatten bereits zu viel Schmerz geführt, Schmerz, den ich aus erster Hand kannte, Schmerz, der meine Schwester fast zerbrochen hätte.

Die Erinnerung an das, was damals geschehen war, war eine ständige Mahnung an die Gefahr, die von solchen Menschen ausging. Meine Schwester hatte lange gebraucht, um sich von der

Erfahrung zu erholen, und die Narben, die jene Nacht hinterlassen hatte, waren nicht nur körperlich. Es war eine Zerstörung, die tiefer ging, die das Vertrauen und das Selbstbild angreift und hinterfragt. Mit jedem Lachen und jedem flüchtigen Blick, den Christian und Leon in Maries Richtung warfen, wuchs meine Entschlossenheit, nicht tatenlos zuzusehen.

»Tanzen wir?« Ich stand auf, streckte meine Hand aus.

Für einen Moment zögerte sie, überrascht von meiner plötzlichen Aufforderung, doch in ihren Augen war ein Funke der Erleichterung zu erkennen.

Wir bewegten uns zum improvisierten Tanzbereich der Bar, der von den Tischen und Stühlen abgetrennt war. Die Musik, die bisher nur eine Hintergrundmelodie gewesen war, füllte nun den Raum um uns, ein sanfter Rhythmus, der unsere Schritte leitete.

»Das sind doch Professor Meyer und Dr. Fitz, oder?«, hakte sie schließlich nach und nippte an dem Glas, das sie mitgenommen hatte.

Ich nickte. »Die Chefärzte der Neurochirurgie und der Orthopädie.« Während wir tanzten, konnte ich spüren, wie die Anspannung langsam von Maries Schultern wich. Unsere Bewegungen waren zunächst zaghaft, abtastend, doch bald fanden wir einen gemeinsamen Rhythmus.

»Wissen Sie, wer ich bin, oder warum starren sie so?« Ihre Blicke hafteten an uns, als würden sie jedes unserer Manöver auf der kleinen Tanzfläche genau verfolgen.

Marie schien zunehmend unruhiger zu werden unter ihrem prüfenden Blick, eine Nervosität, die sie dazu veranlasste, immer wieder zu ihrem Cocktail zurückzukehren. Jeder Schluck schien eine verzweifelte Suche nach einem Ausweg zu sein, eine

Möglichkeit, sich von dem unbehaglichen Gefühl, beobachtet zu werden, zu befreien.

»Es ist nichts weiter. Manchmal kommen wir gemeinsam hierher. Sie sind etwas speziell, Butterfly.«

Dann löste sich Christian von seinem Platz und kam zu uns. Mit einem selbstsicheren Lächeln, das keine Einwände duldete, begann er, sich in unseren Tanz einzumischen, Marie direkt anzutanzen. Seine Bewegungen waren anfangs spielerisch, doch bald wurde sein Tanzstil fordernder, eine deutliche Überschreitung der Grenzen, die Marie sichtlich zu verunsichern begann.

Marie machte zunächst mit, ihre Bewegungen jedoch zögerlich und nicht so fließend wie zuvor. Christians Verhalten, seine fordernde Art, ließ eine klare Missachtung für ihre Komfortzone erkennen. Es war ein direkter Kontrast zu der bisherigen Harmonie unseres Tanzes, eine unwillkommene Störung, die die leichte, fast heitere Stimmung in etwas weit Düstereres verwandelte.

»Magst du das?«, flüsterte sie mir zu.

Wie konnte sie ansatzweise davon ausgehen, dass ich ein Mann war, der gerne teilte? Mein Blick war fest auf die beiden gerichtet, deren Tanz sich vor meinen Augen entfaltete. Sie warf sich ihm förmlich an den Hals.

Ein Teil von mir wollte glauben, dass Maries Handlung eine Art von Verteidigungsmechanismus war, eine Reaktion auf die fordernde Haltung von Christian. Doch ein anderer Teil von mir konnte nicht leugnen, dass es auch wie eine Antwort auf meine eigene Zögerlichkeit wirkte, ihr das zu geben, wonach sie vielleicht gesucht hatte. Die Erkenntnis, dass mein eigenes Zögern sie vielleicht in diese Lage gebracht hatte, war bitter.

Die Eifersucht, die in mir aufkochte, war eine rohe, ungeschliffene Emotion, die ich kaum kontrollieren konnte. Es war nicht nur der Anblick von ihr in seinen Armen, der mich traf, sondern auch das Wissen um seine Absichten, um das, wozu er fähig war. Die Erinnerungen an vergangene Ereignisse, an die Geschichten und Warnungen, die sich um Christian rankten, kamen in Wellen zurück, verstärkten meine Angst um Marie und mein Gefühl der Hilflosigkeit.

Ich stand da, gefangen zwischen dem Wunsch, einzugreifen, und der Unsicherheit darüber, wie ich das tun sollte, ohne die Situation weiter zu eskalieren oder sie in Verlegenheit zu bringen. »Marie, wir gehen.«

Entschlossen griff ich nach ihrem Arm.

»Aber wir haben doch gerade so viel Spaß.« Sie lachte und schwankte ein wenig.

Ich hielt ihren Arm fester. »Lass es sein.«

Sie hatte mich genug provoziert. Jetzt reichte es. Das hier war nämlich längst kein Spiel mehr.

Christian, scheinbar amüsiert über die Situation, nahm ihr das Glas aus der Hand, ein Lächeln auf den Lippen, das nichts Gutes verhieß. »Ich halte das für dich.«

In dem Moment, als Marie in meinen Arm schwankte, sah ich aus dem Augenwinkel, wie Christian rasch und unauffällig etwas in ihr Glas schüttete. »Wir werden jetzt gehen.«

»Ich will aber noch nicht gehen.« Bevor ich reagieren konnte, nahm Marie das Glas wieder an sich und leerte es in einem Zug.

Das Wissen um das, was Christian Marie ins Glas geschüttet hatte, und seine offensichtlichen Absichten lähmten mich für einen Moment mit einem Gefühl des Entsetzens. Seine Handlungen, so schamlos und unverhohlen durchgeführt, weckten schmerzhafte Erinnerungen an das, was damals bei meiner Schwester geschehen war.

Die Parallelen zwischen dem, was jetzt geschah, und den Ereignissen aus der Vergangenheit waren unübersehbar und schrecklich. Christians Verhalten, das Fehlen jeglicher Zurückhaltung oder Bedenken hinsichtlich der Konsequenzen seiner Taten, war ein direktes Spiegelbild der Nacht, die meine Schwester beinahe zerstört hatte.

»Die Kleine ist doch perfekt. Oder wolltest du sie ganz für dich allein haben?«

»Wag es nicht, sie anzurühren.« Warnend funkelte ich ihn an.

»Das will sie doch von ganz allein. Nicht wahr, Baby?« Sie schwankte gegen ihn. »Was hältst du davon, wenn wir von hier verschwinden?«

Die Erinnerungen an meine Schwester brachen mit unerbittlicher Kraft über mich herein, jede Einzelheit der schrecklichen Nacht, als sie Opfer von Christians skrupellosem Handeln wurde, spielte sich vor meinem inneren Auge ab. Ich erinnerte mich an ihre Verwirrung, ihren Schmerz und die tiefen Narben, die dieses Ereignis in ihr hinterlassen hatte.

Christian, der mit derselben kaltblütigen Gleichgültigkeit agierte, hatte dieses Muster offenbar schon seit Jahrzehnten perfektioniert, immer knapp am Rande der Legalität, immer gerade so ungreifbar, dass ihm niemand das Handwerk legen konnte. Doch heute Abend, in dieser Bar, mit Marie an meiner Seite, fühlte ich mich näher daran, ihm endlich Einhalt zu gebieten, als je zuvor. Die Beweise schienen greifbar nahe, die Gelegenheit, ihn zu überführen, hatte sich noch nie so deutlich dargestellt.

Auf der einen Seite stand die Möglichkeit, endlich Gerechtigkeit für meine Schwester zu erlangen, auf der anderen Seite das Risiko, Marie einem ähnlichen Schicksal auszusetzen.

Mein Herz raste, als ich die Optionen abwog. Die Nähe zu ihr in den letzten Stunden hatte eine Verbindung geschaffen, die ich nicht ignorieren konnte. Sie war nicht nur eine Schachfigur in einem Spiel der Vergeltung; sie war eine Person, deren Lachen und Stärke mich auf eine Weise berührt hatten, die ich nicht für möglich gehalten hätte.

Kapitel 19

Marie

Das Erste, was ich spürte, als ich am nächsten Morgen erwachte, war ein pochender Schmerz, der sich durch meinen Kopf bohrte, als hätte jemand im Inneren meiner Schädeldecke eine Baustelle errichtet. Die Kopfschmerzen waren so heftig, dass sie jeden Gedanken an Schlaf vertrieben und mich in die schmerzhafte Realität des Tages zwangen.

Das monotone Geräusch des Schnarchens drang an mein Ohr, und verwirrt richtete ich mich auf, um nach der Quelle des Geräusches zu suchen. Mein Blick fiel auf Henry, der auf dem Boden lag. Sein Körper war notdürftig mit einem Mantel zugedeckt.

Was machte er hier?

Warum lag er auf dem Boden?

Die letzte klare Erinnerung, die ich hatte, war wie wir die Bar betreten hatten. Doch von dem Moment an, bis zu meinem Erwachen hier war alles ein Nebel.

Ich versuchte, die Bruchstücke der vergangenen Nacht zusammenzusetzen, doch je mehr ich nachdachte, desto mehr schien mein Kopf zu schmerzen. Unweigerlich hob ich die Bettdecke und erblickte, dass ich die Klamotten von gestern Abend trug.

Was zur Hölle war geschehen?

Wieso lag er auf dem Boden?

Hatte ich so viel getrunken?

»Was machst du hier?«, fragte ich in die Stille hinein.

Nachdem ich Henry einige Zeit angestarrt hatte, begann er, sich zu regen. Vielleicht war es das Gewicht meines Blickes oder einfach nur der natürliche Verlauf seines unruhigen Schlafs, der ihn zurück in die Welt holte. Mit einem tiefen, verschlafenen Seufzen öffnete er die Augen, blinzelte einige Male, um sich an das morgendliche Licht zu gewöhnen, und richtete seinen Blick langsam auf mich.

»Geht es dir gut?«

»Oh, Gott … Ich fühle mich wie siebzig.« Es dauerte einen Moment, bis er sich seiner Umgebung bewusst wurde, seine Augen suchten nach Anhaltspunkten, die ihm helfen könnten, die Situation zu erfassen. Als er schließlich erkannte, wo er war und mich mit meinen schmerzverzerrten Gesichtszügen sah, kam ein Ausdruck des Verständnisses in seine Augen.

»Mein Kopf tut so weh«, merkte ich an. Es war ein absurder Schmerz, so viel schlimmer als jede Migräneattacke, die ich jemals gehabt hatte.

Mit einer Mischung aus Unbeholfenheit und Entschlossenheit rappelte er sich vom Boden auf. Seine Bewegungen waren noch steif vom unkomfortablen Schlaf auf dem harten Untergrund, doch er ließ sich nicht beirren. »Hast du Schmerztabletten? Dann hole ich dir eine.«

»In der Schublade dort.« Mit dem Finger deutete ich auf die Kommode am anderen Ende des Schlafzimmers.

Er streckte sich kurz und ging dann zur Schublade. Dann kramte er darin herum. »Du bewahrst die Schmerztabletten beim Sexspielzeug auf?«

»Die Schublade darüber ist es. Den Rest brauchen wir erst, wenn ich mich nicht mehr wie ein Zombie fühle.«

Er fand die Tabletten und griff sie. Mit einer Fürsorglichkeit, die ich in seinem Zustand nicht erwartet hätte, füllte er ein Glas Wasser und brachte es mir zusammen mit der Tablette.

»Was ist gestern geschehen? In meinem Kopf ist alles schwarz ab... Ab dem Moment, in dem wir die Bar betreten haben.«

»Du hast ziemlich viel getrunken und ein bisschen die Kontrolle verloren, Butterfly.«

Das Gefühl, das mich durchdrang, war ungewöhnlich und unangenehm, eine Mischung aus Benommenheit und einem dumpfen Schmerz, der meinen Kopf umklammerte. Jede Bewegung schien eine enorme Anstrengung zu erfordern, und das Licht, das durch die Fenster strömte, fühlte sich an wie eine grelle, unnachgiebige Invasion in meinen ohnehin schon überlasteten Sinnesraum. »Das klingt nicht nach mir.«

»Du hast wirklich viele Cocktails gehabt. Wir haben getanzt und ... Ich hätte besser auf dich aufpassen müssen, aber es war doch dein Geburtstag.«

»Es tut mir leid.« Mit jeder Minute, die verging, wurde mir klarer, dass ich unter den typischen Symptomen eines Katers litt. Die trockene Mundhöhle, der pochende Kopfschmerz, der sich bei jeder noch so kleinen Kopfbewegung zu verstärken schien, und ein allgemeines Gefühl der Mattigkeit, das meinen Körper durchzog, waren untrügliche Zeichen einer durchzechten Nacht.

»Das muss es nicht, Butterfly. Ich habe dich sicher nach Hause gebracht.«

»Warst du die ganze Nacht hier?«

»Erst wollte ich gehen, aber dann konnte ich nicht. Ich hatte Angst, dass du etwas brauchen und es nicht bekommen würdest.«

Die Erinnerungen an den vorherigen Abend waren verschwommen, Fragmente von Bildern und Gesprächen, die nur halb Sinn ergaben. Das diffuse Gefühl der Unruhe, das mich umgab, deutete darauf hin, dass die Nacht mehr beinhaltet hatte als nur ein paar harmlose Drinks, doch die genauen Details blieben mir verborgen. »Das ist sehr nett von dir.«

»Vielleicht revanchierst du dich irgendwann dafür.« Er lächelte gequält.

»Ganz sicher.« Mein Blick schweifte auf die Uhr, die ich von meiner Großmutter hatte. »Shit … Ich müsste längst im Krankenhaus sein. Ich habe doch Frühdienst.«

»Ich habe unsere Dienste getauscht. Schlaf ein bisschen und dann wird das schon.« Sanft streichelte er mir über den Kopf.

Ich griff nach seiner Hand und hielt sie fest. »Kannst du bei mir bleiben?«

»Wenn ich nicht mehr auf dem Boden liegen muss. Das macht mein Rücken nämlich nicht mit.« Hastig nickte ich und er setzte sich mit einer bedächtigen Bewegung auf die Kante. Ein wenig zögerlich rutschte ich näher zu ihm, bis ich mich schließlich in die Sicherheit seines Armes lehnte.

»Du hättest dich auch ins Bett legen können. Es wäre schließlich nicht das erste Mal.« Die Wärme, die von ihm ausging, war beruhigend, und für einen Moment erlaubte ich mir, die Anspannung und den Stress der vergangenen Stunden zu vergessen. »Es tut mir wirklich leid. Ich bin sonst nicht so«, brachte ich mit leiser Stimme hervor, die Worte wurden von echtem Bedauern getragen. »Ich weiß nicht, was gestern Abend passiert ist, aber es ist mir unangenehm, dass ich so die Kontrolle verloren habe.«

»Das ist auch sehr wichtig, Butterfly. Es ist gefährlich, wenn man die eigenen Grenzen nicht kennt.«

Kapitel 20

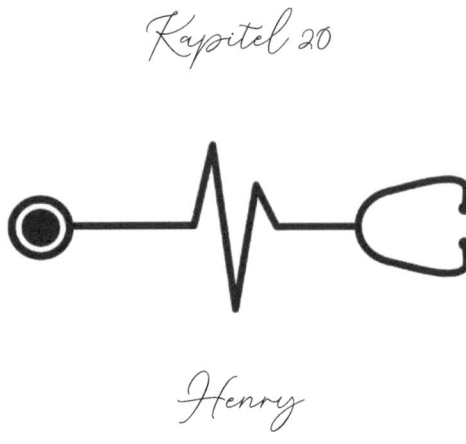

Henry

Im Glanz des OP-Saals stand ich mit Marie und einigen Kollegen zusammen, während wir die letzte Operation besprachen. Trotz der ernsten Themen und der konzentrierten Atmosphäre, die für solche Besprechungen typisch war, lag eine gewisse Leichtigkeit in der Luft, ein Gefühl der Kameradschaft und des gegenseitigen Respekts, das uns alle verband.

Ihre Schritte hallten im Raum wider, während sie den Saal verließen, bis schließlich nur noch Marie und ich zurückblieben, wartend auf den nächsten Patienten.

Trotz meines Bemühens, mich auf die bevorstehenden Aufgaben zu konzentrieren, fand ich meinen Blick immer wieder bei ihr. »Ich möchte, dass du heute alles machst.«

»Ich fühle mich wirklich nicht in der Lage dazu.« Als wäre es ein Automatismus, ließ sie die Hand an ihre Stirn gleiten.

»Wir sind Ärzte – Götter in weiß – und nur, weil du einen Kater hast, kann die Welt nicht aufhören, sich zu drehen.« Je länger ich sie beobachtete, desto mehr spürte ich, wie eine Sehnsucht in mir wuchs, eine tiefe Bewunderung für sie.

»Ich habe keinen Kater.«

Ich schmunzelte. »Dann kannst du ja operieren.«

»Was bekommen wir überhaupt?«

»Nichts Dramatisches. Einen Bypass, wie du ihn schon oft bei mir gesehen hast.« Der Wunsch, Marie zu berühren, sie näher an mich zu ziehen, war überwältigend, fast schmerzhaft in seiner Intensität.

Trotz des Verlangens, das in mir brodelte, kämpfte ich mit mir selbst, versuchte, mir das Berühren zu verbieten, mir einzureden, dass es falsch wäre, die professionellen Grenzen so zu überschreiten. Doch die Anziehung, die ich für sie empfand, war wie eine mächtige Strömung, die all meine Bedenken und Widerstände mit sich riss.

»Die anderen machen gerade Pause. Wir sollten auch etwas Essen«, meinte sie und schaute immer wieder zur Tür.

Je länger ich mit ihr allein war, desto mehr spürte ich, wie meine Entschlossenheit bröckelte, wie der Drang, ihr nahe zu sein, jede Vernunft überwältigte. »Wag es nicht, diesen Saal zu verlassen.«

»Was wollen Sie denn dagegen tun, Professor?«, fragte sie spielerisch.

Schließlich, getrieben von einer Kraft, die ich nicht mehr kontrollieren konnte, gab ich dem Impuls nach. Ich schloss den kurzen Abstand zwischen uns und griff nach ihr, meine Hände fanden ihre Arme mit einer Sanftheit, die im Gegensatz zu der heftigen Sehnsucht stand, die mich erfüllte. Ihre Überraschung war nur für einen Moment spürbar, bevor sie sich in der Intensität des Moments verlor.

Als ich sie zu mir zog, fand ich ihre Lippen mit meinen, und der Kuss, der folgte, war eine Explosion der Emotionen. Es war eine Entladung all der aufgestauten Gefühle, eine Flutwelle, die uns beide mitriss.

Der Kuss war leidenschaftlich, fordernd, eine Vereinigung, die tiefer ging als bloße körperliche Berührung. Unter dem Druck meiner Lippen spürte ich, wie ihre Knie nachgaben.

»Fütterst du mich wieder nur an?«, hauchte sie gegen meine Lippen.

Marie hatte eine Art an sich, die mich von Anfang an fasziniert hatte, doch es war ihre freche, spielerische Seite, die mich besonders anzog. Es gab Momente, in denen sie eine Verspieltheit an den Tag legte, die mich völlig in ihren Bann zog, Momente, in denen ihre Augen vor Schalk funkelten und jedes ihrer Worte eine verborgene Herausforderung zu enthalten schien. »Beweis mir, dass du ein braves Mädchen sein kannst.«

»Es ist eine Illusion, dass ich das sein könnte.«

»Du bist also ein böses Mädchen?«

»So böse, dass ich gerade darüber nachdenke, meine Hand in deiner Hose zu versenken und es direkt hier mit dir zu treiben.« Ihre Lippen formten sich zu einem Grinsen, frech und voller Versprechen, während sie sich leicht auf die Unterlippe biss.

Dieser verschwörerische Ausdruck in ihren Augen, kombiniert mit dem provokativen Spiel ihrer Lippen, traf mich mit einer Intensität, die ich kaum für möglich gehalten hätte. In mir entflammte eine Reaktion, die ebenso unmittelbar wie unkontrollierbar war. »Mit dem Risiko, dass jeden Augenblick jemand zurückkommt.« Ich nahm ihre Hand und führte sie in meine Hose. Sie fasste sofort zu, rieb über meinen Schwanz. »Du bist wirklich ungezogen.«

»Du hast recht. Vielleicht solltest du mich nicht belohnen, sondern bestrafen.« Die Luft zwischen uns knisterte, erfüllt von einer elektrisierenden Spannung, die jede rationale Überlegung in den Hintergrund drängte. Ich fühlte, wie mein Körper auf ihre stumme Herausforderung reagierte, eine Hitze, die sich unaufhaltsam ausbreitete und jede meiner Fasern erfasste.

Entschlossen beugte ich sie über den OP-Tisch und mich zu ihrem Ohr. »Vielleicht sollte ich meinen Schwanz auch einfach in dir versenken und jede einzelne Sekunde davon genießen.«

»Es wäre mir eine Ehre, Boss.« Mit einem Ruck zog sie ihre Hose runter.

Hinter ihr stehend, wurde mir die Brisanz unserer Situation schmerzlich bewusst. Die klaren Linien der Professionalität, die unsere Beziehung definiert hatten, verschwammen zunehmend, während ich über die Implikationen dessen nachdachte, was zwischen uns entstand. Sie war meine Assistenzärztin, eine Kollegin, deren Ausbildung und Wohlergehen in meinen Händen lagen. Die Verantwortung, die ich trug, machte jede persönliche Regung in dieser Richtung nicht nur unangebracht, sondern zutiefst verwerflich.

Zu dieser rationalen Erkenntnis gesellte sich die unbequeme Wahrheit über den Altersunterschied zwischen uns. Ihre Jugend und die damit verbundene Unbeschwertheit standen in krassem Gegensatz zu meiner eigenen Position, in der ich mich längst etabliert hatte. Diese Diskrepanz warf weitere Schatten auf die sich anbahnende Verbindung, ließ sie noch problematischer erscheinen.

Doch mein Schwanz pochte vor Lust. Er pulsierte so sehr, dass es mein Hirn vernebelte. Ich konnte nur daran denken, wie gut es sich anfühlen würde, sie zu berühren. »Ich habe kein Kondom dabei.«

»Dann musst du dich wohl so sehr beherrschen, nicht in mir zu kommen.« Über die Schulter lächelte sie mich an, als wäre es das einzige Risiko, das wir hatten.

Trotz dieser klaren Einwände, die mein Verstand mir vorhielt, war es die unbestreitbare Anziehung, die ich für sie empfand, die mich in einen inneren Zwiespalt stürzte. Ihre Nähe, die Wärme ihres Körpers, die ich fast zu spüren meinte, obwohl ich sie nicht berührte, trieben mich zu einem Punkt, an dem ich meine eigenen Prinzipien infrage stellte.

Der Kampf zwischen Verstand und Verlangen wogte in mir, während ich dort stand und sie betrachtete. Ich wollte sie spüren, ihre Nähe nicht nur erahnen, sondern erfahren, eine Verbindung eingehen, die über das rein Berufliche hinausging. »Das wird mir sehr schwer fallen.«

»Fick mich endlich«, raunte sie und presste sich gegen meinen Schwanz. »Du hast die ganze Nacht auf meinem Boden geschlafen, ohne mich einmal zu berühren. Du machst mich so heiß. Tu mir das nicht an. Mach es endlich.«

Ich wollte das.

Fuck, ich wollte das so sehr.

Aber es war nicht richtig.

Oder?

Ich schob die Hand in meine Hose, als müsste ich mich vergewissern, dass mein Schwanz sich nicht nur so hart anfühlte, sondern es auch wirklich war. »Du setzt deinen Ruf aufs Spiel.«

»Ich scheiße auf meinen Ruf.«

Ich tat das auch.

Sollte uns doch jeder sehen.

Ich wollte wissen, wie sie sich anfühlte.

Wie gut sie sich ficken ließ.

Es gab nichts, was ich lieber tun wollte.

Mein Schwanz versank in ihr, füllte sie aus und ich konnte ihr keine Zeit geben, sich an meine Größe zu gewöhnen. Oh, sie machte das so gut. So verflucht gut. »Gib doch zu, dass du einfach nur ein böses Mädchen bist, dass darauf steht, jeden Augenblick mit meinem Schwanz in sich erwischt zu werden.«

»Es ist das Risiko nur wert, wenn du es härter tust«, keuchte sie und vergrub die Hand in dem dunklen Leder des Tisches. Ob die Kälte ihre Nippel hart werden ließ?

Meine Hand wanderte an ihren Hals, zog sie hoch, sodass sie mir noch näher war. »Du stehst also auf die harte Tour?« Ich hauchte Küsse auf ihren Hals.

»Oh, ja. Das tue ich«, seufzte sie.

Ich tat das auch. Und verdammt, sie fühlte sich so gut an. Ich bewegte mich immer schneller in ihr, immer härter, bis ich das Wimmern aus ihrem Mund hörte. Es wandelte sich zu einem Stöhnen, das erstickt wurde, als ich beschloss, meine Hand fester um ihren Hals zu legen. »Wenn du so laut bist, muss ich dir den Mund zu halten.« Und das waren keine leeren Worte. »Ist es das, was du willst, Butterfly?«

Sie versuchte, einige Sekunden meinen Stößen standzuhalten, doch es klappte nicht. Es war nichts, was ihr ansatzweise gelang. »Ich kann nicht still sein.«

Ich zögerte nicht und presste ihr die Hand, die gerade noch an ihrem Hals gelegen hatte, gegen den Mund. Sie musste sich zusammenreißen, sonst würden wir erstrecht erwischt werden. »Komm für mich, Butterfly. Ich will spüren, wie du kommst.«

»Ich kann nicht.«

»Was kannst du nicht?«

Sie stöhnte gegen meine Hand, bis ich sie kurz hob. »Ich bin zu angespannt. Jeden Augenblick könnte jemand reinkommen.«

Ich zog mich aus ihr zurück und hielt sie nicht mehr, sodass sie auf den Tisch sackte. »Knie dich hin.«

Sie richtete sich auf, drehte sich zu mir um und schaute mir tief in die Augen. Dann sank sie auf die Knie. Ich konnte keine Sekunde mehr Geduld aufbringen und schob meinem Schwanz in ihren Mund. Es fühlte sich nicht ansatzweise so gut an wie ihre Pussy, aber ihr dabei in die Augen zu schauen, machte es besonders. Dieser flehende Blick, das Würgen, als ich mich immer mehr in ihren Mund drängte, waren berauschend. Ich durfte nicht in ihr kommen, aber von ihrem Hals war niemals die Rede gewesen. »Das ist mein gutes Mädchen und jetzt schluck.« Mein Schwanz pulsierte und ich presste ihren Kopf fester an mich. »So ein liebes Mädchen …« Sanft streichelte ich ihr über die Wange.

Ihr Blick lag auf mir, hatte beinahe etwas Flehendes an sich, als sie mich genauer betrachtete. Wie sollte ich jemals nicht auf sie reagieren, wenn sie so war? »Setz dich auf den Tisch. Jetzt kümmern wir uns um dich.« Sie zögerte keine Sekunde, was mir zeigte, dass sie so viel verdorbener war, als ich es für möglich gehalten hätte. Sie winkelte ein Bein an und ich schob meine Hand sofort unter ihren Slip. Manche Frauen waren dafür gemacht, Männer wie mich glücklich zu machen und sie war eine davon. Bei jeder Berührung ließ sie den Kopf mit einem Seufzen weiter nach hinten sinken. »Entspann dich, Butterfly.«

»Sag mir, wie sehr du das liebst«, stöhnte sie und versuchte, ruhig zu sein, so wie ich es ihr vorhin befohlen hatte. »Das Risiko, meine ich.«

Ich schmunzelte, als ich zwei Finger in ihr versenkte und mit dem Daumen ihren Lustpunkt umspielte. »Ich vergöttere das Risiko, sonst wäre ich niemals in der Herz-Thorax-Chirurgie gelandet. Ein falscher Handgriff und der Mensch blutet elend aus«, raunte ich dicht an ihrem Ohr. »Wenn ein Mensch dieses Risiko liebt, dann ich.« Ihr so nahe zu sein, sie zu berühren, während jeden Augenblick jemand hereinkommen könnte, war berauschend.

»Du machst das so gut.« Und sie machte mich so verflucht hart. »Du bist so ein braves Mädchen für mich, auch wenn du dich wie eine Schlampe auf dem OP-Tisch von meinen Fingern vögeln lässt.« Meine Lippen fanden den Weg zu ihrer Stirn. Ich verehrte sie. Dieses Verhalten, die Art wie sie sich bewegte und dieses Stöhnen, das mich irgendwann den Verstand kosten würde. »Das nimmt dir keinen Wert. Gleich wirst du neben mir am Tisch stehen und wirst perfekt in dem sein, was du tust.« Mein Schwanz wurde wieder hart, wenn ich nur daran dachte, wie sie ihre Finger einsetzen würde, um Leben zu retten. Schönheit und Intelligenz, das war das Wichtigste im Leben. »So verflucht perfekt, wie du jetzt bist, wo du so kurz davor bist, zu kommen.«

Ich würde keine Sekunde davon vergessen. Niemals. »Komm für mich.« Je näher ich ihr kam, desto tiefer atmete ich ein – nahm den Duft ihres Parfüms in mich auf. »Es ist okay. Du kannst einfach loslassen und kommen.«

Marie zog sich so eng um meine Finger zusammen, dass ich ihr wieder den Mund zu halten musste, damit wir niemandem auffielen. Diese Frau kostete mich meinen gesunden

Menschenverstand. Sie ließ mich fliegen, ohne dass ich eine Sekunde an den Absturz dachte. Vielleicht war es dieses Risiko, dass das Leben erst lebenswert machte. »Das hast du sehr gut gemacht«, flüsterte ich und küsste ihre Stirn.

Kapitel 21

Marie

Nach der Operation schlüpfte ich in den frischen, blauen Kasack und machte mich auf den Weg zur Station unserer Transplantationspatientin. Die Gänge des Krankenhauses waren belebt, doch meine Gedanken waren ganz bei der bevorstehenden Begegnung.

Als ich das Zimmer der Patientin betrat, wurde ich von einer ruhigen Atmosphäre empfangen. Die Patientin lag dort, umgeben von den Geräuschen der medizinischen Geräte, die ihre Vitalfunktionen überwachten. Mit einem leichten Klopfen an die halbgeöffnete Tür trat ich ein.

»Frau Berger?«, begann ich sanft, um ihre Aufmerksamkeit zu gewinnen. Sie drehte den Kopf in meine Richtung, und ein schwaches Lächeln umspielte ihre Lippen.

»Guten Tag, Dr. Schmidt«, erwiderte sie mit einer Stimme, die trotz ihrer Schwäche von einer inneren Stärke zeugte.

»Ich wollte mich persönlich nach Ihrem Befinden erkundigen.«
Ich ließ mich auf den Stuhl neben ihrem Bett sinken. »Wie fühlen
Sie sich?«

Ein Seufzen entwich ihr, bevor sie antwortete: »Ich bin noch ein
bisschen müde und alles fühlt sich etwas surreal an, aber ich
denke, das ist zu erwarten, oder?«

»Absolut. Es war eine große Operation und die Zeit danach ist
niemals einfach.« Mit einem Nicken stimmte ich mir selbst zu. »Es
ist völlig normal, sich nach so einem Eingriff erschöpft zu fühlen.
Aber ich bin sehr zufrieden, wie alles verlaufen ist. Ihre
Vitalwerte sehen gut aus, und das ist ein positives Zeichen für den
Anfang Ihrer Genesung.«

Das brachte ein erleichtertes Lächeln auf ihr Gesicht. »Das ist
beruhigend zu hören. Ich kann Ihnen und Professor von
Stettenfels gar nicht genug danken.«

»Das Schlimmste haben Sie hinter sich. Jetzt liegt der Fokus auf
Ihrer Erholung und Rehabilitation. Haben Sie Schmerzen oder
gibt es etwas, das Sie beunruhigt?«

Sie zögerte einen Moment. »Die Schmerzen sind da, aber sie
sind erträglich. Mein größtes Anliegen ist, wie es weitergeht. Was
passiert als Nächstes?«

»Das ist eine sehr gute Frage«, sagte ich und lehnte mich etwas
vor, um ihre Sorgen direkt anzusprechen. »Der nächste Schritt ist,
dass Sie sich ausruhen und erholen. Das medizinische Team wird
Sie engmaschig überwachen, um sicherzustellen, dass sich alles
in die richtige Richtung bewegt. Und sobald Sie bereit sind,
beginnen wir mit leichten Rehabilitationsübungen. Es ist ein
schrittweiser Prozess, aber wir sind hier, um Sie bei jedem Schritt
zu unterstützen.«

Ihr Blick wurde nachdenklicher, doch das Lächeln blieb. »Danke, Dr. Schmidt. Es bedeutet mir viel, zu wissen, dass ich in guten Händen bin.«

»Das sind Sie definitiv. Wenn Sie Fragen haben oder etwas benötigen, zögern Sie bitte nicht, das Pflegepersonal oder mich zu informieren. Wir sind hier, um Ihnen durch diesen Prozess zu helfen.« Während ich ihren Arm vorbereitete, um ihr Blut abzunehmen, konnte ich nicht verhindern, dass meine Gedanken immer wieder abschweiften. Die Routine dieser Prozedur lief fast automatisch ab, doch mein Geist war ganz woanders – bei den Erinnerungen an die Momente mit Henry, die mich zutiefst berührt hatten.

Ich erinnerte mich an die Wärme seiner Hände auf meiner Haut, ein Gefühl von Sicherheit und Intimität, das ich so noch nie zuvor erlebt hatte. Seine Berührungen waren sanft und doch bestimmend, eine perfekte Balance, die mich jedes Mal erzittern ließ. Das Gefühl seiner Hände an meinem Körper, die Art und Weise, wie er mich ganz nah an sich gezogen hatte, war das Beste, was ich seit Langem gefühlt hatte.

Sowie ich die Nadel ansetzte und auf den sanften Fluss des Blutes in das Röhrchen achtete, konnte ich die Sehnsucht in mir nicht länger leugnen. Ich wollte diese Nähe wieder spüren, wollte in seinen Armen liegen und die Welt um uns herum vergessen. Das Verlangen nach einer weiteren Begegnung mit ihm, nach einem weiteren Moment, in dem ich seine Hände auf mir spüren konnte, wurde mit jedem Gedanken stärker.

Es war ein Wunsch, der weit über die körperliche Anziehung hinausging. Es war das Bedürfnis nach einer Verbindung, die sowohl beruhigend als auch elektrisierend war, eine Mischung aus Komfort und aufregender Ungewissheit. Die Erinnerung an seine Nähe, an die Stärke und Zärtlichkeit seiner Berührungen, ließ eine tiefe Sehnsucht in mir aufkeimen, eine Sehnsucht, die weit mehr wollte als nur eine flüchtige Begegnung. Der Druck an meinem Arm riss mich aus meinen Gedanken. Überrascht blickte ich auf und sah in das besorgte Gesicht von Frau Berger.

Ihre Hand lag auf meinem Unterarm, als wollte sie sicherstellen, dass sie meine Aufmerksamkeit hatte, ohne aufdringlich zu sein. »Entschuldigen Sie, ich wollte Sie nicht stören«, sagte sie mit einer sanften Stimme, die mich sofort aus meinen Träumereien zurückholte. Ihre Augen suchten die meinen, gefüllt mit einer Mischung aus Dankbarkeit und Unsicherheit. »Ich wollte mich nur noch einmal bei Ihnen bedanken. Für alles«, sagte sie und ihr Blick wurde weicher, dankbar. »Sie und das gesamte Team haben so viel für mich getan.«

Ihre Worte und die aufrichtige Dankbarkeit, die aus ihnen sprach, erinnerten mich daran, warum ich diesen Beruf gewählt hatte. Trotz der persönlichen Verwirrungen und Sehnsüchte, die mich momentan beschäftigten, gab es hier eine Patientin, deren Leben wir positiv beeinflusst hatten. Diese Erkenntnis brachte eine plötzliche Klarheit und ein Gefühl der Zufriedenheit mit sich.

»Das ist unser Job, Frau Berger. Und es ist sehr schön zu hören, dass es Ihnen besser geht«, sagte ich und spürte, wie ein Lächeln meine Lippen umspielte.

Als ich mich von ihr verabschiedete und das Zimmer verließ, war mein Herz immer noch schwer von der Sehnsucht nach Henry. Ich brauchte ihn. Ich brauchte seine Hände auf meinem Körper so sehr. Es war eine Erkenntnis, die tief in mir verankert war und die ich, trotz aller professionellen Distanz, nicht länger leugnen konnte.

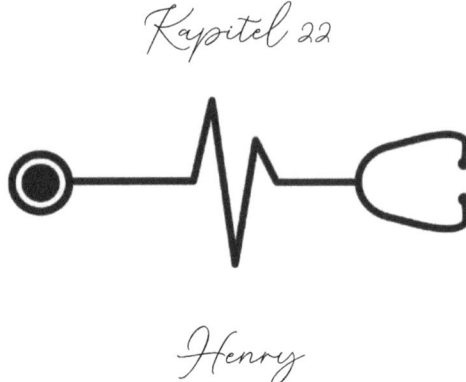

Kapitel 22

Henry

ährend ich durch die vertrauten Räume meines Zuhauses schlenderte, wartete ich darauf, dass ich Meggys Stimme wieder hörte. »Zwei Anrufe in einer Woche. Was ist los mit dir, Henry?«

»Ich dachte, ich melde mich mal wieder«, erwiderte ich und setzte einen Schritt vor den anderen.

»Es ist irritierend. Gibt es etwas, worüber du sprechen möchtest? Beschäftigt dich etwas?«

Mit jedem Schritt zählte ich unbewusst mit, ein leises Ticken in meinem Kopf, das den Rhythmus meiner Bewegungen vorgab. Eins, zwei, drei, vier – ein monotoner Reigen, der mich durch die Flure führte, vorbei an den geschlossenen Türen der Zimmer, die an normalen Tagen voller Leben und Lachen waren. »Was machen meine Neffen?«

»Den beiden geht es gut. Marvin geht jetzt zur Schule. Er hat immer noch ein wenig Schwierigkeiten mit seiner Blase. Vielleicht sollten wir mal mit ihm zum Arzt gehen. Kannst du mir einen empfehlen?«

»Bring ihn doch einfach mal mit. Ich finde einen Kollegen, der ihn untersucht.« Das Haus fühlte sich merkwürdig fremd und leer an. »Was macht Louis?«

»Er sitzt gerade neben mir und spielt. Im Gesicht sieht er einfach aus wie sein Vater.«

»Ist das positiv oder negativ?«

»Dein Schwager würde dich für die Frage jetzt boxen.« Jedes Zimmer, das ich passierte, jedes Möbelstück, das im flackernden Licht der vorbeiziehenden Fenster kurz aufleuchtete, schien eine stumme Frage zu stellen, eine Erinnerung an die Lebendigkeit, die hier fehlte. »Du fehlst mir, Henry.«

Der drängendste unter ihnen war das überwältigende Gefühl des Vermissens, das mich durchflutete, wenn ich an sie dachte. Es war eine Sehnsucht, so tief und allumfassend, dass sie fast körperlich schmerzte.

Doch trotz dieser intensiven Emotion, die mich dazu drängte, ihr zu gestehen, wie sehr sie mir fehlte, fühlte ich eine unsichtbare Barriere, die mich zurückhielt.

Diese Zurückhaltung war mehr als nur die Angst vor Ablehnung oder der Sorge, wie sie reagieren könnte.

»Fehle ich dir auch?«, hakte sie schließlich nach.

»Wirst du irgendwann zurückkommen?«

Sie schluckte hart. »Weiß ich noch nicht.«

»Es ist keine Lösung, sich für immer zu verstecken, Meggy.«

»Ich fühle mich hier ziemlich wohl. Die Kinder sind hier, Louis auch. Das fühlt sich wie Familie an.«

Jedes Mal, wenn sie davon sprach, dass ihr Leben woanders war, tat es weh. »Ich bin auch deine Familie.«

»Du lebst für deinen Job.«

»Es ist nicht nur ein Job. Es ist eine Berufung.« Die ständige Notwendigkeit, meinen Beruf zu rechtfertigen, hatte sich zu einem ermüdenden Ritual entwickelt, das mich zutiefst belastete. Es schien, als müsste ich immer wieder die gleichen Gespräche führen, die gleichen Erklärungen abgeben, warum ich tue, was ich tue, und warum es für mich so wichtig ist. Doch jedes Mal fühlte es sich an, als würde meine Leidenschaft, mein Engagement und die Opfer, die ich bringe, auf taube Ohren stoßen.

»Eine Berufung, die immer über der Familie steht.«

»Das stimmt nicht und das weißt du.« Diese ständigen Rechtfertigungen zehrten an mir, hinterließen ein Gefühl der Frustration und der Erschöpfung. Doch tief in mir wusste ich, dass sie es niemals wirklich verstehen würde, dass die Kluft zwischen unserer Weltanschauung und unseren Werten vielleicht zu groß war.

»Du hast mich in dieser Woche öfter angerufen als im letzten Monat. Ich denke, ich spreche hier nur die Tatsachen aus.«

»Ich musste mich um ein paar Dinge kümmern. Kannst du nicht verstehen, dass ich mich andauernd beweisen muss?« Schließlich ballte ich die Hand zur Faust.

Die Einsicht, dass meine Berufung, die so einen integralen Teil meines Lebens ausmachte, für sie unverständlich blieb, ließ mich oft verzweifelt zurück. »Du bist Chefarzt der Herz-Thorax-Chirurgie an einer der renommiertesten Kliniken des Landes. Wohin willst du noch aufsteigen?«

Es war, als spräche ich eine Sprache, die sie nicht verstehen konnte, als lebte ich in einer Welt, die ihr fremd war. Dieses mangelnde Verständnis, die Unfähigkeit, die Bedeutung meines

Berufes für mich zu erfassen, führte zu einer stillen Resignation in mir. »Ich will vor allem nicht absteigen. Das ist es, was zählt.«

»Die Leute lieben dich.«

»Ja, weil ich dafür sorge. Weil ich keine Fehler mache. Weil ich immer da bin. Herrgott, das habe ich dir schon so oft erklärt.« Ich war es so leid, mich zu erklären.

»Ich weiß. Wenn du nur einmal auch für deine Familie so sehr da wärst…«

Diese Ungerechtigkeit wurzelte tief in der Diskrepanz unserer Erfahrungen und Perspektiven, in der grundlegenden Differenz, wie wir beide Sinn und Zweck in unserem Leben fanden.

Ihr mangelndes Verständnis für die tiefe Befriedigung, die meine Arbeit mit sich brachte, machte die Situation umso frustrierender. Ihr Leben schien sich um ganz andere Dinge zu drehen, Dinge, die ihr zwar wichtig waren, aber nie die gleiche tiefgreifende Befriedigung und den Sinn boten, den ich in meiner Arbeit fand. »Du fehlst mir einfach nur, Henry.«

»Dann komm wieder nach München. Sei hier, zieh wieder ins Haus. Es ist schließlich auch deins.«

»Und dann?«

»Dann können wir zusammenhalten. Dann sind wir Familie, Meggy.« Diese Kluft zwischen uns wurde immer deutlicher, je öfter wir auf das Thema zu sprechen kamen.

»Dafür ist es doch längst zu spät.«

Schließlich legte sich eine drückende Stille über den Raum.

»Sag mir einmal, dass du wirklich möchtest, dass ich zurückkomme«, sagte sie und ich konnte mir genau vorstellen, wie sie mir in die Augen schauen würde.

»Das habe ich schon so oft getan.«

»Vielleicht in deinem Kopf. Du hast es niemals ausgesprochen.«

Die Erinnerung an die Konflikte, die ungelösten Probleme und die emotionalen Verwirrungen, die unsere Beziehung geprägt hatten, ließen mich zögern.

Was würde es bedeuten, sie wieder in meinem Leben zu haben?

Wäre es ein Schritt zurück in alte Muster, oder bot es die Chance auf einen Neuanfang, auf eine Klärung der Dinge, die zwischen uns unausgesprochen geblieben waren?

Je länger ich in dieser Stille verharrte, desto mehr wurde mir bewusst, dass ein Teil von mir tatsächlich wollte, dass sie zurückkam. Dieser Teil sehnte sich nach einer Auflösung, nach einer Chance, die offenen Fragen zu klären und vielleicht sogar einen Weg zu finden, die Dinge zwischen uns zu bereinigen. Es war ein Wunsch nach Klarheit, nach einem Abschluss, der es uns beiden ermöglichen würde, vorwärts zu blicken, unabhängig davon, ob dies gemeinsam oder getrennt geschah. »Komm zurück und wir bekommen das alles hin.«

»Ich denke darüber nach.«

»Ich liebe dich, Meggy«, stieß ich aus. Diese Erkenntnis, dass ein Teil von mir die Rückkehr herbeisehnte, nicht aus einem Bedürfnis nach Wiederholung der Vergangenheit, sondern aus dem Wunsch nach einer ehrlichen Konfrontation und Klärung, brachte eine neue Perspektive in mein Zögern.

Nach einer kurzen Pause meinte sie: »Ich dich auch.«

Dann legte sie auf.

Das Gefühl der Zerrissenheit, das mich durchdrang, war tiefgreifend und schmerzhaft, fast wie eine offene Wunde, die nicht heilen wollte. Der Gedanke an meine Familie, die nicht vereint war, brachte eine Schwere mit sich, die schwer zu tragen war.

Die Momente, die wir einst gemeinsam verbracht hatten, die Lachen und Freude, aber auch die Herausforderungen, die wir als Familie gemeistert hatten, schienen jetzt weit entfernt. Die Erinnerungen daran waren bittersüß, gefüllt mit der Sehnsucht nach einer Zeit, in der wir zusammenstanden, ungeachtet der Schwierigkeiten, die das Leben uns entgegenwarf.

Diese Zerrissenheit fühlte sich an wie ein ständiger Kampf zwischen Hoffnung und Resignation. Jedes Familientreffen, jeder Feiertag und jeder besondere Anlass, der einst ein Grund zur Freude war, wurde nun überschattet von der Abwesenheit der Einheit, die unsere Familie definiert hatte.

Kapitel 23

Marie

Getrieben von einer überwältigenden Sehnsucht, die mich mit jeder Sekunde stärker erfasste, fand ich mich auf dem Flur des OP-Bereichs wieder, meine Schritte zielstrebig auf Henrys Büro ausgerichtet. Das tiefe Verlangen, ihm nahe zu sein, ließ mich schneller gehen, fast schon stürmen.

Das Licht des Flurs warf lange Schatten, doch meine Aufmerksamkeit galt einzig dem Ziel vor mir. Die normalerweise so vertraute Umgebung des Krankenhauses kam mir in diesem Moment fremd vor, als existiere nur der schmale Pfad, der mich zu Henry führte.

Als ich schließlich vor der Tür stand, nahm ich mir kaum Zeit, um durchzuatmen. Mit einem Klicken öffnete sich die Tür, und ich trat ein, mein Herz klopfte heftig vor Erwartung und Nervosität.

»Was tust du?«, fragte er und schaute auf.

Langsam schloss ich die Tür hinter mir und zog das Kasackoberteil aus. Es fühlte sich an, als würde ich eine Barriere entfernen, eine Schicht, die mich von Henry trennte. Während der Stoff über meine Schultern glitt und zu Boden fiel, war ich mir seiner Blicke bewusst, die mich intensiv musterten. »Ich brauche mehr.«

Henry saß da, sein Blick fest auf mich gerichtet, während seine Hand unbewusst zu seinem Bart wanderte. »Ich habe jetzt keine Zeit.«

»Halt den Mund und fick mich endlich«, platzte es aus mir heraus. Ich konnte nicht länger warten. Keine einzige Sekunde. Ich hatte ohnehin viel zu lange gewartet.

»Bitte?«

»Habe ich genuschelt, Henry?« Als er immer noch nicht reagierte, schob ich die Hose von meinen Hüften. Er musste nachgeben. »Ich will dich. Jetzt«, sagte ich und zog den Slip ebenfalls aus. Dann warf ich ihn ihm zu.

Nach einem Moment, der sich wie eine Ewigkeit anfühlte, stand er auf. Seine Bewegungen waren bestimmt, jede Zögerung abgelegt, als er die kurze Distanz zwischen uns überbrückte. Sein Gang war ruhig, aber in jedem Schritt lag eine Entschlossenheit, die meine Sinne schärfte und mein Herz schneller schlagen ließ.

Die Luft zwischen uns schien zu knistern, geladen mit der unausgesprochenen Spannung und dem Verlangen, das in diesem abgeschlossenen Raum hing. »Du solltest Feierabend machen und nach Hause gehen. Es war ein harter Tag.«

»Ich habe noch nicht, was ich will.« Tief schaute ich ihm in die Augen.

»Und was willst du?«

»Soll ich es aussprechen, Professor?«

Als Henry die wenigen Schritte zwischen uns überbrückt hatte, standen wir uns gegenüber, so nah, dass ich die leichte Unruhe in seinen Augen erkennen konnte.

Plötzlich packte er mich und drängte mich gegen die verspiegelte Scheibe seines Büros. Von den Kollegen wurde es liebevoll *der Glaskasten* genannt. Das kühle Glas hinter mir bildete einen scharfen Kontrast zu der Hitze, die von unseren Körpern ausging. Mein Atem beschleunigte sich reflexartig, ein stummes Zeugnis der steigenden Erregung und des Verlangens, das in mir brodelte. »Ich will jedes einzelne Wort hören.«

Es war ein Verlangen, das weit über das Körperliche hinausging, eine Sehnsucht, die in meinem Inneren verwurzelt war. Die Spannung zwischen uns war fast greifbar, ein elektrisierendes Feld, das jede rationale Überlegung ausschaltete. »Ich kann an nichts anderes denken als an deinen Schwanz. In mir existiert nur das Gefühl von neulich.«

»Hast du darüber nachgedacht?«

Ich nickte.

»Wann?«

»Immer. Diese Erinnerung ist so präsent in meinem Kopf. Ich konnte nicht aufhören, darüber nachzudenken. Das Gefühl war sofort wieder da.«

Entschlossen griff er meinen Hals. »Hast du daran gedacht, wie ich deinen Hals gegriffen habe?«

Instinktiv biss ich mir auf die Lippe. Mein Blick wanderte langsam nach oben, zu ihm, und in diesem Moment, in dem sich unsere Augen trafen, schien die Luft um uns herum zu vibrieren.

»Du brauchst das, hm? So ein bisschen Kontrolle schadet dir nicht.«

»Ich brauche das«, flüsterte ich und konnte den Blick nicht abwenden.

»Bitte darum.«

Ich lächelte. »Bitte leg deine Hand fester um meinen Hals.«

Henry legte seine Hand an meinen Hals. Seine Berührung war zunächst zärtlich, fast zögerlich, doch dann verstärkte sich der Druck seiner Hand. Sein Daumen strich über die empfindliche Haut meines Halses. »Du siehst so verdammt gut aus, wenn meine Hand deinen Hals schmückt.«

»Fester.«

»Du stehst wirklich darauf«, stellte er fest und schmunzelte mich an.

»Nur, wenn du es machst.« Dieser Moment, in dem er so bestimmt die Kontrolle übernahm, ließ mich noch mehr nach ihm verlangen. Die Mischung aus seiner Stärke und Zärtlichkeit, die Art, wie er mich hielt, als wäre ich das kostbarste Gut, das er je in Händen gehalten hatte, war überwältigend.

Immer wieder umspielte er meinen Kehlkopf mit dem Daumen. »Lust auf ein kleines Spiel, Butterfly?«

»Immer.«

Dann wandte er sich ab und ging mit entschlossenen Schritten zu seinem Spind. Es lag eine faszinierende Entschlossenheit in seinen Bewegungen, ein selbstbewusstes Auftreten, das mich immer wieder aufs Neue in seinen Bann zog. Mit geübten, flinken Bewegungen begann er, den Gürtel aus seiner Hose zu lösen. »Dreh dich um und leg die Hände an die Scheibe. Ich will deinen hübschen Arsch sehen. Zeig ihn mir.«

Seine herrische Art, die Weise, wie er die Situation kontrollierte, ohne dabei überwältigend oder einschüchternd zu wirken, faszinierte mich zutiefst.

Getrieben von diesem Verlangen und dem Wunsch, ihm noch näher zu sein, drehte ich mich um und legte meine Hände gegen die Glasscheibe.

Er stand nun hinter mir und ich blickte ihn über die Schulter an. In seinen Händen hielt er den Gürtel. Als ich seine Nähe spürte, beinahe seinen Atem auf meiner Haut, zog ein Schauer der Vorfreude durch meinen Körper.

Er bildete eine Schlaufe mit dem Leder und zielte auf meinen nackten Hintern. Der erste Kontakt auf meiner Haut war ein Schock – scharf und doch irgendwie erregend. Das Zischen durch die Luft, gefolgt von dem klangvollen Aufprall, schuf eine Symphonie, die durch meinen Körper jagte und mich gleichzeitig erbeben und aufseufzen ließ. »Oh, mein Gott …«

»Henry reicht vollkommen aus.« Zärtlich küsste er meine Schulter.

Das Gefühl, das der Schlag hinterließ, war intensiv, eine Mischung aus Schmerz und einem seltsamen Vergnügen, das mich durchströmte. Jeder Treffer, jeder wohlplatzierte Schlag ließ mich mehr nach ihm verlangen, trieb die Sehnsucht in mir auf einen neuen Höhepunkt.

»Ich stehe darauf, meine Spuren auf deinem Körper zu sehen«, raunte er und presste seine Erektion noch fester gegen meinen Körper. »Wie du zappelst, weil du es kaum aushältst.« Seine Finger glitten über meine Mitte, streiften all die Nässe. »Und wie verflucht feucht du bist.« Er nahm den Gürtel und legte ihn um meinen Hals. »Im Leben geht es immer um Kontrolle. Ich für meinen Teil nehme sie mit dem größten Vergnügen.« Mit einem Ruck zog er ihn zu, aber nicht so, dass er mir die Luft nahm. Lediglich so, dass er mich anfütterte.

»Halte mich nicht noch länger hin.« Fuck, ich würde alles darum geben, dass er mich endlich erlöste.

Mit der flachen Hand klatschte er mir auf den Hintern. »Ich halte dich so lange hin, wie ich es möchte. Vielleicht schicke ich dich so feucht einfach nach Hause und überlasse dich dir selbst.«

»Bitte nicht.«

»Vielleicht findest du Worte, die mich überzeugen, dich zu ficken.« Henry hatte eine Art an sich, die mich auf unerklärliche Weise anzog. Seine Strenge, die sich nicht nur in seinen Handlungen, sondern auch in seiner Haltung und seinem Blick widerspiegelte, entfachte in mir ein Verlangen, das schwer zu zähmen war. Es war diese Mischung aus Autorität und Fürsorge, die mich so unglaublich anmachte, eine Kombination, die mich sowohl herausforderte als auch beruhigte.

Ich stöhnte auf. »Ich will das so sehr.«

»Und du bist so verdammt bereit für mich.« Seine Finger glitten wieder über meine Mitte.

»Ja«, wimmerte ich und legte den Kopf in den Nacken. »Ich möchte nichts so sehr, Boss.«

»Boss …« Er sagte das Wort, als könnte ihn nichts mehr anmachen als dieser Ausdruck.

»Magst du das?« Jedes Mal, wenn er mich mit diesem bestimmten, durchdringenden Blick ansah, fühlte ich, wie eine Welle der Erregung durch meinen Körper rauschte. Seine Augen schienen direkt in mein Innerstes zu blicken, jede meiner Gedanken zu lesen und gleichzeitig eine Aufforderung auszusenden, mich ihm vollkommen hinzugeben.

»So kannst du mich ab jetzt immer nennen«, meinte er und streichelte über meinen Rücken. »Alle sollten mich so nennen.«

»Dann hätte es doch gar keinen Reiz mehr.«

Er zog den Gürtel fester zu. »Willst du die Einzige sein, die dieses Privileg besitzt? Möchtest du die kleine Schlampe sein, die den Boss verführt?«

Über die Schulter funkelte ich ihn an. »Vielleicht ist genau das mein Plan.« Seine Strenge war nie überwältigend oder beängstigend, sondern wirkte eher wie eine Einladung, die Grenzen zu erkunden, die zwischen uns lagen.

»Vielleicht?«

»Ziemlich sicher«, erwiderte ich hastig.

»Nun … Der Boss kann deinem hübschen Arsch einfach nicht widerstehen.« Er öffnete die Bänder seiner Hose und schob sie nach unten, ehe er seinen harten Schwanz zwischen meine Beine drängte.

Die Art, wie er den Raum beherrschte, wie er sich bewegte und sprach, trug eine selbstbewusste Autorität in sich, die mich unwiderstehlich anzog. Seine Strenge, gepaart mit einer unerklärlichen Zärtlichkeit, schuf ein Spannungsfeld, das mich immer wieder zu ihm hinzog, ein Magnetismus, dem ich mich nicht entziehen konnte oder wollte. »Es ist so gut, dass die Scheiben verspiegelt sind.«

»Sonst würde jeder sehen, was du mit meinem Verstand machst.« Er vögelte mich härter, schneller – so, wie er es schon im OP gemacht hatte und wie es mich beinahe den Verstand gekostet hätte.

»Du fickst meinen Kopf, sodass ich kaum an etwas anderes denken kann.«

»Wegen dir bin ich die ganze Zeit so verflucht hart. Es reicht, wenn ich dich nur ansehe«, keuchte er mir ins Ohr und zog den Gürtel fester zu.

»Wenn das wieder passiert, dann nimmst du mich einfach.«

»Egal, wo wir sind?«

Hastig nickte ich. »Ganz egal wo wir sind.«

Jeder Befehl, jede Anweisung, die er mit fester, aber sanfter Stimme aussprach, ließ mich zittern vor Antizipation.

Vorsichtig legte er den Kopf in meiner Halsbeuge ab. »Ich möchte nicht aufhören. Diesmal will ich nicht in deinem Mund kommen.«

Als er den Gürtel immer enger zuzog, rang ich um Luft. Fuck, warum fühlte sich das so gut an. »Ich will spüren, wie du in mir pulsierst.« Mein Kopf sank gegen seine Schulter. »Gott, das ist doch verrückt.«

»Es ist riskant, Butterfly.«

»Zyklustechnisch? Das ist es nicht.«

Ich hörte sein Lachen. »Das meinte ich nicht. Es ist ein Privileg und wenn du mir dieses einmal gibst, dann will ich es immer wieder.«

»Fuck, ich halte das nicht mehr aus. Bring es endlich zu Ende. Mein ganzer Körper kribbelt.« Die Welt um uns herum schien für einen Moment stillzustehen, als die Welle des Vergnügens uns beide erfasste und in eine Flut von Empfindungen mitriss, die so intensiv war, dass sie fast überwältigend wirkte.

Die Intensität dieses Moments war atemberaubend, ein Gefühl der Vollkommenheit, das schwer in Worte zu fassen war. Fast gleichzeitig spürte ich, wie auch Henry den Höhepunkt seiner Erregung erreichte. Das pulsierende und zuckende Gefühl von ihm, das ich so deutlich spürte, verstärkte meine eigenen Empfindungen noch, fügte ihnen eine weitere Dimension hinzu.

»Ich habe Morgen frei und werde den Abend am Starnberger See verbringen. Ich will, dass du mich begleitest«, sagte er und streichelte über meinen Rücken.

Nachdem die Welle abgeebbt war und uns auf den Boden der Realität zurückgelassen hatte, blieb ein Gefühl der Zufriedenheit, eine Ruhe, die uns beide umhüllte. In der Stille, die auf den Sturm folgte, lagen wir da, eng miteinander verbunden, und spürten nach wie vor das sanfte Nachbeben unserer Vereinigung, ein leises Echo der Intensität, die wir geteilt hatten. »Ein richtiges Date?«

»Ja, ein richtiges Date. Ich hole dich Zuhause ab.«

»Ich habe Dienst.«

»Wie gut, dass du den Boss vögelst. Du wirst auch frei haben.«

Ich lehnte die Stirn gegen die Scheibe. »Dann hat es wohl doch Vorteile«, erwiderte ich sarkastisch.

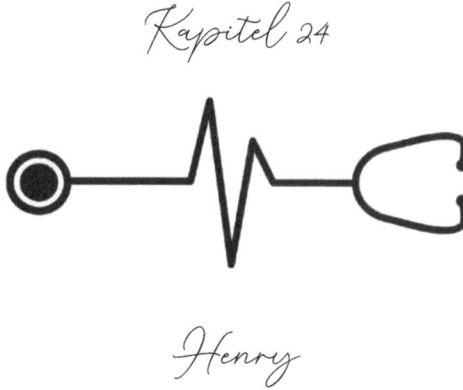

Kapitel 24

Henry

Als ich mit dem Porsche vor ihrer Haustür anhielt, spürte ich eine Mischung aus Erwartung und Nervosität. Das sanfte Surren des Motors verstummte, als ich den Zündschlüssel umdrehte und ausstieg. Die kühle Abendluft umfing mich sofort, ein Kontrast zu der Wärme im Inneren des Wagens.

Mit festen Schritten ging ich um den Wagen herum zur Beifahrerseite und öffnete die Tür für sie.

»Das ist ein ziemliches Klischee.« Doch statt einzusteigen, blieb sie einfach stehen. Ihre Haltung war unentschlossen, fast als hätte sie mit einem inneren Konflikt zu kämpfen. Ich konnte das Zögern in ihren Augen sehen, ein Hin und Her, das sie gefangen zu halten schien.

»Was denn?«

»Das Auto«, meinte sie.

»Ich liebe mein Auto.«

»Das ist ein noch größeres Klischee.« Sie lachte. Sie stand dort, eingehüllt in die Eleganz ihres roten Kleides, das ihre Gestalt perfekt umschmeichelte und einen atemberaubenden Kontrast zu ihrem schwarzen Mantel bildete. Es betonte jede ihrer Bewegungen mit einer beinahe fließenden Anmut, während der Mantel, klassisch und zeitlos, eine Aura von Raffinesse und Stil hinzufügte.

Ich musterte mein Auto und dann wieder sie. »Was hast du gegen Porsche?«

»Nichts. Es ist nur *das* Arzt-Auto. Als müsste es jeder haben, weil es auf einer inoffiziellen Liste steht.«

»So etwas kann nur jemand sagen, der es noch nie gefahren ist.«

»Dann ändern wir das, Boss.« Ihre anfängliche Zögerlichkeit schien wie weggeblasen, als sie mit einem entschlossenen Schritt auf mich zukam. Bevor ich realisieren konnte, was geschah, hatte sie mir geschickt den Autoschlüssel aus der Hand genommen. Ihre Bewegungen waren flüssig und selbstsicher.

»Hast du überhaupt einen Führerschein?«

»Ich lerne es einfach vom Meister.« Ohne ein weiteres Wort umrundete sie das Auto, ihre Absätze klackerten auf dem Asphalt. Es gab etwas Faszinierendes daran, ihr zuzusehen, wie sie sich mit solcher Selbstsicherheit bewegte, als wäre sie dazu bestimmt, genau in diesem Moment die Kontrolle zu übernehmen.

Als sie den Motor startete, erwachte das Fahrzeug zum Leben, ein sanftes Brummen, das die Nacht durchbrach und eine Erwartung in der Luft hinterließ.

Langsam stieg ich ein. Als sie den Porsche vom Sendlinger Tor in Richtung Starnberg lenkte, konnte ich spüren, wie sie das Tempo erhöhte und das Fahrzeug förmlich über den Asphalt gleiten ließ. Die Münchner Stadtlichter verschwanden allmählich im Rückspiegel, während wir uns auf die Autobahn begaben, und der klare, offene Himmel über uns breitete sich aus wie ein dunkles Tuch, durchbrochen von den funkelnden Sternen.

Die Energie im Wagen veränderte sich, als sie richtig auf das Gas trat. Das Brummen des Motors verwandelte sich in ein kraftvolles Röhren, ein Beweis für die Leistung, die unter der Haube schlummerte und nur darauf wartete, entfesselt zu werden. Ihre Handbewegungen am Lenkrad waren präzise und selbstbewusst, jeder Wechsel der Gänge schien perfekt getimet zu sein, als würde sie mit dem Auto tanzen, synchron mit dem Rhythmus der Straße.

»Du hast wohl alles im Griff, hm?« Ich legte meine Hand auf ihr Bein. Die Wärme ihrer Haut unter dem Stoff ihres eleganten roten Kleides war deutlich zu spüren, ein angenehmer Kontrast zu der kühlen Nachtluft, die durch die leicht geöffneten Fenster hereindrang.

»Ich fahre, seitdem ich siebzehn bin. Also keine Sorge, Professor. Ich mache dein Baby nicht kaputt.«

Fast unmerklich, begann ich, meine Hand höher wandern zu lassen. Ihre Reaktion war subtil, ein leichtes Anspannen ihrer Muskeln unter meiner Berührung, doch sie hielt das Lenkrad weiterhin fest in der Hand, ihre Aufmerksamkeit ungeteilt auf die Straße gerichtet. »Diese Sorge hatte ich nicht.«

»Du bist wirklich ein wandelndes Klischee.«

Kritisch musterte ich sie von der Seite.

»Ja, ich meine es ernst. Ein Chefarzt, der einen Porsche fährt, ein Arsch ist, bis man ihn besser kennt und in irgendwelchen Bonzenbars in Starnberg rumhängt. Und ganz nebenbei vögelst du noch deine Assistenzärztin, was wohl das größte Klischee ist.«

»Ich mag mein Leben ziemlich gerne.« Die Fahrt mit ihr nach Starnberg war ein Erlebnis, das mir noch lange in Erinnerung bleiben würde, eine perfekte Mischung aus Nervenkitzel und einer unerwarteten Ruhe, die sich einstellte, als wir gemeinsam durch die Nacht glitten. Als sie den Wagen schließlich am Ufer des Starnberger Sees parkte, waren wir beide von einer angenehmen Erwartung erfüllt. »Parken kannst du also auch.«

Wir stiegen aus dem Porsche und unsere Schritte führten uns zum *Brunos*. Die Abendluft trug den Duft des Wassers zu uns, und das Plätschern der Wellen gegen das Ufer untermalte unsere Unterhaltung mit einer beruhigenden Melodie.

Wir wählten einen Tisch direkt am See, wo das schimmernde Wasser in der Nähe und der Sternenhimmel über uns eine magische Kulisse bildeten. Die ruhige Umgebung, das sanfte Licht, das von den Tischen reflektiert wurde, und die unvergleichliche Aussicht trugen zu einer Atmosphäre bei, die sowohl romantisch als auch entspannend war.

Während wir darauf warteten, dass unser Essen serviert wurde, genossen wir die Stille, die nur durch unsere Gespräche und das gelegentliche Lachen unterbrochen wurde. »Hast du keine Sorge, einfach so mit mir unterwegs zu sein? Das könnte Fragen aufwerfen.«

»Dann beantworte ich sie. Wo ist das Problem?« Jedes Mal, wenn mein Blick auf ihr ruhte, war ich aufs Neue von ihrer Schönheit gefangen. Es war nicht nur die äußere Erscheinung, die mich faszinierte, sondern auch die innere Ausstrahlung, die sie umgab.

»Vielleicht denke ich zu kompliziert.«

»Möglicherweise unterschätzt du auch einfach meine Zuneigung zu dir. Vermutlich würde ich einiges mehr tun, als mich mit dir in der Öffentlichkeit zu zeigen.« Meine Finger schlossen sich um ihre. »Ich mag die Art, wie du mich ansiehst.«

»Es ist wirklich schön, in deiner Nähe zu sein.«

»Ich genieße es auch.«

»Du bringst mir unheimlich viel bei. Ich bin dir dafür sehr dankbar, das wollte ich schon die ganze Zeit mal sagen.«

»Ich tue das nicht, weil ich dich ficke, sondern, weil du Potenzial hast. Das ist dir bewusst, oder?«

»War es nicht, aber jetzt begreife ich es.«

Die umstehenden Tische, die anderen Gäste, die zufälligen Passanten, die vielleicht einen Blick auf uns warfen – all das verlor seine Bedeutung. Die Welt um uns herum konnte für einen Augenblick verschwinden, und es würde nichts ändern. Alles, was zählte, war dieses Gefühl der Verbindung, das Gefühl, in ihrer Nähe zu sein. »Erzähl mir etwas über dich.«

»Was möchtest du denn wissen?«

»Bist du glücklich?«

Sie lächelte. »Im Moment bin ich sehr glücklich. Wie sieht es bei dir aus?«

»Ich war lange sehr unglücklich, aber gerade bin ich zufrieden.« In ihrer Nähe zu sein, weckte in mir ein Gefühl von Glück, das schwer in Worte zu fassen war.

Sie war in jeder Hinsicht bemerkenswert. Ihre Art zu lachen, die Tiefe ihrer Gedanken, die Sanftheit in ihren Worten und die Stärke in ihren Überzeugungen – all das machte sie zu einer Person, die ich nicht nur bewunderte, sondern die ich als essentiell für mein Wohlbefinden betrachtete. Sie war wie ein Lebenselixier für mich, eine unerschöpfliche Quelle der Vitalität und Inspiration, die mir Kraft gab und mich gleichzeitig beruhigte.

»Ich bin erstaunt, wie sehr meine Menschenkenntnis sich bei dir getäuscht hat. In meinem Kopf warst du das größte Arschloch dieser Erde.« Peinlich berührt fasste sie sich an den Kopf.

Das Lachen konnte ich mir nicht verkneifen. »Es ist schön, dass du deinen Fehler zugibst.«

Ihre Anwesenheit in meinem Leben fühlte sich an wie ein Geschenk, ein unerwartetes Glück, das ich zu schätzen wusste. Jeder Moment mit ihr, jede geteilte Erfahrung und jede Konversation bereicherte mein Leben auf eine Weise, die ich mir nie hätte vorstellen können.

In ihrer Nähe zu sein, bedeutete, in einem Zustand des Glücks zu sein, den ich nicht anders ausdrücken konnte. Es war ein Gefühl, das tief in meinem Herzen verankert war, ein stetiges, warmes Leuchten, das mich durch die Tage trug. Sie war mehr als nur eine Person, mit der ich Zeit verbrachte; sie war ein wesentlicher Bestandteil meines Seins, ein Spiegelbild der besten Teile von mir, die durch ihre Gegenwart zum Vorschein kamen.

Kapitel 25

Marie

Nach einem unvergesslichen Abend, der von tiefgründigen Gesprächen, gemeinsamem Lachen und Momenten der Stille geprägt war, in denen wir einfach nur die Nähe des anderen genossen, war es Zeit, nach Hause zu fahren.

Die Fahrt durch die nächtlichen Straßen war ruhig, die Stadt um uns herum schien zu schlummern. Das sanfte Brummen des Motors und das Flackern der Straßenlaternen, die an uns vorbeizogen, schufen eine fast meditative Atmosphäre.

Als wir schließlich vor meinem Haus hielten, war es ein seltsamer Moment des Zögerns, als keiner von uns so recht den Abend beenden wollte. Doch die Realität des Lebens und der kommende Tag warteten auf uns, und so machten wir uns daran, Abschied zu nehmen.

Wir stiegen aus dem Auto. Seine Augen hielten meinen Blick gefangen. »Es war ein wirklich schöner Abend«, sagte ich, die Wärme der Erinnerung an die vergangenen Stunden in meiner Stimme.

Bevor ich mich umdrehte, um zu gehen, überkam mich ein Impuls, dem ich nicht widerstehen konnte. Ich trat einen Schritt näher, legte meine Hände sanft an seine Wangen und zog ihn zu mir heran. Unsere Lippen trafen sich. Es war ein Abschiedskuss, der mehr war als nur ein einfacher Abschied – es war eine Anerkennung der besonderen Verbindung, die wir an diesem Abend geteilt hatten.

Als sich unsere Lippen voneinander lösten, blickten wir uns noch einen Moment lang an. »Kriege ich mehr?« Verschmitzt grinste er mich an.

»Vielleicht musst du dich gedulden, so wie ich es auch die ganze Zeit tun musste.«

Er zog nur einen Mundwinkel in die Höhe. »In Ordnung. Dann sehen wir uns Morgen, Dr. Schmidt. Neun Uhr im OP.«

»Ich werde da sein.« Nachdem ich die Wohnungstür hinter mir geschlossen hatte, ließ ich mich für einen Moment gegen sie lehnen, um die Ereignisse des Abends Revue passieren zu lassen. Die Erinnerungen an die Zeit mit Henry, an unsere Gespräche, die gelachten Momente und den Abschiedskuss, hüllten mich ein wie ein wärmender Mantel. Doch inmitten dieser wohligen Erinnerungen regte sich eine tiefere Sehnsucht, eine Klarheit darüber, dass ich mehr von dieser Verbindung wollte, mehr von dem, was zwischen uns zu entstehen begann.

Während ich so da lag, die Augen geschlossen und die Gedanken frei fließend, erlaubte ich mir, in die Zukunft zu blicken, eine Zukunft, in der Henry und ich nicht nur ein Paar waren, sondern ein Team, das gemeinsam allen Herausforderungen trotzte. Ich dachte an gemeinsame Abenteuer, an Abende und an das tiefe, zufriedene Gefühl des Angekommenseins, das in einer wahren Partnerschaft liegt.

Diese Träumereien waren bittersüß, getränkt in das Wissen um die aktuelle Realität und doch erfüllt von der Hoffnung auf das, was sein könnte. Es war eine Hoffnung, die mich dazu brachte, die Möglichkeit einer gemeinsamen Zukunft nicht aufzugeben, trotz der Hindernisse, die noch überwunden werden mussten.

Kapitel 26

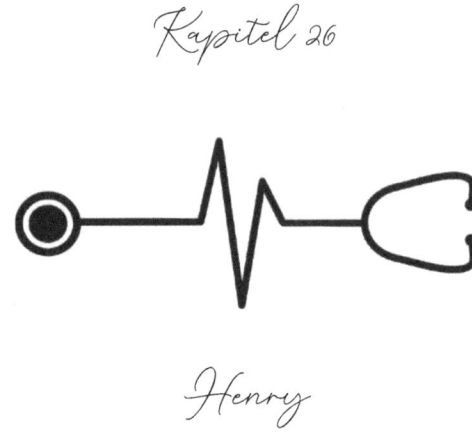

Henry

ie Operation, die wir an diesem Tag durchführten, war ein Herzklappenersatz, eine komplexe Prozedur, die höchste Konzentration und Präzision erforderte. Marie stand mir als Assistentin zur Seite, und zusammen bildeten wir ein Team, das sich der Herausforderung mit der erforderlichen Sorgfalt und Expertise stellte. »Wie geht es dir heute?«

»Bestens, Professor. Es ist ein wunderschöner Tag und die Sonne scheint.« Wir sprachen, sodass wir beinahe von den Geräten übertönt wurden.

»Die Sonne scheint doch immer, wenn du in der Nähe bist.« Demonstrativ zwinkerte ich sie an.

Wir begannen mit der sorgfältigen Vorbereitung des Patienten, dessen Brustbereich steril abgedeckt wurde, um das Operationsfeld freizulegen.

Sie legte den Kopf schräg und lächelte hinter dem Mundschutz, das sah ich an ihren Augen. »Du bist aber heute gut gelaunt.«

»Ich hatte gestern frei und einen wirklich tollen Tag am Starnberger See«, erzählte ich etwas lauter, damit es nicht wirkte, als würden wir die anderen ausschließen wollen.

»Ist das so?« Das Schmunzeln war unübersehbar.

Ich stimmte nickend zu. »Mhm. Es war atemberaubend.« Etwas näher beugte ich mich an sie heran, denn das war wirklich nur für ihre Ohren bestimmt. »Aber noch besser wäre es gewesen, wenn du mich nicht nur mit einem Kuss abgespeist hättest.« Nachdem der Patient stabil war, machte ich den ersten Schnitt.

»Was hättest du denn gewollt?« Marie reichte mir die notwendigen Instrumente, ihre Bewegungen präzise und bedacht, stets antizipierend, was ich als Nächstes benötigen würde.

Gemeinsam öffneten wir den Brustkorb, ein Schritt, der größte Aufmerksamkeit erforderte, um den Zugang zum Herzen zu ermöglichen. »Ich konnte den ganzen Abend an nichts anderes denken, als dir das Kleid auszuziehen. Es wäre also nur höflich gewesen, mich in deine Wohnung einzuladen.« Es nur ein Murmeln.

»Aber das nimmt doch die ganze Spannung.« Sie lehnte sich gegen meinen Arm. »Außerdem ist mein ganzer Arsch immer noch blau.«

Mit Hilfe der Herz-Lungen-Maschine, die den Blutkreislauf des Patienten aufrechterhielt, während das Herz für den Eingriff stillgelegt wurde, machten wir uns an den eigentlichen Herzklappenersatz.

»Ich liebe die Vorstellung von meinem Handabdruck an meinem Arsch. Fuck ...« Die defekte Klappe wurde sorgfältig entfernt, ein Prozess, bei dem Maries geschickte Hände unterstützend wirkten, indem sie das Operationsfeld freihielten und mir eine klare Sicht ermöglichten.

»Man sieht sogar deine Hand.«

»Ehrlich?«

Sie nickte.

Ihre Worte richteten so viel in mir an, ließen sofort das Blut aus meinem Kopf in meine Leistengegend schießen. »Du bist so ein freches Ding, mir das gerade hier zu sagen.« Meine Stimme wurde tiefer und rauchiger. Die Auswahl der passenden Ersatzklappe war ein entscheidender Moment, bei dem Maries Kenntnisse und ihre Fähigkeit, die Situation einzuschätzen, von unschätzbarem Wert waren.

»Ich kann es nicht erwarten, dass du mich greifst und einfach nimmst.«

Tief schauten wir uns in die Augen. »Wie soll ich mich so konzentrieren?« Irgendwann würde sie mich in den Wahnsinn treiben.

»Bist du nicht multitaskingfähig?«

Oh, ich würde sie greifen und über diesen verdammten Tisch beugen. Gott, ich würde sie ficken, bis sie keinen Schritt mehr gehen könnte und ihr dieses freche Grinsen aus dem Gesicht gewischt werden würde. »Ich bin erstaunt, wie gerne du mit dem Feuer spielst. Der ganze OP ist voll und trotzdem machst du mich so offensiv an.« Das Einsetzen der neuen Herzklappe erforderte höchste Präzision und ruhige Hände.

»Ich möchte deine Hände an meinem Körper spüren«, raunte sie so dicht an meinem Gesicht, dass ich die Augen zusammenkniff.

Mein verdammter Schwanz war so hart, dass ich mir sicher war, ich würde explodieren. Marie assistierte mir bei jedem Schritt, reichte mir die Instrumente und sorgte dafür, dass alles reibungslos verlief. »Ich halte das kaum aus.« Ihre ruhige Präsenz und ihre Kompetenz waren eine stetige Unterstützung, die mir erlaubte, mich voll und ganz auf die komplexen Handgriffe zu konzentrieren.

»Sei ein gutes Mädchen und lenkt mich nicht ab.« Nachdem die neue Klappe erfolgreich platziert und gesichert war, begann der sorgfältige Prozess, das Herz wieder zu beleben und den Brustkorb zu schließen.

»Macht es dich so sehr an, wenn ich dir sage, was ich möchte?« Jede Naht, die ich setzte, wurde von Marie sorgsam überwacht, ihre Augen verpassten kein Detail.

»So sehr, dass ich dich gleich greifen und nehmen werde.« Das waren nicht nur leere Worte, sondern ein Versprechen. Als die Operation schließlich abgeschlossen war und der Patient stabil war, war es ein Moment des Triumphs für uns beide.

»Ich warte auf dem Dach auf dich, dort mache ich immer Pause«, meinte sie und trat vom OP-Tisch ab. Das hatte ich ihr nicht erlaubt, aber so schnell, wie sie den Kittel und die sterilen Handschuhe auszog, konnte ich auch nicht reagieren. Über die Schulter lächelte sie mir zu.

Ich war so berauscht von dem verdammten Gefühl, dass ich mir Mühe geben musste, nicht die Kontrolle zu verlieren und ihr sofort zu folgen. Die nächsten Minuten würden die schwersten werden.

Kapitel 27

Marie

Hoch oben auf dem Dach des Krankenhauses, abseits der Hektik und des ständigen Treibens der Gänge darunter, fand ich einen Moment der Ruhe. München breitete sich unter mir aus, ein lebendiges Mosaik aus Gebäuden, Straßen und Grünflächen, belebt durch das sanfte Flimmern der Stadtlichter.

Das Wetter war ungewöhnlich klar für diese Jahreszeit, und der Himmel zeigte ein tiefes Blau, das gegen den Horizont hin in weichere Töne überging. Die Sicht war so klar, dass ich sogar die Umrisse der Berge in der Ferne erkennen konnte, ihre Gipfel wie festgehaltene Wellen am Rande des Himmels.

Ich stand dort, allein mit meinen Gedanken, und wartete auf Henry. Die Ungewissheit und die Spannung des bevorstehenden Treffens ließen ein Knäuel aus Nervosität in meinem Magen entstehen. Um diesen Stress zu lindern, griff ich nach einer Zigarette.

Mit ihr zwischen meinen Fingern lehnte ich mich an die Brüstung und ließ meinen Blick über die Stadt schweifen. Jeder Zug schien ein wenig von der Anspannung zu nehmen, die sich im Laufe des Tages aufgebaut hatte.

»Warum rauchst du?« Ehe ich mich versah, spürte ich seine Gegenwart direkt hinter mir, eine plötzliche Nähe, die mich leicht zusammenzucken ließ. Geschickt entwand er mir die Zigarette aus den Fingern.

»Manchmal tue ich das.«

Er trat die Zigarette aus, seine Miene verzog sich angewidert, als wollte er seine Missbilligung gegenüber dem Rauchen nicht verbergen. »Ich mag das nicht.«

»Wie gut, dass du nicht mein Vater bist, um mir etwas zu verbieten.«

Bevor ich noch etwas sagen oder tun konnte, fand ich mich plötzlich von ihm gegen die Wand gedrängt, seine Hände positionierten sich fest an der Wand neben meinen Schultern. Seine Nähe war überwältigend, und die Intensität in seinem Blick ließ mein Herz schneller schlagen. Henrys Gesicht war nur wenige Zentimeter von meinem entfernt, seine Augen bohrten sich tief in meine, funkelnd mit einer strengen Intensität, die keine Widerrede duldete. »Meinst du, ich will einen Aschenbecher küssen?«

»Als würde das für dich einen Unterschied machen.« Meine Hand glitt unter seinen Arztkittel. Ich kam nicht umhin, zu bemerken, wie verdammt gut er aussah, wenn er streng war. Seine Nähe, die feste Haltung seiner Hände und der strenge Ausdruck in seinem Gesicht schufen eine Atmosphäre, die zugleich einschüchternd und elektrisierend war. »Du siehst verdammt gut aus, wenn du deinen Kittel trägst und mich so streng anschaust.«

»Wie oft stehst du hier und rauchst?«

»Wann immer ich Lust darauf habe«, erwiderte ich mit einem Lächeln.

»Und wer tut es noch?« Henrys Strenge löste in mir eine Flut von Empfindungen aus, die schwer in Worte zu fassen waren.

Abwägend legte ich den Kopf schräg. »Niemand. Das hier ist mein Erholungsort. Ich komme immer her, wenn ich gestresst bin.«

»Mach das nie wieder.«

»Hierher kommen?«

»Rauchen. Das ist nicht gut für deinen Körper«, meinte er und kniff die Augen noch weiter zusammen.

»Aber für meine Psyche.« Mein ganzer Körper kribbelte, eine elektrisierende Energie, die von dem Punkt ausging, an dem er mich berührte, und sich in Wellen durch mich hindurch ausbreitete. Es war ein Gefühl, das weit über physische Anziehung hinausging, eine tiefe, emotionale Reaktion auf die Art und Weise, wie er seine Sorge und seinen Schutz ausdrückte. Die Strenge in seinem Handeln und seinem Blick brachte eine Dimension von Vertrauen und Sicherheit mit sich, die ich so noch nie erfahren hatte.

Er legte die Hand fester an meinen Hals. »Wenn du gestresst bist, dann kommst du zu mir und ich kümmere mich um dieses Problem.«

»Wie tun Sie das denn, Herr Professor?« Ich liebte es, wie er mich in diesem Moment fühlen ließ, wie sein energisches Auftreten mich gleichzeitig herausforderte und beruhigte. Seine unmissverständliche Art, die Dinge in die Hand zu nehmen, ließ mich eine Art von Hingabe erleben, die sowohl befreiend als auch überwältigend war.

Langsam sank er vor mir auf die Knie, schob das Kleid und den weißen Kittel zur Seite. So schnell, wie er meinen Slip auszog, konnte ich nur lächeln. Mein ganzer Körper kribbelte, als er mit der Zunge über meinen Lustpunkt leckte.

»Fuck … Du machst mich wirklich fertig«, stöhnte ich auf.

Immer schneller bewegte er sich, trieb mich noch mehr in das Verlangen. »Du schmeckst so viel süßer, als ich es mir vorgestellt habe.«

»Hör nicht auf.« Oh, er durfte nie wieder damit aufhören.

Als er seine Finger dazu nahm, war es beinahe um mich geschehen. »Ich liebe es, dich stöhnen zu hören.« In der Enge zwischen der Wand und seinem Körper, unter dem Gewicht seines Blickes, fand ich mich in einem Zustand der völligen Offenheit wieder, bereit, mich seiner Führung zu ergeben. Die Art, wie er mich hielt, wie er mich ansah, entfachte ein Verlangen in mir, das schwer zu bändigen war. Seine Strenge machte mich auf eine Weise fertig, die ich zuvor nicht für möglich gehalten hätte, eine süße Kapitulation, die jeden Widerstand in mir zum Schmelzen brachte. »Am liebsten würde ich dieses Geräusch konservieren und für immer festhalten.«

»Ich bin so kurz davor«, stöhnte ich auf.

Dann hörte er auf. »Du kommst erst, wenn ich es dir sage.«

»Was?«

»Die richtige Antwort ist *Ja, Professor*.« Mit einer Bewegung, die sowohl Kraft als auch eine Fürsorge offenbarte, hob Henry mich hoch und setzte mich auf seine Hüften. Seine Arme umschlangen mich fest. »Verstanden?«

»Ja, Professor.«

Er drückte mich gegen die Backsteine der Brüstung. Unter mir breitete sich die Stadt aus, und als ich nach unten blickte, erfasste mich ein Gefühl der Ehrfurcht gemischt mit einem Hauch von Schwindel. Die Höhe, in der wir uns befanden, war atemberaubend, und der Abgrund unter uns wirkte unendlich.

Das Bewusstsein, wie verflucht hoch wir uns befanden, ließ mich instinktiv fester an Henry klammern. »Oh, mein Gott.«

»Du stehst doch auf Nervenkitzel.«

»Halt mich gut fest.« Seine Nähe ließ mich das pulsierende Leben in jeder Faser meines Seins spüren, eine lebendige Energie, die durch die Risikobereitschaft und das Vertrauen in diesen Moment noch verstärkt wurde.

Das Kribbeln, das ich empfand, war nicht nur physischer Natur, es war auch ein Echo der emotionalen Achterbahn, auf der wir uns befanden. Wir alle tänzelten auf unsere eigene Weise am Abgrund, balancierten zwischen dem, was sicher war, und dem, was sein könnte, immer in der Hoffnung, nicht hinabzustürzen.

»Du glaubst doch nicht, dass ich dich jemals wieder loslasse. Oder?« Er öffnete seine Hose und schob seinen Schwanz zwischen meine Beine. »Dafür genieße ich es viel zu sehr, dich zu ficken und dir etwas beizubringen.«

»Ist es nur das?«

»Du fühlst dich auch unfassbar gut an, als wärst du für meinen Schwanz gemacht.« In Henrys Armen, mit dem Herzen voller Hoffnung und dem Körper erfüllt von dem süßen Kribbeln der Nähe und des Risikos, fühlte ich mich lebendiger als je zuvor. »Und du bist eine verdammt gute Assistenzärztin.«

Ich sehnte mich danach, von ihm in all meinen Facetten gesehen und verstanden zu werden, nicht nur als Objekt der Begierde, sondern als die komplexe, vielschichtige Person, die ich war.

Diese Sehnsucht nach Tiefe war nicht von der Sorge getrieben, auf körperliche Intimität reduziert zu werden, sondern von dem Wunsch nach einer ganzheitlichen Verbindung, die sowohl Geist als auch Körper umfasste. Ich wollte, dass Henry mich in meiner Ganzheit erkannte, dass er meine Gedanken und Träume kannte, meine Hoffnungen und Ängste, und dass er mich in diesen Aspekten ebenso begehrte wie in der körperlichen Anziehung, die zwischen uns so offensichtlich war. »Fickst du mich nur gerne oder magst du mich als Mensch?«

»Ich würde dich nicht einladen oder ficken, wenn ich dich nicht mögen würde«, raunte er und strich mir eine Haarsträhne aus dem Gesicht. »Zweifle nicht so viel, Butterfly. Genieß den Moment.« Er stöhnte, als er sich schneller in mir bewegte. »Genieß den Augenblick, wie ich dich vollkommen ausfülle und du so nahe am Abgrund stehst.«

Auf dem Dach, mit dem Panorama von München unter uns und der Unendlichkeit des Himmels über uns, war der Nervenkitzel, der mich durchströmte, fast greifbar. Jede seiner Berührungen schien diesen Nervenkitzel zu verstärken, ihn in etwas zu verwandeln, das ebenso berauschend war wie das Gefühl, auf dem schmalen Grat zwischen Sicherheit und Gefahr zu balancieren.

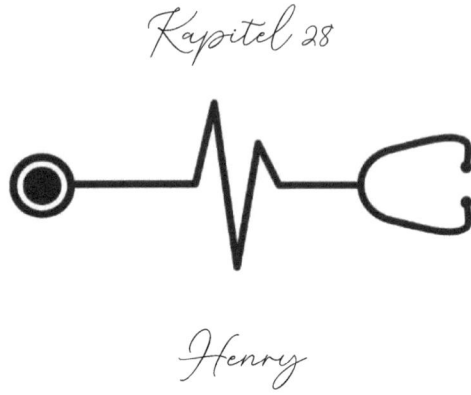

Kapitel 28

Henry

Butterfly, 15:30 Uhr
Ich muss mit dir über etwas reden.

Ich, 15:31 Uhr
Was gibt es? Ich muss in 15 Minuten in den OP.

Butterfly, 15:31 Uhr
Ich habe über das nachgedacht, was du auf dem Dach gesagt hast.

Ich, 15:32 Uhr
Es tut mir leid, wenn du das falsch verstanden hast.

Ich, 15:32 Uhr
Vielleicht habe ich mich missverständlich ausgedrückt.

Butterfly, 15:33 Uhr
Henry, ich bin ein ehrlicher Mensch und ich halte das nicht aus.

Butterfly, 15:34 Uhr
Ich will mehr.

Butterfly, 15:35 Uhr
Mehr, als dass du mich nur fickst.

Butterfly, 15:36 Uhr
Ich will dich. Dich als Menschen.

Butterfly, 15:38 Uhr
Ich muss mehr über dich wissen.

Es lag ein Gewicht auf meiner Brust, ein Gefühl der Unzulänglichkeit, das schwerer wurde mit jedem Gedanken, der durch meinen Kopf schwirrte. Sie hatte so viel Hoffnung, so viele Erwartungen und Wünsche, die sich in ihren Nachrichten widerspiegelten, eine Sehnsucht nach Tiefe und Verbindung, die weit über das Körperliche hinausging.

Trotz meines eigenen Verlangens nach Nähe und der intensiven Anziehung, die ich zu ihr spürte, wusste ich tief in mir, dass ich vielleicht nicht in der Lage war, ihr zu geben, was sie suchte. Es war nicht der Mangel an Gefühlen oder der Wunsch, mich zurückzuziehen; es war eher ein tief verwurzeltes Bewusstsein meiner eigenen Grenzen, meiner Unfähigkeit, vollständig in die Rolle zu schlüpfen, die sie sich – bewusst oder unbewusst – für mich erträumt hatte.

Ich, 15:51 Uhr
Ich weiß nicht, ob ich dir das geben kann.

Butterfly, 15:51 Uhr

Du bringst mir so viel bei und ich glaube, ich bin nicht gut darin, das zu trennen.

Butterfly, 15:52 Uhr
Denn … Irgendwie gehe ich davon aus, dass ich dir etwas bedeute.

Ich, 15:52 Uhr
Tust du.

Butterfly, 15:53 Uhr
Aber du redest immer nur davon, wie toll es ist, mich zu ficken.

Butterfly, 15:54 Uhr
Niemals über etwas Tiefgründiges oder was mich als Mensch ausmacht.

Ich, 15:54 Uhr
Es war nicht meine Absicht, dass du dieses Gefühl bekommst.

Butterfly, 15:56 Uhr
Ich will mehr als Sex auf dem Dach oder in deinem Büro.

Meine Gefühle für sie waren mehr als bloße körperliche Anziehung. Ihr Lachen, ihre Art zu denken, die Weise, wie sie die Welt sah – all das zog mich unwiderstehlich an und ließ mich eine Verbindung zu ihr spüren, die ich nicht leugnen konnte.

Und doch, trotz dieser echten Zuneigung und der Freude, die ihre Nähe mir brachte, spürte ich eine klare Grenze in mir, eine Linie, die ich nicht überschreiten wollte oder konnte. Tief in mir war ich mir bewusst, dass ich nicht mehr bieten wollte als die Leidenschaft und Intimität, die zwischen uns in Momenten der Nähe entstand. Diese Begrenzung meines Wunsches nach einer tieferen emotionalen Bindung war keine leichte Erkenntnis; sie war verbunden mit einer Mischung aus Schuld und Frustration über meine eigene Unfähigkeit oder Unwilligkeit, mich vollends auf eine umfassendere Beziehung einzulassen.

Die innere Auseinandersetzung war zermürbend. Einerseits wollte ich die Zeit mit ihr genießen, die leichten, unbeschwerten Momente, in denen die Welt um uns herum zu verschwinden schien. Andererseits lastete das Wissen um meine eigenen Grenzen schwer auf mir, das Bewusstsein, dass ich ihr möglicherweise nicht das geben konnte, wonach sie suchte oder verdiente.

Jedes Mal, wenn ich an unsere gemeinsamen Momente dachte, an das Lachen, die Gespräche und die Stille, die wir teilten, fühlte ich eine Wärme in mir. Doch diese Wärme wurde allzu oft von dem kalten Hauch der Realität gedämpft, von dem Gedanken, dass diese Verbindung, so schön sie auch war, von Anfang an durch meine Entscheidung begrenzt war, nicht über die Ebene der körperlichen Nähe hinauszugehen.

Ich, 16:10 Uhr
Mehr kann ich dir nicht geben.

Ich, 16:11 Uhr
Ich dachte, das wäre klar.

Butterfly, 16:12 Uhr
Nein, das war nicht klar.

Butterfly, 16:13 Uhr
Ist das gerade dein Ernst?

Butterfly, 16:13 Uhr

Vielleicht solltest du so etwas vorher kommunizieren.

Hast du dich verliebt?

Butterfly, 16:14 Uhr
Vielleicht habe ich gerade im richtigen Moment die Kurve bekommen.

Ich, 16:15 Uhr
Es ist doch gerade perfekt, Butterfly.

Butterfly, 16:15 Uhr
Für dich.

Ich, 16:16 Uhr
Du lernst eine Menge und darfst Dinge tun, zu denen andere
Assistenzärzte niemals die Möglichkeit haben werden.

Ich, 16:16 Uhr
Ich gebe dir einen gigantischen Vertrauensvorschuss.

Butterfly, 16:19 Uhr
Und das verwirrt mich.

Butterfly, 16:20 Uhr
Wenn es nur Sex wäre, dann wäre das in Ordnung. Aber du gibst mir
Vorteile. Du gibst mir das Gefühl, etwas Besonderes zu sein.

Butterfly, 16:21 Uhr
Und das ist unfair, wenn du es nicht wirklich so siehst.

Ich, 16:21 Uhr
Du bist etwas Besonderes.

Aber nicht besonders genug.

Ist schon klar.

Es traf mich wie ein Schlag, als ich realisierte, dass sie glaubte, nicht besonders gut zu sein. Diese Erkenntnis durchzog mich mit einem tiefen Schmerz, einer Mischung aus Frustration und Hilflosigkeit.

Jedes Mal, wenn sie sich selbst herabsetzte oder in Frage stellte, fühlte ich, wie sich etwas in mir zusammenzog, ein schmerzhaftes Ziehen, das weit mehr als nur Mitgefühl war.

Ihre Unfähigkeit, ihre eigene Wertigkeit zu sehen, ihre einzigartigen Qualitäten und Talente, die für mich so offensichtlich waren, fühlte sich ungerecht und zutiefst falsch an. Und das tat mir verflucht weh, weil ich wusste, wie besonders sie war, auf so viele unzählige Arten.

Der Schmerz lag nicht nur in ihren Zweifeln, sondern auch in meiner eigenen Ohnmacht, ihr zu helfen, diese zu überwinden. Ich wollte ihr die Augen öffnen, ihr zeigen, wie unglaublich und einzigartig sie war, doch fand ich nicht immer die Worte oder Wege, um durch die Mauern ihrer Unsicherheiten zu brechen.

Dieses Gefühl, sie in einem Kampf gefangen zu sehen, den sie gegen sich selbst führte, war zermürbend. Ich wünschte mir nichts sehnlicher, als dass sie sich selbst so sehen könnte, wie ich sie sah: stark, intelligent, liebevoll und einfach bemerkenswert. Doch die Kluft zwischen dieser Wahrnehmung und ihrer Selbstsicht schien manchmal unüberbrückbar, ein Abgrund, der mit jedem ihrer zweifelnden Worte tiefer wurde.

Ich, 16:41 Uhr
Wie soll es weitergehen?

Butterfly, 16:43 Uhr
Ich bin mir zu viel wert, um irgendeine Frau auf einer Liste zu sein.

Ich, 16:42 Uhr
Es gibt keine Liste.

Butterfly, 16:43 Uhr
Ist mir egal.

Butterfly, 16:43 Uhr
Ich habe Pläne, Henry. Ich habe Ziele und vielleicht sollte ich mich darauf konzentrieren.

Ich, 16:44 Uhr
Als wir damit angefangen haben, war mir irgendwie klar, dass es so enden würde. Aber ich habe es verdrängt.

Butterfly, 16:44 Uhr
Es scheitert an dir.

Butterfly, 16:45 Uhr
Du möchtest dich nicht festlegen.

Tief in mir hatte ich längst erkannt, dass meine Gefühle für sie die Schwelle zur Liebe überschritten hatten. Diese Erkenntnis war wie ein leises Flüstern in meinem Herzen, das mit jedem Tag lauter wurde, ein süßer, doch schmerzhafter Refrain, der die Komplexität meiner Emotionen widerspiegelte. Sie hatte sich in mein Leben gewoben wie ein unerwartetes Geschenk, dessen

Wert mit jeder Begegnung, jedem geteilten Lachen und jeder Berührung offensichtlicher wurde.

Doch trotz der Tiefe meiner Gefühle und der unbestreitbaren Verbindung, die zwischen uns entstanden war, war mir bewusst, dass es Grenzen gab, die ich nicht überschreiten konnte – oder wollte. Es war ein innerer Konflikt, der mich zerriss, ein ständiges Ringen zwischen dem Verlangen, mich vollkommen auf sie einzulassen, und dem festen Entschluss, bestimmte Linien nicht zu übertreten.

Diese Grenzen waren nicht willkürlich gesetzt; sie waren das Ergebnis meiner eigenen Ängste, Erfahrungen und Überzeugungen, ein Schutzmechanismus, der mich davor bewahrte, mich vollkommen fallen zu lassen. Und so sehr ich auch wünschte, ich könnte ihr mehr bieten, so sehr ich auch davon träumte, alle Barrieren niederzureißen und mich in die Möglichkeiten einer tieferen Bindung zu stürzen, hielt ich mich zurück.

Ich, 16:50 Uhr
Wie geht es jetzt weiter?

Butterfly, 16:51 Uhr
Setz mich auf Station ein. Dann können wir uns erstmal aus dem Weg gehen, bis Gras über die Sache gewachsen ist.

Ich, 16:52 Uhr
Ist es wirklich das, was du willst?

Butterfly, 16:52 Uhr
Ich will dich.

Butterfly, 16:53 Uhr

Aber ich gehe lieber das Risiko ein, dass mir das Herz gebrochen wird, als es gar nicht erst zu versuchen.

Butterfly, 16:54 Uhr
Das unterscheidet uns wohl.

Ich, 16:55 Uhr
Hier geht es nicht um die Bereitschaft, Schmerz in Kauf zu nehmen.

Butterfly, 16:56 Uhr
Dann ist es wohl der fehlende Wille, eine ernsthafte Verbindung aufzubauen.

Ich, 16:56 Uhr
Du bist nicht für Stationsarbeit gemacht. Du gehörst in den OP.

Butterfly, 16:57 Uhr
Möglicherweise gehöre ich einfach nicht an deine Seite.

Ich, 16:57 Uhr
Das ist Unsinn und das weißt du.

Ich, 16:57 Uhr
Dein Platz ist bei mir.

Butterfly, 16:58 Uhr
Sag sowas nicht, wenn du gerade dabei bist, mein Herz zu brechen.

Ich, 16:58 Uhr
Du bist wirklich besonders, Marie.

Kapitel 29

Marie

Als Henry und ich gemeinsam durch die Krankenhausflure gingen, um die Visite zu machen, war ich fest entschlossen, Professionalität und Distanz zu wahren. Jeder Schritt, jede Bewegung war bedacht, um sicherzustellen, dass nichts in meinem Verhalten darauf hindeutete, dass unsere Beziehung über das Berufliche hinausging. Die Wände des Krankenhauses, die sterilen Gerüche und die Geräuschkulisse des alltäglichen Betriebs dienten als ständige Erinnerung an die Rolle, die ich hier zu erfüllen hatte – die einer kompetenten und fokussierten Fachkraft.

Doch trotz meiner festen Vorsätze war es eine immense Herausforderung, die persönlichen Gefühle, die ich für Henry hegte, komplett auszublenden. Jedes Mal, wenn unsere Blicke sich trafen oder wenn seine Hand versehentlich die meine berührte, während wir Patientenakten austauschten, durchfuhr mich ein Strom von Emotionen, der schwer zu unterdrücken war.

Um den Schein der Professionalität zu wahren, konzentrierte ich mich intensiv auf die medizinischen Details, stellte sachliche Fragen und gab präzise Anweisungen. Ich bemühte mich, meine Stimme neutral zu halten, jede Regung von Wärme oder Intimität zu vermeiden, die unangebracht gewesen wäre. Trotz meiner Anstrengungen spürte ich, wie meine Wangen manchmal unwillkürlich heiß wurden, ein verräterisches Zeichen meiner inneren Kämpfe.

Das Bewusstsein, dass Kollegen oder Patienten unsere Interaktion beobachteten, verstärkte den Druck, jede Regung von Vertrautheit zu unterdrücken. Es war ein ständiger Balanceakt, zwischen der natürlichen Anziehung, die zwischen uns herrschte, und der Notwendigkeit zu navigieren, ein professionelles Bild zu wahren.

Nachdem Henry gegangen war, ließ die Anspannung in mir nach, und ich machte mich auf den Weg zu meinem Büro, um die anstehenden Aufgaben des Tages zu überprüfen. Das Surren der Klimaanlage und das gelegentliche Klicken meiner Schritte auf dem Linoleumboden waren die einzigen Geräusche, die die Stille meines Weges unterbrachen. Als ich mein Büro betrat, ließ ich mich in den Stuhl vor meinem Schreibtisch sinken und zog den OP-Plan zu mir heran.

Mein Blick fiel auf eine große Operation, die für die kommende Woche angesetzt war – eine, auf die ich mich intensiv vorbereitet hatte, sowohl fachlich als auch mental. Es war eine komplexe Prozedur, die Präzision, Ruhe und ein tiefes Verständnis der Materie erforderte. Die Aussicht, bei dieser Operation mit Henry zusammenzuarbeiten, hatte mir zusätzliche Motivation gegeben, denn ich wusste, dass unser beider Fachkenntnisse sich hervorragend ergänzen würden.

Doch während ich die Details der Planung durchging, stockte mir der Atem. Mein Name, der zuvor neben Henrys als Assistent eingetragen war, war durchgestrichen und durch den eines anderen Kollegen ersetzt worden.

Die Enttäuschung mischte sich mit einem Gefühl des Verrats, auch wenn mein Verstand versuchte, rationale Gründe für diese Entscheidung zu finden. Ja, ich hatte gefordert, nicht mehr mit ihm zu arbeiten, aber …

Fuck.

Ich war eine Idiotin.

Ich hatte nicht einkalkuliert, dass dies mein Wissen beeinträchtigen würde.

Die Wut in mir begann zu brodeln, langsam anfangs, doch mit jeder Sekunde intensiver werdend. Ich hatte mir zwar vorgenommen, Abstand zu halten und unsere professionelle Beziehung nicht durch persönliche Gefühle zu belasten, doch das hier fühlte sich wie ein unverhältnismäßiger Schritt an, fast wie eine Zurückweisung meiner fachlichen Kompetenzen.

Mit zusammengepressten Lippen und fest aufeinander gedrückten Kiefern begann ich, mich um den anstehenden Papierkram zu kümmern, doch meine Gedanken kehrten immer wieder zu der Änderung im OP-Plan zurück. Jedes Ausfüllen eines Formulars, jede Unterschrift wurde begleitet von einem inneren Monolog voller Frustration und Empörung.

Die Enttäuschung über diese Situation mischte sich mit einer gewissen Ratlosigkeit darüber, wie ich damit umgehen sollte. Es war klar, dass ein offenes Gespräch nötig wäre, eine Konfrontation mit der Realität, dass unser persönliches Verhältnis möglicherweise Einfluss auf unsere Arbeit hatte. Doch die Vorstellung, dieses heikle Thema anzusprechen, war ebenso beunruhigend wie notwendig.

In diesem Moment des Zweifels und der Frustration fühlte ich mich isoliert, unsicher darüber, wie ich die Kluft überbrücken könnte, die sich plötzlich zwischen Henry und mir aufgetan hatte.

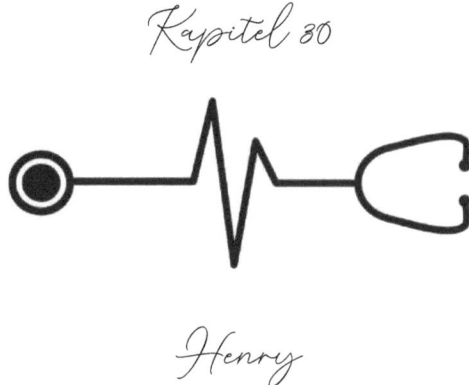

Kapitel 30

Henry

Umgeben von dem Summen der Geräte und dem flackernden Schein der Monitore, die die komplexen Muster der Herzfunktionen darstellten, fühlte ich mich fast wie in einer anderen Welt. Hier konzentrierte ich mich ganz auf die Auswertung der Daten, auf die Bilder, feinen Linien und Wellen, die so viel über das menschliche Leben aussagten. Die Dunkelheit des Raumes, nur erhellt durch die leuchtenden Bildschirme, schuf eine Atmosphäre der Konzentration und Introspektion.

Doch dieser Moment der Stille wurde jäh unterbrochen, als Marie in den Raum platzte. Das Zischen der Tür, als sie sich öffnete, das plötzliche Eindringen von Licht und das Geräusch ihrer Schritte auf dem Boden zerrissen die ruhige Atmosphäre. »Wird das jetzt immer so sein, dass du mich bestrafst, wenn ich die Beine nicht breitmache?« Sie schien von einer inneren Unruhe angetrieben, ihre Bewegungen schnell und zielgerichtet, als sie auf mich zukam.

»In unserer Welt hat Wissen einen Preis.«

»Meine Integrität aber auch.« Sie redete sich mehr und mehr in Rage, genau wie ich es erwartet hatte.

»Ist das so?« Ihr bohrender Blick lag vollkommen auf mir. »Wissen ist Macht, Marie. Und es hat immer einen Preis. Wenn du dich entscheidest, es nicht zu wollen, dann musst du mit den Konsequenzen leben. Du wolltest auf Station arbeiten.«

Doch hinter ihrer aufgebrachten Fassade und den leidenschaftlich vorgetragenen Argumenten spürte ich, dass es vielleicht nicht nur um die Operation selbst ging. Es schien, als ob sie auch einen inneren Kampf ausfocht, einen Kampf um Anerkennung und die Möglichkeit, sich zu beweisen.

»Und du ersetzt mich einfach? Ist es so einfach für dich?« Die Frustration und Enttäuschung über die Entscheidung, sie von der wichtigen Operation abzuziehen, war deutlich in ihrer Stimme zu hören, in jedem Wort, das sie aussprach.

»Fuck, nein. Es ist nicht einfach. Es ist die Hölle.« Ihre Rage ließ mich über die tieferen Beweggründe nachdenken, die sie antrieben. Es war klar, dass Marie nicht nur ihren Willen durchsetzen wollte; sie suchte nach Validierung, nach der Bestätigung, dass ihre harte Arbeit, ihr Engagement und ihre Leidenschaft für die Medizin gesehen und geschätzt wurden.

In ihrer vehementen Art, ihre Position zu verteidigen, spiegelte sich nicht nur Enttäuschung wider, sondern auch das unerschütterliche Verlangen, sich zu beweisen und als wesentlicher Teil des Teams anerkannt zu werden. »Aber du wolltest das. Du wolltest etwas Perfektes verändern und das hat es kaputtgemacht.«

»Weil ich nicht irgendein Fick sein will. Wer weiß, wie viele Assistenzärztinnen du vögelst.« Wild gestikulierte sie mit den Händen.

»Keine«, erwiderte ich mit ruhiger Stimme. »Ich habe diese Grenze einmal überschritten und das war mit dir.«

Plötzlich wurde Marie still. »Ich brauche dich.« Ihre Unterlippe bebte.

Ohne wirklich darüber nachzudenken, was dies für unsere berufliche Beziehung bedeuten könnte, ließ ich mich von dem überwältigenden Verlangen leiten, das in mir brodelte. Mit wenigen Schritten überbrückte ich die Distanz zwischen uns, griff nach Marie und zog sie sanft zu mir heran. Und dann, in einem Sekundenbruchteil, der alle Zurückhaltung und alle ungesagten Bedenken beiseiteschob, küsste ich sie mit all der Leidenschaft, die in mir brannte.

Es war ein Kuss, der unsere ganze Geschichte, all die ungesagten Worte und unterdrückten Gefühle in sich trug. Ein Kuss, der zugleich ein Eingeständnis und eine Offenbarung war. In diesem Moment gab es keine Zweifel, keine Fragen nach richtig oder falsch – nur das überwältigende Gefühl der Zugehörigkeit und der tiefen, unausweichlichen Anziehung, die uns beide verband. »Dann musst du mit der Version leben, die du von mir haben kannst.«

»Du küsst mich und meine Knie werden weich. Du musst mich nur ansehen und ich habe das Gefühl mein verfluchtes Herz platzt.« Sie sprach so dicht vor meinen Lippen, dass es mir eine Gänsehaut über den Körper schickte. »Sag mir, dass es besonders ist. Dass es dir genauso viel bedeutet wie mir.«

»Es ist besonders.« Ich konnte mich nicht von ihr fernhalten, nicht jetzt, wo die Wahrheit so klar vor uns lag. Es war nicht das, was ich wollte – und tief in ihrem Herzen wusste ich, dass sie es auch nicht wollte. »Aktuell gibt es nichts, was ich so sehr möchte, wie das. Ich will dich spüren.« Ich zog sie näher an mich heran. Trotz all der Komplikationen, die eine solche Verbindung mit sich bringen mochte, trotz der Herausforderungen, die vor uns lagen, war in diesem Moment klar, dass unser Verlangen nach Nähe, nach dieser tiefen, emotionalen Verbindung, stärker war als jede Vernunft. »Du willst das doch auch.«

Sie lehnte ihre Stirn gegen meine. Umgeben von der Dunkelheit, die nur von den sanft leuchtenden Bildschirmen der Ultraschallgeräte erhellt wurde, fühlte es sich an, als wäre die Zeit für einen Moment stehen geblieben. »Ich habe eine Grenze gezogen«, flüsterte sie gegen meine Lippen.

»Scheiß auf diese Grenze. Es ist nicht das, was du willst.«

Ich sah ihr an, wie sehr sie mit sich rang. Diese Grenze … Ich hatte keine Ahnung, was in sie gefahren war, aber es war nicht das, was sie wollte – nicht das, was sie brauchte. Als sie immer noch schwieg trat ich einen Schritt zurück und ließ meine Hose auf den Boden sinken. Meine Hand versank in meiner Boxershorts.

Sie biss sich auf die Unterlippe, als sie beobachtete, wie ich immer wieder über meinen Schwanz rieb. Nur in ihrer Nähe zu sein, reichte schon aus, um mich mit diesem Rausch zu fluten. Sie war meine Droge. Ihr Blick wurde immer verlangender, als ich die Unterhose auszog und fester über meinen Penis rieb. »Willst du mir wirklich nur zuschauen?«

Jeder Zentimeter, der uns trennte, schien eine unnötige Barriere zu sein, eine Trennung, die ich nicht länger hinnehmen wollte. Der Wunsch, sie bei mir zu haben, sie in meiner Nähe zu spüren, war überwältigend, ein tiefes, ungestümes Verlangen, das sich nicht länger zurückhalten ließ.

Ihre Nähe, die sanfte Berührung unserer Stirnen, war wie Balsam für die Unruhe in mir, eine süße Erleichterung, die mir zeigte, was möglich war. Doch es genügte nicht, dieses kurze Gefühl der Verbindung zu spüren; ich sehnte mich nach mehr, nach einer beständigen Nähe, die über flüchtige Momente hinausging.

»Setz dich auf die Liege. Augen zu mir.« Die Art, wie sie dort saß, ihre Haltung, die eine Mischung aus Verletzlichkeit und Stärke ausstrahlte, zog mich unwiderstehlich an. Ihre großen Augen, in denen sich das flackernde Licht der Monitore spiegelte, trafen meine mit einem Blick, der tief und ergründend war, als könnte sie bis in die verborgensten Winkel meiner Seele sehen. »Bist du mein braves Mädchen?«

Dann nickte sie.

»Benutz Worte, Butterfly.«

»Ja, Professor.« Es war etwas an der Art, wie sie mich ansah, das mich unglaublich anmachte. Vielleicht war es die Offenheit, mit der sie ihre Gefühle zeigte, oder die Intensität, die in ihrem Blick lag.

Ich ließ die Finger über meine Spitze gleiten. »Nimm die Ultraschallsonde. Mach genügend Gel darauf und jetzt mach es dir selbst.«

Irritiert musterte sie mich.

»Du hast schon richtig gehört.« Ich liebte es, sie anzusehen, jedes Detail von ihr in mich aufzunehmen. Ihre Haare, die locker um ihre Schultern fielen, ihre Lippen, die sich zu einem nachdenklichen Lächeln kräuselten, und die Art, wie sie manchmal unwillkürlich mit einem Fuß wippte, als würde sie innerlich zu einer Melodie tanzen. Alles an ihr zog mich in ihren Bann, weckte eine Sehnsucht in mir, die mit jedem Blick, mit jeder flüchtigen Berührung intensiver wurde. »Ich darf dich nicht mehr berühren, aber du hast nicht gesagt, dass du es dir nicht selbst machen darfst, während ich dir zusehe.«

Sie ging rückwärts, ohne den Blick von mir abzuwenden. Als sie mit den Beinen gegen die Liege stieß, setzte sie sich darauf. Dann kam sie die Ultraschallsonde, die sie schon so oft in der Hand gehabt hatte, und verteilte das Gel darauf. »Was ist, wenn jemand reinkommt?« Sie stellte das rechte Bein auf die Liege.

»Dann sehen sie, was für ein liebes Mädchen du für mich bist und wie gut du Anweisungen befolgen kannst.«

Ich beobachtete sie dabei, wie sie den Slip zur Seite schob und kurz zusammenzuckte, als das kühle Gel ihre Pussy berührte. »Ich will, dass *du* mich berührst«, seufzte sie immer wieder vor sich hin.

Doch ich schüttelte den Kopf. »Nein, du hast eine Grenze gezogen, Marie.«

»Was muss ich tun, damit du mich berührst?«

»Fick dich richtig. Ich will sehen, wie du kommst.« Langsam, fast zögerlich, ließ ich meine Hand an meinem Körper hinabgleiten. Meine Finger folgten den Konturen meines Körpers. »Stell dir vor, es wäre mein Schwanz, der dich so fickt, wie du es magst. Du ziehst dich immer enger zusammen und ich spüre jede einzelne Bewegung von dir.«

Ihr Kopf sank in den Nacken. »Fuck, du machst mich irre.«

»Und das aus dem Mund von der Frau, die sich selbst mit einer Ultraschallsonde fickt.« Während ich mich so berührte, hielt ich Maries Blick fest. Es war ein Wechselspiel aus Blicken, eine Kommunikation ohne Worte, die das Verlangen und die

Anziehung nur noch verstärkte. Ihre Augen spiegelten eine Mischung aus Überraschung, Neugier und vielleicht auch ein Echo der eigenen, unausgesprochenen Gefühle wider.

»Bitte mach du es, Henry.«

»Du kriegst meinen Schwanz erst wieder, wenn du es dir verdient hast.« Keine einzige Sekunde vorher.

»Soll ich zugeben, dass der Abstand ein Fehler war?«

Sie war so süß, wenn sie bettelte und darum flehte, dass ich sie anfasste. »Das wusste ich von Anfang an … und du auch, wenn du ehrlich zu dir selbst bist.«

Sie stöhnte lauter auf, als sie die Sonde schneller über ihren Lustpunkt bewegte. Ob das kühle Gel sie anmachte? Wie fühlte es sich an?

»Ich liebe es, zu sehen, wie du mit dir ringst – wie du bereit bist, alles für mich zu tun, weil du tief in deinem Inneren genau das willst.« Schließlich, als ich es selbst kaum noch aushielt, erhob ich mich langsam von meinem Platz. Jeder meiner Schritte auf Marie zu schien die Luft in dem abgedunkelten Raum elektrisch aufzuladen, als ob die bloße Bewegung unsere stumme Verständigung weiter vertiefte.

Als ich vor ihr stand, verringerte ich die Distanz zwischen uns bis auf ein Minimum. Ich trat so dicht an sie heran, dass ich die Veränderung in ihrem Atem spüren konnte. Mit einer behutsamen Bewegung hob ich meine Hand, fast wie in Zeitlupe, und legte sie sanft an ihre Wange. »Du möchtest eine kleine Schlampe sein, aber traust dich nicht, wenn ich dich nicht dazu bringe.«

»Bring mich dazu«, raunte sie und schaute mit diesen großen, blauen Augen zu mir auf.

Ich nahm ihr den Ultraschallkopf ab und führte ihn. »Fühlt sich das so gut an, Butterfly?« Ich schaute ihr in die Augen, ließ meinen Blick in die ihren eintauchen, als könnte ich in die endlosen Tiefen ihrer Seele schauen.

»Es ist aufregend«, stieß sie atemlos aus.

»Mein Schwanz pocht, wenn ich dir zusehe.« Als hätte sie eine Aufforderung in meinen Worten gehört, streckte sie die Hand aus und rieb über meinen Penis. Doch ich bremste sie. »Ich habe dir gesagt, dass du mich nicht bekommst, bis du es dir verdient hast.«

»Was soll ich tun?«

»Komm für mich.« Die Nähe, die Intensität dieses Augenblicks, ließ alles andere unwichtig erscheinen. »Zeig mir, was für eine Schlampe du sein kannst, wenn du dich hier mit einem Ultraschallkopf vögeln lässt.«

»Es ist deine Gegenwart.«

»Ich mache dich also zu einer Schlampe?«

Hastig nickte sie.

Mit einer sanften Bewegung, die von Respekt und einer tiefen Zuneigung geprägt war, hob ich vorsichtig Maries Kinn an, sodass ihr Gesicht leicht zu mir aufblickte. »Das ist das schönste Kompliment seit langer Zeit.«

Unsere Blicke hielten ein letztes Mal inne, bevor ich meine Lippen auf ihre legte. Maries Reaktion war unmittelbar und instinktiv; ein leises Stöhnen entwich ihren Lippen und vermischte sich mit unserem Kuss, ein Klang so zart und doch so aussagekräftig, der den Raum mit einer neuen Ebene der Intimität erfüllte.

Sie kam so hart, dass sie den Kopf gegen meine Brust sinken ließ. Ich ließ die Sonde fallen und legte die Hand an ihren Hinterkopf. Keine Frau hatte jemals so gut ausgesehen, wenn sie kam. Davon war ich überzeugt. »Ich gehe davon aus, dass mein braves Mädchen Morgen mit mir operieren möchte. Nicht wahr?«

Sie schaute zu mir auf. »Ich würde nichts lieber tun.«

Kapitel 31

Marie

Nachdem die Operation erfolgreich abgeschlossen war, traten Henry und ich vom OP-Tisch zurück. Die Anspannung der vergangenen Stunden begann langsam von uns abzufallen, während wir uns den Händedesinfektionsmittelspendern zuwandten. Die kühle, klare Flüssigkeit auf unseren Händen war wie ein abschließendes Ritual.

Wir verließen den OP-Saal, die Türen schwangen hinter uns zu, und traten in den deutlich ruhigeren Flur. Das gedämpfte Licht und die Geräusche des Krankenhausalltags umgaben uns wie eine andere Welt, die in krassem Gegensatz zu der hochkonzentrierten Atmosphäre stand, die wir gerade verlassen hatten. »Das war der Wahnsinn«, stieß ich aus und konnte das Grinsen nicht aus meinem Gesicht wischen.

»Das menschliche Herz ist wirklich faszinierend.« Er klang wie ein Mann, der es zu viele Jahre machte, um die Einzigartigkeit hinter jedem Eingriff zu erkennen.

»Es ist einfach der Wahnsinn, es in den Händen zu halten. Ich kann es nicht glauben. Das ist so aufregend.« Nebeneinander laufend, spürte ich eine Welle der Aufregung in mir aufsteigen, ein pulsierendes Gefühl, das weit über die normale Zufriedenheit einer gut durchgeführten Operation hinausging. Es war der Rausch, der nach einer besonders anspruchsvollen oder intensiven Operation oft kam, ein Gefühl der Lebendigkeit und der Euphorie, das schwer zu beschreiben war.

»Du bist ja vollkommen aus dem Häuschen.«

»Das war die beste OP aller Zeiten.« Trotz der Müdigkeit, die sich zweifellos bald bemerkbar machen würde, fühlte ich mich in diesem Moment unglaublich lebendig. Die Erfahrung, Seite an Seite mit einem geschätzten Kollegen zu arbeiten, um einem Patienten eine Chance auf Heilung zu geben, war jedes Mal aufs Neue erhebend. Und dieses Mal war es nicht anders. Die Komplexität der Operation, die Herausforderungen, die wir gemeistert hatten, und das Bewusstsein, dass wir durch unsere gemeinsamen Anstrengungen einen Unterschied gemacht hatten, trugen zu diesem Rausch bei, der mich erfüllte.

Schließlich verlangsamten sich unsere Schritte, bis wir zum Stehen kamen. In diesem Moment, abseits der Hektik und der fordernden Routine, legte er seine Hand an meine Wange. Seine Berührung war sanft, fast schon zögerlich. Seine Finger strichen behutsam über meine Haut. Unsere Blicke trafen sich, und in seinen Augen fand ich eine Tiefe, die mich fast den Atem vergessen ließ. Es war ein Blick, der mehr sagt als Worte es je könnten, ein stummes Verstehen, das die Grenzen des Sagbaren überschritt. Die Welt um uns herum stand für einen Moment still, reduziert auf diesen einen Punkt der Verbundenheit zwischen uns. »Du hast das wirklich gut gemacht, Butterfly. Ich bin stolz auf dich.«

»Sieh mich nicht so an.« seufzte ich. Diese dunklen Augen machten mich so verdammt schwach.

»Was möchtest du denn?«

Ich rollte die Lippen übereinander, konnte mich ihm nicht entziehen. »Küss mich.«

Dann, mit einer Entschlossenheit, die in seinem tiefen Blick anklang, griff er nach meiner Hand und zog mich in einen benachbarten Saal – einen, der zu dieser Stunde leer und abgeschieden war. Kaum hatten wir den Raum betreten und die Tür hinter uns geschlossen, verschmolzen wir in einem leidenschaftlichen Kuss. Seine Lippen fanden die meinen mit einer Dringlichkeit, die all die aufgestauten Emotionen und das Verlangen freisetzte, das sich zwischen uns aufgebaut hatte.

Dieser Kuss ist wie ein Befreiungsschlag, eine Flutwelle der Leidenschaft, die uns beide erfasste und mit sich riss. Die Intensität unserer Verbindung, genährt durch die gemeinsam gemeisterten Herausforderungen und die geteilten Augenblicke der Nähe, entlud sich.

»Du kannst dir nicht vorstellen, wie sehr ich dich will«, raunte er dicht an meinen Lippen, während seine Hände über meine Hüften glitten.

»Dann nimm mich.« Ich meinte es vollkommen ernst. Wenn das sein Wunsch war, dann sollte er es tun. Ich war bereit. Jeder Zeit.

»Das ist nicht, was du möchtest. Erinnere dich.«

So sehr ich Henry auch begehrte, mein Verlangen nach ihm ging weit über die körperliche Anziehung hinaus. Es war nicht nur der Wunsch nach körperlicher Nähe, der mich erfüllte, sondern das tiefe Bedürfnis nach einer Verbindung, die jeden Aspekt unseres Seins berührte. Ich sehnte mich nach seiner Nähe, nach seinem Verständnis, nach dem Teilen von Gedanken und Träumen, nach einer Gemeinsamkeit, die über die flüchtigen Momente der Leidenschaft hinaus Bestand hatte.

Inmitten der intensiven Gefühle, die zwischen uns fluktuierten, erwog ich den Gedanken, dass vielleicht alles, was Henry brauchte, mehr Zeit war. Zeit, um die Komplexität seiner eigenen Gefühle zu erkunden, Zeit, um zu verstehen, dass das, was zwischen uns wuchs, eine Basis hatte, die tief genug war, um mehr als nur flüchtige Momente der Leidenschaft zu umfassen.

Vielleicht war es an mir, Geduld zu zeigen, ihm den Raum zu geben, den er brauchte, um zu erkennen, dass das, was wir teilten, die Möglichkeit in sich barg, zu etwas Größerem zu reifen. Es war ein Akt des Vertrauens, zu glauben, dass das, was zwischen uns keimte, die Kraft hatte, Barrieren zu überwinden und in einer Weise zu wachsen, die beide unsere Leben bereichern würde.

Ich verstand, dass wahre Intimität, die Art, nach der ich mich sehnte, nicht erzwungen werden konnte. Sie musste natürlich entstehen, genährt durch gemeinsame Erlebnisse, Verständnis und vor allem durch die Zeit, die es braucht, um wirklich zu erkennen, was es bedeutet, sich auf jemanden einzulassen.

Seine Hände rahmten meine Wangen ein und ließen mich die ganze Tiefe seiner Emotionen spüren. In diesem Augenblick, in der Intimität unseres Zusammenseins, schienen alle Zweifel und Unsicherheiten zu verblassen, übertönt von der Stärke der Verbindung, die zwischen uns pulsierte. »Sieh mich an.«

Ich tat es.

»Ich dränge dich zu nichts. Entweder du möchtest es oder nicht.«

»Vielleicht will ich das«, sagte ich und war mir selbst nicht sicher, warum ich ihm nicht einfach vertraute, und mich fallen ließ. Er berauschte mich. Und er machte es so mühelos, dass es mich faszinierte.

»Du musst dir sicher sein.«

»Ich bin mir sicher.«

Mit einer Intensität, die die vorherigen Küsse in den Schatten stellte, presste er seine Lippen erneut auf meine. Dieser Kuss war leidenschaftlicher, fordernder, als wollte er jedes ungesagte Wort, jede unterdrückte Emotion in diesem einen Moment ausdrücken.

Nachdem sich unsere Lippen voneinander gelöst hatten, blickte er mir tief in die Augen, als suche er nach einer stummen Bestätigung dessen, was er zu tun im Begriff war. »Dann komm mit.«

Er nahm meine Hand und führte mich aus dem Raum, über den Flur. Sein Griff war fest, voller Versprechen und ungesagter Worte. Mit jedem Schritt, den wir nebeneinander taten, schien die Welt um uns herum an Bedeutung zu verlieren, bis nichts mehr zählte außer der Gewissheit, dass wir gemeinsam einen neuen Weg einschlugen.

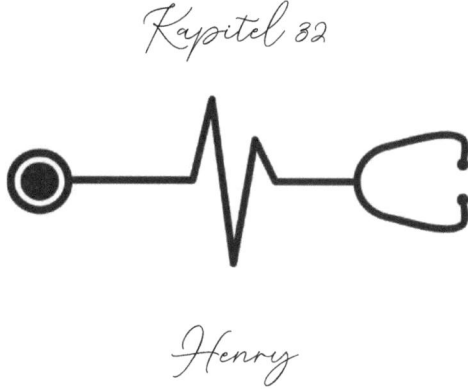

Kapitel 32

Henry

ch wollte ihr näher sein, die Distanz zwischen uns vollständig aufheben. Entschlossen zog ich sie hinter mir her, unsere Schritte hallten im Flur wider, während wir uns in Richtung der Umkleidekabinen am anderen Ende des Korridors bewegten. Zu dieser Stunde waren die Gänge fast leer, die meisten Mitarbeiter und Patienten bereits in ihren Zimmern oder Abteilungen, was uns ein Gefühl von Abgeschiedenheit verlieh, als würden wir in unserer eigenen kleinen Welt existieren.

Als wir die Umkleidekabine erreichten, warf ich einen schnellen Blick, um sicherzustellen, dass wir wirklich ungestört waren. Dann zog ich sie hinein und schloss die Tür hinter uns, die plötzlich wirkende Stille des Raums umhüllte uns wie ein Kokon. Die kühle Luft und das gedämpfte Licht, das durch die Milchglasfenster fiel, schufen eine Atmosphäre, die im starken Kontrast zu der hitzigen Leidenschaft stand, die in mir brodelte.

»Wir sind ganz allein«, stellte ich fest, nachdem mein Blick in alle Ecken geschweift waren.

Ohne ein weiteres Wort zu verlieren, drängte ich sie sanft, aber bestimmt gegen das Waschbecken. Unsere Blicke trafen sich erneut in einem stummen Austausch, der mehr sagte, als Worte es jemals könnten. Ich positionierte mich dicht vor ihr, die Nähe ließ mich fast zittern vor Erregung. Meine Hände fanden ihren Weg an ihre Seiten, hielten sie fest, während ich den unwiderstehlichen Drang verspürte, jeden Zentimeter ihrer Haut zu berühren, jede Kurve ihres Körpers zu erkunden. »Du vernebelst meinen Verstand.«

»Gut, du brauchst ihn gerade nicht.« Wenn sie wirklich glaubte, dass ich einen Hauch von Verstand besaß, dann täuschte sie sich. In ihrer Nähe wurde alles still – der Stress, der Druck, meine Moral, all die Vorstellungen, die ich jemals gehabt hatte. In diesen Sekundenbruchteilen zählten nur wir. Und es fühlte sich unglaublich gut an.

Unsere Lippen trafen sich erneut in einem Kuss, der sowohl die aufgestaute Sehnsucht als auch die unmittelbare Nähe zueinander entlud. Die Intensität, mit der wir uns küssten, war ein Abbild der Gefühle, die in uns beiden brodelten, ein tiefes Verlangen, das sich in der Hitze unserer Berührungen entfachte.

Meine Hände glitten von ihren Seiten zu ihrem Rücken, zogen sie näher an mich heran, während ihre Arme sich um meinen Hals schlangen, uns noch enger zusammenziehend. Unsere Bewegungen waren getrieben von einem instinktiven Verständnis für die Bedürfnisse und Wünsche des anderen.

»Ich liebe dieses Risiko. Fuck, das ist es, was ich brauche, um mich lebendig zu fühlen.« Die Worte kamen so schnell und atemlos über ihre Lippen, dass es eher wie ein Keuchen war.

»Ich möchte, dass du etwas für mich tust.« Jeder Kuss, jede Berührung schien die Luft um uns herum aufzuladen, die Spannung zu verstärken und uns noch weiter in den Rausch der Nähe hineinzuziehen. Die Welt außerhalb dieser vier Wände schien nicht mehr zu existieren, verschwunden hinter dem Nebel der Leidenschaft, der uns umgab.

»Alles, was du willst.«

»So ein gutes Mädchen.« Unsere Küsse wurden fordernder, unsere Berührungen gezielter, als wollten wir jeden Winkel des anderen erkunden, jede verborgene Facette entdecken. Es war ein Tanz der Intimität, bei dem jeder Schritt, jede Bewegung uns tiefer in das Labyrinth der Empfindungen führte, das zwischen uns aufgespannt war. »Mach mich glücklich und ich werde das Gleiche für dich tun.« Mit der Hand deutete ich auf den Boden.

Sie wollte direkt auf den Boden sinken, doch ein Blick auf die Uhr hinderte sie daran. »Gleich ist die Konferenz.«

»Eben. Sorg dafür, dass ich gut denken kann, wenn ich dem Boss von deinen Fortschritten erzähle.« Ich würde sie in den Himmel loben, davon war ich überzeugt, denn sie hatte es verdient. »Zieh den Kasack aus.« Meine Stimme wurde herrischer. Warten war nicht meine größte Stärke, auch nicht, wenn sie das Warten durchaus interessant machte. Ich mochte es auf eine Art, wenn sie mich zappeln ließ, denn das erinnerte mich an das Jagen. Doch der Punkt, an dem die Beute erlegt wurde, lag in meinem Ermessen. »Ich hasse es, mich zu wiederholen, Butterfly.«

Ich fixierte sie mit meinem Blick. Ich mochte die Art, wie sie mich in diesem Moment ansah und ungewohnt ruhig wurde. Während sie den Kasack langsam auszog, atmete ich tief durch.

»Langsamer«, befahl ich und lehnte mich gegen die Wand, um ihr dabei zuzusehen. Sie streifte den Stoff von ihrer linken Schulter und folgte ihren Händen mit dem Blick. »Augen zu mir, Marie.«

Als sie sich auf die Lippe biss und den Blickkontakt nicht unterbrach, war ich mir sicher, dass sie es genauso wollte, wie ich es wollte. Mein Blick schweifte über ihren Körper. Ich war ein verdammt glücklicher Mann. So verflucht glücklich.

Marie ließ ihre Hände über meine Brust gleiten. Sie streckte ihren Kopf zu meinen Lippen, doch ich unterbrach ihren Versuch, mich zu küssen und legte ihr den Finger auf die Lippen. »Knie dich hin.«

Ohne zu zögern, sank sie auf den Boden und sah mit großen Augen zu mir auf. Mit der Hand fuhr ich die Linien ihres Kiefers nach, umspielte ihre vollen Lippen mit dem Daumen. »Ich liebe deinen Mund«, raunte ich und wischte den verbleibenden Lippenstift einfach weg. Mit der anderen Hand öffnete ich meine Hose. Ihr erwartungsvoller Blick zuckte direkt in meine Lenden. »Noch viel lieber mag ich ihn, wenn er meinen Schwanz umschließt.« Sie wartete meine Worte kaum ab, ehe sie die Hände nach meinem Penis ausstreckte, doch ich bremste sie erneut. »Ich habe nicht gesagt, dass du mich berühren sollst. Hände in den Schoß«, forderte ich sie auf.

Sie biss sich auf die Unterlippe. »Henry …«

»Ruhe.« Wieder legte ich ihr den Finger auf die Lippen. Es musste hart sein, etwas so sehr zu wollen und es nicht zu bekommen. »Ich will dich ansehen.« Und das tat ich. Dieses Bild prägte ich mir ein, denn ich wusste, wie flüchtig diese Perfektion sein konnte. Mit meiner rechten Hand strich ich ihr durch das honigblonde Haar, bündelte es am Hinterkopf in meiner Hand und zog ihren Kopf in den Nacken. »Ich werde deinen Mund benutzen, so wie es mir gefällt.«

Als ihre Augen aufleuchteten, zuckte mein Schwanz. Wie gesagt, es war schade, dass sie so selten die Frau war, die sie in diesem Moment wurde. »Das ist es doch, was du auch willst, oder?« Oh, das wollte sie. Ich sah es an ihrem Gesicht, denn das Lächeln wurde breiter. Immer wieder führte ich sie in Versuchung, ihren Mund zu öffnen und meinen Penis zu berühren, doch im letzten Moment zog ich ihren Kopf wieder zurück. »Sag es«, forderte ich sie auf. Ich wollte es aus ihrem Mund hören. Sie sollte zugeben, dass es das war, was sie wollte.

»Ich will das.« Hastig nickte sie, ohne den Blick von meinem Penis abzuwenden.

Mit deutlich mehr Druck zog ich ihren Kopf in den Nacken, damit sie zu mir aufsah. »Was willst du, Butterfly?«

»Ich will, dass du meinen Mund benutzt.« Ihr Brustkorb bebte. »So, wie es dir gefällt.« Es kostete sie jegliche Selbstbeherrschung, ihre Hände im Schoß zu lassen.

Ich versank in ihrem Mund. Das war alles gewesen, was ich hören musste. Als sie mit der Zunge meinen Schaft entlangfuhr, entrang meiner Kehle ein tiefes Knurren. Mit meiner freien Hand stützte ich mich an der Wand ab. Sie saugte und leckte meinen Schwanz mit einer Hingabe, die mich noch härter werden ließ, ohne dabei den Blick von mir abzuwenden. Sie vereinnahmte mich mit dem Gefühl ihrer Lippen, die sich sanft um mich schlossen. Ihrer Zunge, die um meine Eichel kreiste, dem Saugen. Ich griff ihre Haare fester und drängte mich tiefer hinein. Ein tiefes Keuchen entwich mir, als meine volle Länge in ihrem Mund verschwand.

»Mach genau so weiter«, raunte ich in der Gewissheit, dass ich es nicht lange aushalten würde. Als sie weitermachte, schloss ich die Augen. Mein Gleichgewicht zu halten, wurde zunehmend schwerer, dennoch gewährte ich ihr mehr Freiheit, als ich ihren Kopf nicht mehr steuerte. Es war ein Wechselspiel aus saugen, lutschen und lecken. Immer wieder spürte ich, wie sie die Hände hob, doch ich erinnerte sie mit einem Blick daran, dass ich ihre Hände nicht wollte. Ich wollte ihren Mund. Ihren wunderbaren Mund. Ihre feuchten Lippen, die Wärme und dieser Blick brachten meinen Schwanz zum Pulsieren. Plötzlich nutzte sie die Freiheit, die ich ihr gewährte, um den Kopf zurückzuziehen.

»Wir müssen aufhören«, sagte sie atemlos und wischte sich mit dem Daumen über die Lippen.

Mein Blick wurde finster. »Wag es nicht.«

»Jemand könnte reinkommen.« Ihre Augen wurden immer größer.

»Und?« Ich sah ihr tief in die Augen, als ich ihr Haar wieder fester griff. Ich würde kein Nein gelten lassen. Nicht heute. Nicht, nachdem sie so begonnen hatte. »Mach den Mund auf«, forderte ich und führte sie bestimmt zu meiner Spitze. Sie gehörte mir und in diesem Augenblick wollte ich sie besitzen.

Mit einem Gemisch aus Erregung und Angst sah sie mich an, aber ich war mir sicher, dass sie es genauso mochte, wie ich es tat. Nur war sie deutlich besser darin, sich an Regeln zu halten. Endlich schloss sie ihre Lippen wieder um meinen Schwanz.

Das Piepen und Summen, das entstand, wenn jemand versuchte, die Tür mit einem Transponder zu öffnen, ließ uns aufhorchen. Mein Herz schlug einen Moment schneller, nicht nur getrieben von der Leidenschaft, sondern nun auch von einem

Hauch von Nervenkitzel, der durch die unerwartete Unterbrechung ausgelöst wurde.

»Hörst du das?«, fragte sie und zog sich zurück.

Ich nahm ihren Kopf und drängte ihn zu meinem Schwanz. »Mach weiter. Beende es, bevor sie reinkommen.« Wir würden jetzt nicht aufhören. Ganz sicher nicht. Die Vorstellung, dass auf der anderen Seite der Tür Kollegen standen, ahnungslos darüber, was wir hier taten, steigerte die Aufregung ins Unermessliche.

Trotz der Versuche, die Tür zu öffnen, blieb sie fest verschlossen. Jeder erfolglose Versuch, den Transponder zu nutzen, war wie ein Echo in der Stille, das unsere Herzen schneller schlagen ließ und das Verbotene, das Geheime unserer Begegnung unterstrich.

Sie saugte weiter, so wie sie es getan hatte, bevor sie eben aufgehört hatte, ohne ihren Blick abzuwenden. Ein Blick von ihr genügte und es war um mich geschehen. Sie hatte keine Chance, zurückzuweichen, denn ich presste ihren Kopf so fest gegen meinen Penis, dass ich ihr Würgen spürte. Als ich ihr etwas mehr Freiraum gab, schluckte sie, was ich bereit war, zu geben. Mein Atem beruhigte sich nur langsam. »Das ist mein liebes Mädchen.«

Stolz lächelte sie mich an und rappelte sich vom Boden auf. »Ich bin so verdammt feucht«, meinte sie, als sie sich hastig den Kasack überwarf.

»Wir gehen in mein Büro auf Station und dann kümmere ich mich um dich.« Die Aufregung und die Adrenalinschübe ließen langsam nach, machten Platz für eine tiefere, emotionale Verbindung, die zwischen uns schwang. Sanft senkte ich meine Lippen auf ihre Stirn und hinterließ einen Kuss auf ihrer Haut.

»Aber wir haben den Termin.«

»Das schließt sich nicht aus.« Marie hatte eine unaussprechliche Aufregung in mein Leben gebracht, eine Art von Ekstase und Lebendigkeit, die ich lange nicht gespürt hatte. Ihre Anwesenheit, ihre Energie und die Art, wie sie sich mit jeder Faser ihres Seins dem Leben stellte, waren berauschend. Sie war wie ein ständiger Funke der Inspiration, der mich dazu brachte, die Welt aus einer neuen Perspektive zu sehen, die Farben intensiver zu spüren und jeden Moment tiefer zu leben.

Kapitel 38

Marie

Wir betraten sein Büro auf der Station. Mit einem gezielten Griff schloss er die Tür hinter uns. Dann ging er weiter zu den Fenstern und zog die Vorhänge zu, sodass das Büro in ein Dämmerlicht getaucht wurde, isoliert von den Blicken der Außenwelt. »Zieh dich aus und setz dich auf meinen Schreibtisch.« Befehle aus seinem Mund ließen meine Knie immer weich werden.

Ich warf einen Blick auf die Uhr. So viel Zeit hatten wir nicht mehr. »Wir haben doch den Termin«, erinnerte ich ihn.

»Setz dich auf meinen Tisch, Butterfly.« Noch deutlicher sprach er die Worte aus. Seine Anweisung war klar gewesen, und mit einem Hauch von Erregung, gemischt mit einem Gefühl der Unterwerfung, folgte ich ihr. Ich ließ meinen Kasack zu Boden gleiten, spürte, wie das Gewicht der professionellen Rolle, die ich den ganzen Tag getragen hatte, von mir abfiel. Die Luft auf meiner Haut, jetzt frei von der Hülle des Kasacks, ließ eine Gänsehaut über meine Arme laufen.

Mit einem leichten Zittern, das mehr von der Erwartung als von der Kühle des Raumes herrührte, setzte ich mich auf den Rand seines Schreibtisches. Die Oberfläche, die sonst mit Papieren und medizinischen Unterlagen bedeckt war, wurde zu unserer Insel in einem Meer aus Unsicherheiten und unausgesprochenen Wünschen. Meine Beine baumelten leicht, während ich zu ihm aufsah, gefangen in einer Mischung aus Respekt, Verlangen und der süßen Erwartung dessen, was kommen würde.

Vor mir ließ er sich auf den Stuhl sinken und lenkte meine Beine auf die Armlehnen des Stuhls. Mit einem Ruck zog er mich näher an die Kante. Dann schob er mein Höschen zur Seite und leckte über meine Mitte.

Fuck.

Fuck.

Fuck.

Ich wollte mich konzentrieren, weil wir gleich den Termin hatten, gewissermaßen ein Feedbackgespräch, aber das konnte ich nicht. Zumindest nicht, solange seine Zunge auf diese Art über meinen Lustpunkt kreiste. Das Klingeln des Telefons unterbrach uns.

Warnend funkelte er mich an. »Wag es nicht, zu kommen, bevor die Konferenz vorbei ist. Du musst dich konzentrieren.« Ohne einen Moment zu zögern, griff er nach dem Telefon, doch seine Hände, die soeben noch eine stumme Sprache der Leidenschaft auf meiner Haut gesprochen hatten, verweilten weiterhin auf mir. Er schaltete das Gerät auf Lautsprecher. »Hallo Professor Spreyer, wie geht es Ihnen?«

»Wunderbar und selbst?«, fragte er.

Henrys Finger setzten ihre Erkundung fort, ließen mich jedes Wort, das er sprach, doppelt spüren – einmal durch das Ohr und einmal durch die Berührungen, die eine Melodie auf meiner Haut zeichneten. »Mir geht es blendend. Dr. Schmidt sitzt hier gerade vor mir.«

Ich saß vor ihm.

Nackt.

Auf seinem Schreibtisch.

Mit seinen Fingern so nahe an meinem Lustpunkt, dass es mich zittern ließ.

Ich atmete tief durch.

Einmal.

Dann noch einmal.

»Guten Tag«, sagte ich schließlich und versuchte, das Stöhnen zu unterdrücken, das sich über meine Lippen schleichen wollte, als er zwei Finger in mir versinken ließ.

Professor Spreyer sprach und man hörte ihm das Lächeln an. »Wie gefällt es Ihnen, Dr. Schmidt? Wie läuft die Facharztausbildung?«

Ich wollte gerade antworten, als Henry den Kopf zwischen meine Beine senkte. Diese verdammte Zunge. Instinktiv presste ich mir die Hand vor den Mund. Er hatte eine unerklärliche Fähigkeit, mich in einen Zustand zu versetzen, der an der Grenze zwischen vollkommener Hingabe und brennender Sehnsucht balancierte. Seine Präsenz, seine Berührungen, seine Stimme – alles an ihm zog mich in einen Strudel der Emotionen, der sowohl verwirrend als auch unglaublich verlockend war. »Es ist … aufschlussreich«, stieß ich atemlos aus. »Ich lerne sehr viel.«

Schelmisch grinste Henry mich an. »Ja, sie ist so wissbegierig.«

Die Doppeldeutigkeit dieser Aussage konnte ich nicht ignorieren. Vor allem dann nicht mehr, als er weitermacht. Fuck. Dieser Mann würde mich irgendwann wahnsinnig machen.

Die Kombination aus seiner Selbstsicherheit und der subtilen Zärtlichkeit seiner Berührungen ließ mich in einem Zustand der Verwirrung und des Verlangens zurück. Jeder Teil von mir schien nach ihm zu verlangen, nach der Fortsetzung dieser süßen Folter, die er mit solcher Meisterschaft zu inszenieren wusste.

»Kommen Sie denn vorwärts mit ihren Stunden? Sammeln Sie fleißig OPs und assistieren?«, fragte Professor Spreyer.

»Ja!« Ich presste das Wort viel zu laut heraus, fast schon ein Stöhnen, das eher Henry befeuern sollte, nicht aufzuhören, als es wirklich eine Antwort war. Gott, ich musste mich zusammenreißen. Wieder atmete ich tief durch. »Ja, ich komme voran. Ich darf bei Professor von Stettenfels sehr oft assistieren.«

Henry machte mich wahnsinnig – auf eine Art und Weise, die sowohl erschreckend als auch unglaublich anziehend war. Die Mischung aus professioneller Distanz und persönlicher Intimität, die er so mühelos zu balancieren schien, fügte eine Schicht der Komplexität hinzu, die meine Gefühle für ihn nur noch vertiefte.

Sanft küsste er mein Bein und flüsterte: »Du machst das so gut, Butterfly.« Dann räusperte er sich, sprach aber immer noch so dicht vor meiner Mitte, dass ich jedes einzelne Wort spüren könnte. »Ich bin vollkommen zufrieden mit ihr. Sie macht das wirklich toll.«

»Das macht mich sehr glücklich. Dann machen Sie weiter so. Ich höre wirklich nur Gutes über Sie«, meinte Professor Spreyer und beendete das Telefonat wenige Sätze später.

Erleichtert atmete ich auf. Henrys Blick traf meinen in einer Intensität, die Worte überflüssig machte. In seinen Augen lag eine unbeschreibliche Tiefe, ein Versprechen, das gleichzeitig eine Herausforderung war. Die Luft zwischen uns knisterte vor elektrischer Spannung, als sich unsere Blicke in stummem Einverständnis trafen.

Dann senkte Henry seinen Kopf wieder in Richtung meiner Mitte. Der Atem stockte mir in der Kehle, während ich spürte, wie er sich mir wieder zuwandte, seine Absichten klar und unausweichlich. In Erwartung dessen, was kommen würde, griffen meine rechten Finger reflexartig nach dem kühlen Rand des Schreibtisches, krallten sich darin fest, als suchten sie Halt in einem Meer aus überwältigenden Empfindungen. »Magst du das so gerne, Butterfly?«

Meine andere Hand glitt durch seine Haare. »Fuck, ja. Das fühlt sich so gut an.«

Mein ganzer Körper war angespannt, elektrisiert von der Vorfreude und dem scharfen Bewusstsein seiner Nähe. Jede kleinste Bewegung, jeder Hauch von Berührung schien unter meiner Haut ein Feuerwerk auszulösen, das mich erzittern ließ. Die Erwartung dessen, was Henry als Nächstes tun würde, ließ meine Sinne schärfen, jede Nervenendung schien zum Leben zu erwachen, fokussiert auf die Punkte unserer Berührung.

Mit einer Ruhe, die fast unerklärlich war angesichts der aufgeladenen Atmosphäre, lehnte er sich zurück in den Stuhl, als würde er sich bewusst einen Moment der Reflexion gönnen. Sein Blick verließ mich nicht, während er mich musterte, jede Regung, jedes flüchtige Zeichen meiner Erregung einfangend. »Du solltest jetzt nach Hause gehen. Es war ein anstrengender Tag.«

Da saß ich, noch immer auf dem Rand des Schreibtisches, und rang nach Luft, die Brust hob und senkte sich in schnellen, unregelmäßigen Atemzügen. »Was?«

»Zieh deine Klamotten an und geh nach Hause. Wenn du ein braves Mädchen bist, bringe ich es irgendwann zu einem Ende.«

Ich war so verdammt kurz davor gewesen, die Kontrolle vollständig zu verlieren, mich in der Flut der Empfindungen zu verlieren, die Henry in mir ausgelöst hatte. Doch jetzt, in diesem plötzlichen Stillstand, fühlte ich mich wie auf dem Höhepunkt einer Achterbahnfahrt, festgehalten in der Schwebe, unfähig vor- oder zurückzugehen. »Irgendwann?«, hakte ich scharf nach.

Henry beobachtete mich mit einem Blick, der schwer zu deuten war. War es ein Ausdruck von Zufriedenheit über die Wirkung, die er auf mich hatte, oder lag in seinen Augen eine tiefere Absicht, ein ungesagtes Spiel, das wir beide spielten?

Ein Teil von mir konnte nicht glauben, dass er so unvermittelt innehielt, gerade als ich dem Gipfel der Ekstase so nahe war.

Diese Ungläubigkeit mischte sich schnell mit einer wachsenden Wut, einem Ärger darüber, so manipuliert zu werden, als wäre ich ein Instrument in seinem Orchester der Verführung, spielbar nach seinem Willen. Es war frustrierend, zu spüren, wie er die Kontrolle behielt, selbst in einem Moment, der von solcher Intimität und Nähe geprägt war.

Doch paradoxerweise, inmitten dieser Frustration und des Ärgers, fand sich auch eine tiefere Anziehung, eine noch stärkere Erregung. Seine Fähigkeit, mich so zu beeinflussen, die Situation so vollständig zu kontrollieren, übte eine unbestreitbare Anziehungskraft aus. Die Art und Weise, wie er mich mit einem einzigen Akt der Zurückhaltung noch mehr entflammt hatte, war verstörend und faszinierend zugleich.

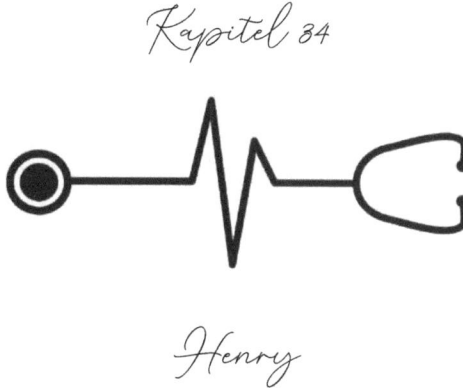

Kapitel 34

Henry

uf dem Dach des Krankenhauses standen wir Seite an Seite, umgeben von einem atemberaubenden Panorama, das sich unter dem weiten Himmel ausbreitete. Die Lichter der Stadt glitzerten wie unzählige Sterne, die sich am Boden niedergelassen hatten, und die ferne Silhouette der Hügel am Horizont zeichnete sich sanft gegen den Abendhimmel ab. »Was hast du dagegen, einfach mein kleines Geheimnis zu sein?«

»Ich möchte keine Frau sein, die man nicht vorstellen will, weil man sich für sie schämt.«

Ich lachte, um ihre Worte zu entkräften. »Das hat nichts mit schämen zu tun. Ich schütze deinen Ruf. Dich wird jeder im Krankenhaus als Schlampe abstempeln, die sich hochgeschlafen hat. Ausnahmslos jeder.« Doch trotz der Schönheit, die uns umgab, lag eine unverkennbare Traurigkeit in ihrem Blick, ein Schatten, der die Leuchtkraft ihrer Augen zu verdunkeln schien.

Sie blickte in die Ferne, ihre Gedanken schienen weit weg zu sein, gefangen in Sorgen oder Erinnerungen, die ihr das Herz beschwerten.

»Nicht, wenn du es ernst mit mir meinst«, sagte sie und ich konnte die naive Hoffnung in ihrer Stimme hören, dass Liebe alles verändern konnte. Allerdings war das eine Illusion. Da würde sie mit ein paar Jahren Lebenserfahrung auch noch dahinterkommen.

»Fängst du schon wieder damit an?« Mein Herz schlug automatisch schneller, wenn sie wieder damit anfing. »Ich möchte dich gar nicht beeinflussen, aber nur, weil ich das Ganze locker halten möchte, heißt das nicht, dass du keine Vorteile hast.«

»Uns Frauen wird von klein auf beigebracht, dass Männer uns nur ins Bett kriegen wollen und eigentlich tust du genau das. Du willst mich ficken, aber für alles andere ist es nicht genug.«

»Ich bin kein Mensch, der sich gerne bindet, Marie. Ich brauche meine Freiheit.« Das hatte nichts mit ihr zu tun. Es war mein Wesen, vielleicht auch das Klischee, das viele erfolgreiche Männer verband. Und es hatte absolut nichts mit ihr zu tun. »Weißt du, ich habe meinen Job und den liebe ich. Er nimmt all die Zeit ein, die ich habe. Wenn ich dir versprechen würde, mehr zu geben, wäre das unfair. Ich könnte das nämlich nicht halten.«

Sie senkte den Blick. »Ich mag dich wirklich sehr, Henry.«

»Ich dich auch. Es hat nichts mit dir zu tun. Es ist einfach nur realistisch. Ich möchte dich nicht verletzen.«

»Ich verstehe das schon«, sagte sie, aber in ihren Augen lag das pure Unverständnis – vielleicht auch die Hoffnung, dass ich meine Meinung ändern würde.

Vorsichtig legte ich meine Hände auf ihre Schultern. Ich wollte ihr zeigen, dass sie nicht allein war mit dem, was sie bedrückte, dass ich da war, bereit, zuzuhören oder einfach nur Stille zu teilen. »Wenn wir Sex haben, dann heißt das nicht, dass ich dich nicht schätze. Denn das tue ich, Butterfly. Oh, das tue ich.«

Meine Berührung schien sie für einen Moment zurück in die Gegenwart zu holen. Sie drehte sich leicht zu mir, und in dem schwachen Licht, das von den Sicherheitsleuchten des Daches ausging, konnte ich die Spuren der Melancholie in ihrem Gesicht erkennen.

»Etwas Lockeres muss nicht schlechter sein. Nicht, wenn du einen Mann hast, der dich so unsagbar schätzt.« Mit einer sanften Bewegung zog ich sie in eine Umarmung, meine Arme schlossen sich behutsam um sie. Die kühle Abendluft umspielte uns, während ich darauf hoffte, dass meine Umarmung ihr etwas von der Schwere nehmen könnte, die sie offensichtlich bedrückte.

»Möchtest du nicht irgendwann die Arbeit weniger an erste Stelle setzen?«

»Vielleicht irgendwann. Aber aktuell nicht.« Mein Job war nicht nur eine Arbeit. Es war eine Berufung.

Für einige Sekunden blieb sie regungslos in meinen Armen, als wäre sie in Gedanken noch weit entfernt, gefangen in den Sorgen und Nöten, die ihre Traurigkeit hervorgerufen hatten. Ihre anfängliche Zögerlichkeit, die Umarmung zu erwidern, spiegelte die Tiefe ihrer Gedanken wider, die Barrieren, die sie, vielleicht unbewusst, errichtet hatte.

Langsam, fast zögerlich, legte sie ihre Arme um mich. Ihre Umarmung wurde fester. Ihre Körperwärme mischte sich mit meiner, und ich spürte, wie sich die Anspannung in ihren Schultern langsam löste. »Du gibst mir so viel.«

»Ich möchte, dass du von unserer Verbindung profitierst.«

»Das tue ich. Du bringst mir eine Menge bei und ich lerne beruflich wirklich viel.« Ihre Locken fühlten sich weich und lebendig unter meinen Fingern an, jede Strähne ein feiner Faden, der uns in diesem Augenblick noch näher zusammenbrachte.

Als ich durch ihre Haare strich, stieg mir ein zarter Duft in die Nase. *Trésor nuit*, ein Parfum, das so reich und komplex war wie der Moment, den wir teilten. Der Duft war ein sanfter Wirbel aus Blumen und einer Süße, der die Luft um uns herum erfüllte. »Butterfly, dann ist doch alles perfekt. Warum genießen wir nicht einfach den Moment? Die guten Augenblicke im Leben sind ohnehin zu kurz.«

»Ich bin nicht gut darin, mich einfach fallen zu lassen.«

»Dann werde ich es dir auch einfach beibringen.« Das Einatmen dieses Duftes, gemischt mit der frischen Luft des Abends, ließ mich für einen Moment die Welt um uns herum vergessen.

Ihr Blick war immer noch kritisch. »Liege ich dir am Herzen?«

»Du bist mein Herz, Marie.« Die Stärke meiner Umarmung spiegelte die Intensität der Gefühle wider, die in mir brodelten, ein tiefes Verlangen, sie zu beschützen, zu trösten und ihr die Geborgenheit zu geben, die sie in diesem Moment zu benötigen schien. »Ich hatte die letzten Jahre das Gefühl, dass mein Herz eingefroren ist und seitdem du da bist, schlägt es wieder.«

Als sie zu mir aufschaute, begegneten sich unsere Blicke in einer stummen Konversation, in der jedes noch so kleine Funkeln, jede noch so zarte Regung in ihren Augen eine Geschichte erzählte.

Kapitel 35

Marie

Nach einem langen Tag, der von der Intensität der Gefühle und den unerwarteten Wendungen geprägt war, erreichte ich endlich mein Zuhause. Die Ruhe meiner eigenen vier Wände empfing mich wie eine Umarmung. Doch, bevor ich die Schwelle übertreten konnte, zog etwas Unerwartetes meine Aufmerksamkeit auf sich.

Vor meiner Tür standen Blumen, sorgfältig arrangiert und voller Farben, ein leuchtender Fleck in der sonst so gewöhnlichen Umgebung meines Wohnhausflurs. Meine erste Reaktion war Irritation, gemischt mit einer Spur von Neugier.

Wer würde mir Blumen hinterlassen?

Und warum?

Langsam, fast zögerlich, griff ich nach dem Strauß und entdeckte dabei eine Karte, die zwischen den Blüten versteckt war. Die Handschrift darauf kam mir bekannt vor, und als ich die

Worte las, erkannte ich sie sofort: Henry. *Locker heißt nicht immer gleich, dass es dem anderen egal ist,* stand dort geschrieben, eine Nachricht, die sowohl Rätsel als auch Erklärung zu sein schien.

Mit den Blumen in der Hand und den Gedanken wirbelnd betrat ich meine Wohnung. Die Geste, so unerwartet sie auch war, hinterließ ein warmes Gefühl in mir, eine Ahnung, dass trotz aller Missverständnisse und Irrungen eine tiefere Verbindung bestand. Ich fand eine Vase, stellte die Blumen hinein und betrachtete sie einen Moment. Die Schönheit der Blumen, gepaart mit der Bedeutung der Nachricht, ließ mich innehalten, brachte mich zum Nachdenken.

Dann nahm ich mein Handy. Es war an der Zeit, eine Antwort zu finden, ein Gespräch zu beginnen, das vielleicht längst überfällig war. Die Worte auf der Karte hallten in meinem Kopf nach, ein stummes Echo, das mich dazu drängte, über die Oberfläche hinauszuschauen und zu erkennen, dass echte Verbindungen oft in den Zwischenräumen der gesprochenen Worte liegen.

Ich, 19:20 Uhr
Du bist wirklich süß.

Boss, 19:25 Uhr
So kennt man mich.

Ich, 19:27 Uhr
Danke.

Boss, 19:27 Uhr
Ich meine es ernst. Hoffentlich weißt du das.

Ich, 19:28 Uhr

Brich mir nicht das Herz, wenn ich dir mein Vertrauen schenke.

Boss, 19:28 Uhr

Nein, das habe ich nicht vor.

Ich, 19:29 Uhr

Ich mag dich wirklich und ich möchte die Zeit genießen.

Ich, 19:29 Uhr

Das habe ich mir überlegt.

Ich, 19:30 Uhr

Denn du hast recht mit deinen Worten.

Boss, 19:31 Uhr

Das ist ein guter Plan.

Boss, 19:32 Uhr

Wir genießen die Zeit, die wir haben und alles andere hat keinen Wert.

Boss, 19:33 Uhr

Ich möchte, dass du die beste Facharztausbildung bekommst, die du kriegen kannst.

Ich, 19:34 Uhr

Mach mich einfach glücklich, Henry.

Ich, 19:35 Uhr

Das ist es, was ich möchte.

Ich, 19:36 Uhr

Sorg einfach dafür, dass ich glücklich bin.

Kapitel 36

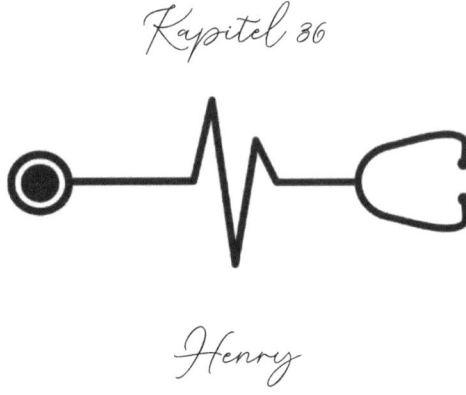

Henry

Erschöpft von den Ereignissen des Tages lag ich im Bett, mein Körper fühlte sich schwer an, als trug er die Last jeder einzelnen Sekunde, die vergangen war. Die Gedanken kreisten noch immer um die Geschehnisse, die Emotionen und die unerwarteten Wendungen, die diesen Tag zu einer Achterbahn der Gefühle gemacht haben.

Plötzlich unterbrach das Klingeln meines Handys die Stille, reißt mich aus meinen Gedankenspielen. Ein flüchtiger Blick auf das Display verriet mir, dass es Meggy war. Trotz der Müdigkeit, die jede Faser meines Seins durchdrang, spürte ich eine Welle der Neugier und vielleicht auch der Erleichterung darüber, mit jemandem zu sprechen, der mir nahestand.

Mit einem tiefen Atemzug nahm ich den Anruf an und richtete mich im Bett auf, stützte mich auf die Ellbogen, um wacher und aufmerksamer zu sein.

»Bist du noch wach?«, fragte sie in den Hörer.

»Ja, was ist los?«

»Ich wollte einfach mit dir reden. Ich kann nicht schlafen.« Während Meggy sprach, bemerkte ich eine Veränderung in ihrem Tonfall, eine bedrückte Note, die mich stutzig machte. Ihre Stimme war gedämpft, fast als ob sie jedes Wort durch einen Schleier von Sorgen hindurch sprach.

»Was beschäftigt dich?«

»Ich streite mich nicht gerne mit dir.« Mit jedem Satz, den sie aussprach, wuchs in mir die Gewissheit, dass irgendetwas nicht stimmte. Es war nicht nur das, was sie sagte, sondern auch das, was sie nicht aussprach, die Pausen zwischen den Worten, die etwas zu verraten schienen, das tiefer lag.

Ich atmete tief durch. »Meggy, wir haben uns doch gar nicht gestritten. Es waren nur verschiedene Meinungen.«

»Ich habe darüber nachgedacht.«

Meine eigene Müdigkeit trat in den Hintergrund, als diese Sorge um sie immer mehr Raum in meinen Gedanken einnahm. »Fühl dich nicht gezwungen. Ich verstehe es, wenn du nicht hier sein möchtest.«

»Wenn ich zurückkomme, was tun wir dann?«

Ich spürte, wie sich die Dynamik des Gesprächs veränderte, als sie meine Frage hörte. Während ich darauf wartete, dass sie antwortete, hielt ich den Atem an, bereit, ihr beizustehen, ihr eine Stütze zu sein in dem, was auch immer sie belastete. »Vielleicht arbeitest du wieder im Krankenhaus. Professor Spreyer macht deine Stelle bestimmt wieder frei.«

»Dann würden wir im Team arbeiten.«

»Würde dich das glücklich machen?«

Es ging nicht um mich, sondern um das, was ich als richtig für sie empfand. »Ich bin mir nicht sicher, aber dein Platz ist hier.

Oder? Dein Leben war immer hier und ich finde, du solltest zurückkommen, wenn du es für richtig hältst.«

»Was passiert gerade im Krankenhaus?« Trotz der anfänglichen Sorge, die mich ergriffen hatte, als ich ihre bedrückte Stimmung bemerkte, entwickelte sich unser Gespräch zu etwas, das tiefgründig und ehrlich war, besonders als sie einsichtiger wurde.

»Am Wochenende ist eine Spendenveranstaltung für die neue Station. Viel Händeschütteln und lächeln, du kennst das ja.«

»Du fehlst mir«, stieß sie aus.

»Mir fehlt das Lachen. Vielleicht sogar die Diskussionen.« Je mehr wir sprachen, desto mehr lösten sich die Knoten in meinem Inneren, die sich im Laufe des anstrengenden Tages gebildet hatten. Meggys Bereitschaft, sich zu öffnen, ihre Einsichten und ihre Ehrlichkeit verliehen unserem Gespräch eine Qualität der Vertrautheit und des Vertrauens, die ich lange vermisst hatte.

»Ich möchte wieder arbeiten. Mir ist wirklich langweilig ohne den Job.«

Ja, das hatte ich ihr prophezeit. »Wir haben so viele neue Assistenzärzte, denen du eine Menge beibringen könntest.«

»Wie viele hast du?«

Es fühlte sich befreiend an, wieder so offen mit ihr zu sprechen, die Gedanken und Gefühle zu teilen, die uns beschäftigten. Ihre Einsicht und die Fähigkeit, sich selbst zu reflektieren, ließen unser Gespräch reich und vielschichtig werden. »Ich konzentriere mich nur auf eine, in der ich wirklich Potenzial sehe.«

»Auf die Kleine, die du neulich erwähnt hast?«

Ich nickte, obwohl sie mich nicht sah. »Marie ist ihr Name. Sie hat ein gutes Gespür für die Patienten und im OP ist sie fantastisch. Ich wäre ein besserer Arzt, wenn ich von Anfang an so gewesen wäre.« Mein Herz schlug unwillkürlich schneller, jedes Mal, wenn meine Gedanken zu Marie wanderten.

Die Idee, dass Marie jetzt bei mir sein könnte, ließ mich mit einer Mischung aus Hoffnung und Melancholie zurück. Wie wunderbar es wäre, ihre Nähe zu spüren, ihre Wärme neben mir im Bett, den Rhythmus ihres Atems zu hören, während die Nacht um uns herum ihren Lauf nahm.

»Wie alt ist sie?«

»Mitte zwanzig, denke ich«, erwiderte ich und erkannte, dass ich eigentlich nicht so viel über sie wusste. Ich hatte nicht genug Fragen über ihr bisheriges Leben, die Familie oder die Dinge, die sie wirklich bewegten gestellt.

»Ist sie hübsch?«

Gedanken darüber, was sie wohl in diesem Moment tat, füllten meinen Kopf. Vielleicht saß sie in ihrem Lieblingssessel, eingehüllt in eine Decke, mit einem Buch in der Hand, oder vielleicht stand sie am Fenster und beobachtete, wie der Mond sich langsam seinen Weg durch den nächtlichen Himmel bahnte. Die Vorstellung, dass sie irgendwo da draußen war, vielleicht sogar in diesem Moment an mich dachte, ließ mein Herz noch schneller schlagen und verstärkte das Gefühl der Verbundenheit, das uns trotz der räumlichen Distanz umgab. »Blond, blaue Augen. Hässlich ist sie jedenfalls nicht.«

»Ich bin froh, dass du jemanden gefunden hast, bei dem dir die Arbeit Spaß macht.«

»Es gibt genug Arbeit für uns alle, Meggy.«

»Was hältst du davon, wenn ich dich am Wochenende begleite?«

Jeder Gedanke an sie, jede gemalte Szene ihres möglichen Abends brachte sie mir näher, ließ sie fast greifbar erscheinen, als könnte ich meine Hand ausstrecken und sie berühren. Dieses Verlangen nach ihrer Präsenz, nach dem Teilen von einfachen Momenten und tiefen Gesprächen, war überwältigend. Es war ein süßes Leid, zu wissen, dass sie nicht hier sein konnte, gepaart mit der Hoffnung, dass vielleicht, irgendwann in naher Zukunft, solche gemeinsamen Nächte Wirklichkeit werden könnten. In der Zwischenzeit blieb mir nur das Flattern meines Herzens, das jedes Mal schneller schlug, wenn meine Gedanken zu ihr flogen.

»Wirklich?«

»Ja, ich denke, ich komme für ein paar Tage.«

Trotz meiner Bemühungen, dem Gespräch mit Meggy meine volle Aufmerksamkeit zu schenken, fand ich mich immer wieder dabei, wie ich in Erinnerungen versank, wie ich Marie vor mir auf dem Schreibtisch sitzen sah. »Das ist eine gute Entscheidung, Meggy. Dann können wir mit Professor Spreyer sprechen und vielleicht gibt er dir die Stelle wieder.«

Es war ein Bild, das von einer intensiven Berauschtheit geprägt war, von einer Anziehungskraft, die sich jeglicher Beschreibung entzog. Die Art und Weise, wie sie dort gesessen hatte, ihre Haltung, der Ausdruck in ihren Augen – all das spielte sich in meinem Kopf ab wie eine Szene aus einem Film, die man immer wieder zurückspulte, um sie noch einmal zu erleben.

Jedes Detail dieser Erinnerung war berauschend: die Art, wie das Licht ihre Silhouette umrissen hatte, die Tiefe ihres Blickes, der unbestimmte Ausdruck auf ihrem Gesicht, der so vieles andeutete, ohne etwas konkret zu verraten. Ich konnte fast die elektrische Spannung spüren, die in der Luft gelegen hatte, die Hitze, die von uns ausging, als wären wir zwei Pole eines Magneten, unausweichlich zueinander hingezogen.

Während ich so in Gedanken versunken war, merkte ich kaum, wie die Worte, die Meggy und ich austauschten, zu einem entfernten Hintergrundrauschen wurden.

Diese Sehnsucht, dieses Verlangen, das mich erfüllte, jedes Mal, wenn ich an sie dachte, war sowohl quälend als auch süß. Es war eine Art von Verlangen, das nicht ignoriert werden konnte, eine stille Aufforderung des Schicksals, der ich mich kaum entziehen konnte. Sie war ein Bestandteil meines Herzens geworden. Nein … Vielleicht war sie sogar mein Herz geworden.

Kapitel 37

Marie

Es waren drei Tage vergangen. Ich musterte Henry, als ich mit ihm im Fahrstuhl stand. Angefangen bei den dunkelgrauen Haaren, den muskulösen Schultern, bis zu seinen Händen. Sie waren von Venen übersäht, die so gigantisch waren, dass ich instinktiv mit ihrem Finger darüberstrich. »Die Assistenten sind neidisch auf mich. Weißt du das?« Ich wandte den Blick nicht von seiner Hand ab, sondern ließ den Finger immer weiter schweifen. Er war mächtig, seine Hände beinahe doppelt so groß wie meine.

»Haben sie einen Grund dazu?« Er hob mein Kinn an, damit ich ihn ansah. Wenn er nur ein wenig tiefer gleiten würde, dann könnte er meinen Hals umfassen.

Ich nickte, bevor ich einen klaren Gedanken fassen konnte. »Ich denke schon.« Etwas in mir loderte auf. Vielleicht war es das Verlangen, das ich seit dem Moment in seinem Büro unterdrückt hatte. Möglicherweise konnte ich auch einfach nicht allein mit ihm sein, ohne dass ich das Bedürfnis verspürte, mich auf ihn zu werfen.

»Warum siehst du mich so an?« Henry packte mein Handgelenk und umklammerte es mit festem Griff. Wenn er immer so herrisch war, dann sollte ich vielleicht nicht länger zögern und mich endlich auf ihn einlassen.

»Weil du mir noch etwas schuldest«, erwiderte ich und entzog mich seinem Griff. Ich beugte mich noch ein Stück weiter vor und legte die Hand auf seine Schulter. »Findest du nicht?« Sie sah zu ihm auf, denn etwas in seinem Blick verriet mir, dass es die Art war, wie er angesehen werden wollte.

»Butterfly, welcher Mann würde auf diese Frage mit Nein antworten?« Er seufzte.

»Das ist keine Antwort«, sagte ich und ließ die Hand höher streicheln. Im Vergleich zu ihm stoppte ich nicht in der Mitte seiner Oberschenkel. Ohne den Blick abzuwenden, strich ich immer höher, je länger er sich mit seiner Antwort Zeit ließ.

»Was sollte ich dir denn schulden?« Verteidigend hob er die Hände, als hätte er sich gerade zu einem Verbrechen bekannt. Es war kein Verbrechen, lediglich moralisch verwerflich und gesellschaftlich verboten.

»Einen Orgasmus.« Für den Bruchteil einer Sekunde kam die Frage in meinen Kopf auf, ob es um mein Ego ging. Vermutlich hatte mein Ego sich nach dem Bad im Selbstmitleid wieder zusammengesetzt. Seine dunklen Augen faszinierten mich, das hatten sie schon immer getan. Und vielleicht ließ ich mich endlich darauf ein. Zu seinen Bedingungen.

»Das ist meine Entscheidung.« Als wollte er seinen Worten mehr Glaubwürdigkeit verleihen, hingen seine Arme immer noch neben seinem Körper. Doch damit war jetzt Schluss. Ich stellte mich vor ihn, genau zwischen seine Beine, sodass er keine Chance mehr hatte, mich nicht zu berühren, zu riechen, zu spüren.

»Denkst du oft an mich, wenn du allein bist?« Ich legte den Kopf schräg und fuhr mit dem Zeigefinger die Konturen seines Barts nach.

Henry seufzte laut auf. »Butterfly, hör auf damit. Ich weiß, was du vorhast.«

»Was habe ich denn vor?« Grinsend griff ich nach seiner Krawatte und zwirbelte sie um meinen Finger.

»Du spielst, so wie du es immer tust.« Blitzschnell umfasste er meine beiden Handgelenke mit einer Hand. Ich musste das Stöhnen unterdrücken, dass sich über meine Lippen schleichen wollte.

»Ich spiele nicht. Heute nicht.« Ich sah ihm tief in die Augen.

»Beweis es.« Er sprach die Worte dicht an meinem Ohr, was einen Schauer über meinen Körper jagte.

Dann ließ er meine Handgelenke los. »Bist du denn ein gutes Mädchen?« Wie zuvor beugte ich mich zu seinem Ohr vor und drängte mein Bein dabei zwischen seine Schenkel. Es überraschte mich, als ich seine Hand an meinem Hintern spürte, denn damit hatte ich nicht gerechnet. »Ich mag es, wenn Männer wissen, was sie tun«, raunte ich ihm ins Ohr, sodass mein Atem immer wieder seine Haut streifte.

»Und dass soll mir beweisen, dass du nicht spielst?« Er zog eine Augenbraue in die Höhe.

Verschwörerisch grinste ich ihn an. »Packst du mich jetzt endlich oder muss ich noch länger warten?« Ich lehnte mich gegen die Stange des Fahrstuhls und funkelte ihn herausfordernd an. Mit einer Geschwindigkeit, die ich nicht für möglich gehalten hätte, griff er nach meinem Hals und drängte mich gegen die Wand des Fahrstuhls.

»Oh, du machst mich so hart.« Er hauchte die Worte gegen meine Lippen, ohne sie zu berühren. Meine Wangen waren leicht gerötet und aus dem hochgesteckten Haar hatten sich weitere Strähnen gelöst. Henrys Augen glitten tiefer zu meinen Brüsten, die sich unter dem Kleid abzeichneten und sich bei jedem Atemzug hoben.

»Dann solltest du fester zufassen.« Nervös biss ich mir auf die Unterlippe, ohne dabei den Blickkontakt zu Henry zu verlieren. Seine Hände waren kräftig und ich hatte eine Vorahnung, was für eine Kraft er aufbringen könnte. Es brauchte Mut, ihn herauszufordern. Ich wusste zwar, dass es eine riskante Idee war, dennoch trat ich einen Schritt auf ihn zu und verringerte die Distanz zwischen uns, bis ich seinen heißen Atem spürte, der meinen Hals streifte. »Vorausgesetzt du bist dazu in der Lage, mich auf diese Art zu berühren«, raunte ich mit heiserer Stimme.

Er lachte kurz auf, ehe er mich mit Schwung gegen die Wand drückte und sich dicht vor mich stellte. Endlich küsste er mich. Ich angelte nach dem Knopf, der den Fahrstuhl zum Stehen brachte, andernfalls wäre es gleich sehr unangenehm geworden. Mit der gleichen Leidenschaft, wie er sie an den Tag legte, erwiderte ich den Kuss und öffnete bereitwillig meine Lippen, um seiner drängenden Zunge Einlass zu gewähren. Er zögerte nicht, sondern vergrub seine Hände in meinem Haar.

»Henry«, hauchte ich und löste mich keuchend von ihm, um wieder zu Atem zu kommen. »Spiel nicht mit mir und fick mich endlich.« Ein Grinsen konnte ich mir nicht verkneifen.

Er gab mich jedoch nicht frei, sondern drängte mich so weit zurück, dass ich mich ihm entgegenbog, um die Stange des

Fahrstuhls nicht schmerzhaft an meinem Rücken zu spüren. Entschlossen strichen seine Finger mein Kinn entlang, hinab zu meinem Hals. Am Ausschnitt des Kasacks hielt er kurz inne, baute die Spannung zwischen uns weiter auf, bis er mit seiner Hand unter den Stoff glitt und meine Brust zu kneten begann. »Du hast Glück, dass dein Körper sich so sehr anbietet und mich glücklich macht.«

»Wenn das so ist, dann benutz mich nur weiter.« Ein leises Aufstöhnen entwich meiner Kehle, als er den vorderen Reißverschluss des Kleides in Zeitlupe aufzog. Seine Finger glitten über meine mit schwarzer Spitze bedeckten Brüste. Er biss sich auf die Unterlippe, als er meinen BH öffnete und auf den Boden fallen ließ. Mein Körper bäumte sich auf und ich presste mich unweigerlich gegen ihn, sodass ich seinen harten Schwanz spüren konnte. Vermutlich gab es an diesem Mann nichts, was klein war. Ich schmunzelte in mich hinein.

»Wie du mich bei der Visite angesehen hast, hat mich beinahe den Verstand gekostet«, knurrte er voller Erregung und strich über die halterlosen Strümpfe, die ich für ihn angezogen hatte. »Wie gut, dass du den Boss gerne glücklich machst.« Er schob mein Höschen zur Seite und strich neckend über meine Mitte, bis zu meinem Lustpunkt, über den er mit leicht wachsendem Druck so lange rieb, bis ich aufstöhnte und sowohl seinen Gürtel als auch seine Hose öffnete.

Ich lächelte breiter und streckte die Hand nach seinem Schwanz aus. Fuck, er war so verdammt hart. Wurden diese Fahrstühle eigentlich videoüberwacht?

»Bettle, Butterfly.« Er bremste mich.

»Du schuldest mir etwas. Nicht umgekehrt.«

Henry schmunzelte. »Ich will dich hören.«

Ich leckte mir über die Lippen, als ich zu ihm aufsah. Mit einer Hand packte er meinen Oberschenkel und drängte ihn gegen seine Hüfte. Seine andere Hand, die meine Klitoris umkreiste, glitt tiefer, um meine Bereitschaft zu prüfen. Als sein Zeigefinger in mich glitt, krallte ich die Hände in seinen Nacken. Er stöhnte und positionierte anstelle seines Fingers nun seinen Schwanz vor meinem Eingang. »Sprich es aus, Butterfly. Sag mir, wie sehr du gefickt werden willst und ich mache es wieder gut.« Für einen kurzen Augenblick hielt er inne.

Ich suchte in seinem Blick nach einem winzigen Hinweis dafür, dass er gerade einen Scherz gemacht hatte. Doch alles, was ich sah, war Verlangen und Strenge. Er schien kein Mann zu sein, der einfach nachgab. Allerdings war ich keine Frau, die sich zu etwas drängen ließ. »Fick mich einfach.« Ich drängte meine Hüfte gegen seinen Penis, doch er hatte mich fest im Griff und verhinderte, dass ich damit Erfolg hatte.

Er schüttelte grinsend den Kopf. »Mich kriegst du erst, wenn du zugibst, wie sehr du mich willst.«

Ich presste die Zähne fester zusammen und überkreuzte die Arme hinter seinem Nacken und sah ihn mit großen Augen an. »Fick mich, bitte.« Beinahe flehend schaute ich ihn an.

»Erst, wenn du es zugegeben hast.«

Der Blick schien bei ihm nicht zu ziehen. Seufzend schaute ich auf den Boden des Fahrstuhls. Immer wieder neckte er mich mit seinem Penis, indem er ihn kurz eintauchen ließ und sich dann wieder zurückzog. Ich schloss die Augen, um den Mut zu finden, die Worte auszusprechen. »Gut, ich will, dass du mich fickst. Mach es endlich.«

Henry drang mit einem heftigen Stoß in mich ein, der uns zeitgleich zum Aufstöhnen brachte. »Sag du es mir. Bist du zufrieden?« Die Kraft, mir etwas Zeit zu geben, um mich an seine Größe zu gewöhnen, konnte er nicht lange aufbringen. Er bewegte sich zunehmend schneller.

»Mehr als das. Hör nicht auf.« Ich überspielte den kurzen Moment, in dem ich mir sicher war, dass er mich zerreißen würde und ließ mich in das Gefühl fallen. Immer schneller und kraftvoller drang er in mich ein, presste meinen wesentlich kleineren Körper mit jedem Stoß heftiger gegen die Wand des Fahrstuhls. »Härter«, wimmerte ich, während meine Wände um seinen Penis pulsierten.

»Du brauchst es nicht härter, sondern tiefer.« Henry biss in einem Versuch, sein Verlangen zu drosseln in die zarte Haut meines Halses. Als ich daraufhin aufschrie, fuhr er entschuldigend mit der Zunge über die vormals malträtierte Stelle. Seine Stöße büßten dabei keinerlei Tempo ein. Er vergrub seine Hand zwischen uns und rieb mit leichtem Druck über meinen Lustpunkt. Es dauerte nicht lange, bis ich die Augen schloss und mit leicht geöffnetem Mund und ekstatischem Gesichtsausdruck von einer Welle der Lust hinfort gerissen wurde.

Das Gefühl berauschte mich, denn er schien nicht daran zu denken, aufzuhören. Er rieb und bewegte sich im gleichen Takt weiter, obwohl mein Körper unkontrolliert zuckte und sich immer enger um seinen Penis zusammenzog. Ich warf den Kopf in den Nacken und stöhnte auf. Es war dieses unbeschreibliche Gefühl, für einen Moment vollkommen ausgefüllt zu sein.

Es war perfekt.

Für einen Wimpernschlag wurde alles in mir ruhiger, all das Chaos verschwand. Sein kehliger Schrei riss mich aus den Gedanken, als er in mir kam. Mit rasendem Puls und wild pochendem Herzen sackte er gegen mich und senkte die Stirn gegen die meine.

Ich lächelte außer Atem. »Das war gut.«

»Nur *gut*?« Zögerlich gab er mein Bein frei, das augenblicklich nach unten rutschte. »Das hat sich ein bisschen anders angefühlt.« Er brauchte einen Moment, ehe er sich rühren konnte.

»Ich sollte dich nicht zu viel loben, denn das scheint dir nicht zu bekommen.« Mit einem Grinsen klopfte ich ihm auf die Schulter. Er würde mich nie wieder so lange warten lassen. Nie wieder.

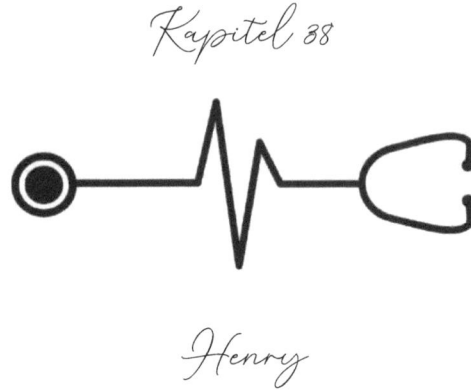

Kapitel 38

Henry

Meine Arme hielten sie fest, als wollten sie sie nie wieder loslassen, und in diesem kleinen, abgeschlossenen Raum schien die Zeit ihre Bedeutung zu verlieren. Unsere Lippen fanden sich in einem zärtlichen, fordernden Kuss, der tiefer und intensiver wurde, je länger er dauerte. Jede Berührung, jedes Streicheln, jede sanfte Geste war ein Bekenntnis, ein stummes Versprechen der Verbundenheit und des Begehrens. »Ich habe dich für den Dienst heute Abend eingeteilt. Hast du das gesehen?«

Sie nickte. »Ich habe mit einer Kollegin getauscht.«

»Warum?«

»Ich bin heute Abend auf der Spendenveranstaltung«, erwiderte sie und lächelte mich an.

»Allein?« Die Welt außerhalb dieses Fahrstuhls schien weit entfernt, als existiere sie in einem anderen Universum. Alles, was zählte, waren wir beide, hier und jetzt, vereint in einem Tanz der

Intimität. Die Nähe zwischen uns erfüllte den Raum mit einer elektrisierenden Energie, die jeden rationale Gedanken verblassen ließ.

»Ich habe gehofft, dass du mit mir gehen wirst.«

»Hm, das ist keine Option, Butterfly.« Mit jedem Kuss, jeder Berührung vertieften wir unsere Verbindung, entdeckten neue Ebenen unserer Beziehung und erkundeten die Sprache der Zärtlichkeit und des Verlangens.

Mit großen Augen musterte sie mich. »Warum nicht?«

»Ich muss arbeiten und du solltest dich um die Patienten kümmern.«

Ihre Finger umfassten den Stoff, ließen ihn durch ihre Hände gleiten, als ob sie die Textur und das Muster erkunden wollte. Es war eine spielerische, fast nachdenkliche Geste, die eine ungezwungene Intimität zwischen uns schuf. »Schämst du dich für mich?«

»Ich habe dir schon mehrfach gesagt, dass das nicht der Fall ist.«

»Aber?«

»Kein Aber. Es ist eine berufliche Veranstaltung, bei der ich keine Begleitung brauche.« Ihr Flirten war subtil und doch offensichtlich, eine Mischung aus Verspieltheit und einem Versprechen, das tiefer ging als die spielerischen Gesten mit meiner Krawatte.

»Ich würde so gerne bei dir sein«, sagte sie und schlang die Arme um meinen Nacken.

Meine Finger berührten ihre Wangen, eine Geste der Zuneigung und des Verlangens, die Intimität zwischen uns noch weiter zu vertiefen. Doch in ihren Augen las ich eine Spur von Verwirrung, ein leises Nichtverstehen, das wie ein Schatten über ihrem Gesicht lag. »Wenn du mir wirklich helfen willst, dann kümmerst du dich um die Patienten.«

Ihr Blick schien in diesem Augenblick von Fragen erfüllt zu sein. Die Stille um uns herum wurde fast greifbar, als würde sie auf eine Erklärung warten, auf Worte, die das ausdrücken könnten, was meine Berührung zu vermitteln suchte.

In ihrem Nichtverstehen spiegelte sich eine zarte Verletzlichkeit wider, eine Unsicherheit, die mich dazu brachte, meine Handlungen zu hinterfragen. Hatte ich vielleicht zu viel erwartet? War die Stärke meiner Gefühle, die ich durch diese einfache Berührung zu kommunizieren versuchte, zu überwältigend oder gar missverständlich?

»Darf ich ehrlich sein?«

Ich nickte. »Das darfst du bei mir immer sein.«

»Als du mich gefragt hast, ob ich mich verliebt habe, habe ich gelogen, als ich Nein gesagt habe.« Jede Faser meines Seins schien von dem Wunsch durchdrungen zu sein, sie zu beschützen, zu bewahren vor jedem Schmerz, jeder Enttäuschung. Sie bedeutete mir so viel mehr, als Worte je ausdrücken könnten, ein unersetzlicher Teil meines Lebens, dessen Verlust unvorstellbar wäre. »Ich habe mich verliebt und dieses Gefühl frisst mich auf, denn ich spüre, dass es bei dir nicht so ist.«

»Butterfly, das ist nicht so einfach …«

»Ich liebe dich, Henry. Ich liebe dich und ich bin mir vollkommen sicher, dass du alles bist, was ich mir immer gewünscht habe.«

Der bloße Gedanke daran, dass ihr etwas zustoßen könnte, ließ mein Herz schwer werden, eine beklemmende Angst, die sich um meine Brust legte und mir den Atem raubte. Die Vorstellung, ihr

Leid zuzufügen, sei es durch Worte oder Taten, war unerträglich. »Ich bin nicht, was du willst. Glaub mir das doch endlich.«

In der Tiefe meiner Seele wusste ich, dass ich alles in meiner Macht Stehende tun würde, um sie vor jeglichem Kummer zu bewahren. Ihre Sicherheit, ihr Glück, war zu einem integralen Bestandteil meines eigenen Wohlergehens geworden. Sie in meinen Armen zu halten, zu wissen, dass sie sicher und geborgen war, gab mir ein Gefühl von Frieden und Erfüllung, das ich nie zuvor gekannt hatte.

Mit einer Sanftheit, die die Intensität des Moments nur verstärkte, legte sie ihre Hände an meine Wangen, eine Geste, die mich tief berührte. Ihre Handflächen fühlten sich warm auf meiner Haut an, ein beruhigender Kontrast zu dem Sturm der Emotionen, der in mir tobte. Ihre Nähe, die Zärtlichkeit ihrer Berührung, ließ mich für einen Augenblick alles um uns herum vergessen. »Du bist es.«

Sie zog mein Gesicht näher zu ihrem und küsste mich. Es war ein Kuss, der von einer tiefen Zuneigung und einer unsagbaren Vertrautheit zeugte. Kaum hatten sich unsere Lippen voneinander gelöst, fand sie erneut den Weg zu mir und küsste mich ein zweites Mal, tiefer und fordernder diesmal, als wollte sie mir all die unausgesprochenen Worte und Gefühle übermitteln, die zwischen uns lagen.

»Du bist es. Du bist alles.«

Als unsere Lippen sich zum dritten Mal trafen, spürte ich, wie alles in mir zur Ruhe kam. Dieser dritte Kuss war wie eine Versiegelung unseres Versprechens, füreinander da zu sein, in allen Höhen und Tiefen.

»Fuck, du bedeutest mir auch so viel.« Ich liebte sie, mit einer Intensität, die mich überwältigte, die mich erfüllte und gleichzeitig ängstigte. Sie bedeutete mir so viel, mehr als ich jemals für möglich gehalten hätte. In ihrer Liebe fand ich eine Geborgenheit, eine Zugehörigkeit, die ich nie zuvor gekannt hatte. »Ich glaube, das kann dir gar nicht bewusst werden.«

Ihre Küsse waren wie ein Balsam für meine Seele, eine Bestätigung, dass wir zusammengehörten, dass die Liebe, die wir teilten, etwas war, das gegen alle Widrigkeiten bestehen würde.

Kapitel 39

Marie

In einem eleganten, bodenlangen Kleid schritt ich durch die Gänge des Krankenhauses, auf dem Weg zu einer Spendenveranstaltung, die an diesem Abend stattfand. Das Kleid umfasste meine Silhouette und floss bei jedem Schritt um meine Beine. Während ich durch die korridorartigen Wege ging, reflektierte ich über Henrys Entscheidung, nicht an meiner Seite zu sein. Ein Schatten des Unverständnisses legte sich über meine Gedanken.

Warum wollte er nicht gemeinsam mit mir gehen?

Unsere Beziehung war doch mehr als nur oberflächlich – tiefgründiger und verbundener, als es Außenstehende je erahnen könnten, oder?

Warum also zog er es vor, Abstand zu halten?

Mit jedem Schritt, den ich der Veranstaltung näher kam, wurde die Unruhe in mir größer.

War es eine bewusste Entscheidung von ihm, eine Art Selbstschutz oder gar Rücksichtnahme?

Oder gab es tiefere Gründe, verborgen in den Untiefen seiner Gedanken und Gefühle, die ich nicht zu deuten wusste?

Trotz der Schönheit des Moments fühlte ich eine Leere neben mir. Die Abwesenheit von Henry an meiner Seite, seinem Lächeln, seiner Unterstützung, hinterließ eine spürbare Lücke, die schwer zu ignorieren war. Während ich mich der Menge näherte, die sich bereits für die Veranstaltung versammelte, wünschte ich mir nichts sehnlicher, als seine Hand in meiner zu spüren, ein stummes Zeichen unserer Einheit und Verbundenheit inmitten der Feierlichkeiten.

Entschlossen schritt ich durch die festlich geschmückten Räume des Krankenhauses, das für die Spendenveranstaltung herausgeputzt worden war. In meinem Herzen trug ich eine feste Überzeugung, eine Mission, die den Abend überstrahlte: Ich wollte Henry zeigen, wie wunderbar wir zusammenpassten, wie unsere gemeinsame Präsenz jeden Raum erleuchten konnte. Tief in mir war ich davon überzeugt, dass er nur einen kleinen Anstoß, einen sanften Schubs benötigte, um dies selbst zu erkennen und anzuerkennen.

Der Flair der Veranstaltung, das Summen der Gespräche, die erwartungsvollen Blicke – all das schuf eine perfekte Bühne, um unsere Verbundenheit zu demonstrieren. Während ich mich unter die Gäste mischte, ein Lächeln hier, ein freundliches Wort dort, spürte ich, wie mein Vorhaben mich mit einer zusätzlichen Schicht an Selbstbewusstsein umhüllte.

Ich war bereit, bei jeder sich bietenden Gelegenheit unsere Harmonie, unseren Gleichklang hervorzuheben, in der Hoffnung, dass Henry, sobald er sich unter die Gäste mischen würde, den Funken spüren und die tiefe Verbindung zwischen uns erkennen würde.

Während ich mich durch die Menge bewegte, die Augen stets auf der Suche nach Henry, ließ ich meinen Blick über die fröhlich plaudernden und lachenden Gäste schweifen. Die festliche Stimmung der Veranstaltung, die Musik, die durch den Raum schwebte – all das schuf eine Atmosphäre der Ausgelassenheit und des Feierns.

Da stand er, in der Mitte der Tanzfläche, eng umschlungen mit einer Frau, deren Gesicht mir nicht bekannt war. Ihr dunkles Haar fiel in weichen Wellen über ihre Schultern, und in dem schummrigen Licht des Saales wirkte es fast wie ein seidiger Schatten, der sie umhüllte. Sie tanzten in perfekter Harmonie miteinander, als wäre die Musik nur für sie beide gemacht.

Was mich jedoch am meisten traf, war das Lächeln, das sie teilten. Es war ein Bild, das in krassem Kontrast zu meinen Erwartungen und Hoffnungen stand, eine Szene, die eine unerwartete Eifersucht und Verwirrung in mir weckte. Wer war diese Frau, die so mühelos Henrys Aufmerksamkeit auf sich zog, die ihn zum Lachen brachte und mit der er so ungezwungen tanzte? Trotz meiner festen Überzeugung, dass Henry und ich eine besondere Verbindung teilten, wurde mir in diesem Moment bewusst, dass es sich komisch anfühlte. Etwas in mir schrie so laut, dass ich es nicht länger ignorieren konnte.

Während ich weiterhin aus der Ferne aus zusah, wie sie tanzten, kämpfte ich mit den aufkommenden Gefühlen der Unsicherheit und des Zweifels.

Sollte ich auf sie zugehen, mich einmischen, oder sollte ich aus der Distanz beobachten und versuchen zu verstehen?

Mit zögernden Schritten näherte ich mich der Tanzfläche, getrieben von der Notwendigkeit, Klarheit in das Wirrwarr meiner Emotionen zu bringen. Mein Herz klopfte ungestüm gegen meine Brust, als ich Henry und die unbekannte Frau aus nächster Nähe betrachtete.

Da sah ich es – ein schmaler Ring, der sich um Henrys Finger schmiegte, ein Ehering, den ich zuvor noch nie an seiner Hand gesehen hatte. Der Anblick traf mich wie ein Schlag, ließ mich innehalten und nach Luft schnappen.

Die Frau neigte sich zu ihm und küsste ihn. Dieser Kuss, so sanft er auch sein mochte, fühlte sich für mich an wie ein lauter Schrei, eine Offenbarung, die all meine Hoffnungen und Träume in Frage stellte.

Als Henry meinen Blick einfing, veränderte sich seine Miene schlagartig. In seinen Augen, die sonst so voller Wärme und Vertrauen waren, las ich einen Ausdruck, den ich noch nie zuvor bei ihm gesehen hatte: Er sah ertappt aus, fast als hätte er nicht erwartet, dass ich Zeugin dieses Moments werden könnte. Die Vertrautheit, die wir geteilt hatten, schien plötzlich in weite Ferne gerückt zu sein, ersetzt durch eine peinliche Betroffenheit, die sich in seinem Blick widerspiegelte.

In meinem Inneren fühlte ich, wie etwas zerbrach, ein feines Rissgefüge, das sich durch mein Herz zog. Die Tränen stiegen mir unwillkürlich in die Augen. Seine Reaktion, die Zögern und eine fast kindliche Verwirrung offenbarte, ließ mein Herz noch schwerer werden. Hätte er gesprochen, hätte er versucht, eine Erklärung zu liefern, vielleicht hätte ich einen Weg gefunden, seine Worte zu verstehen, seine Handlungen zu verzeihen. Doch in der Stille, die zwischen uns lag, in seinem Blick, der so viel sagte und doch so wenig erklärte, fand ich nur eine tiefe Leere.

Das Schluchzen, das sich in meiner Brust aufbaute, ließ sich nicht länger unterdrücken. Es brach aus mir hervor, ein leises, ersticktes Geräusch, das in der lauten Fröhlichkeit der Veranstaltung fast unterging. Doch für mich, in diesem Moment, war es das Einzige, was ich hören konnte: das Geräusch eines Herzens, das brach.

Als Henrys Blick den meinen traf und die Stille zwischen uns mit unausgesprochenen Worten gefüllt war, folgte die Frau, die bei ihm war, seiner Aufmerksamkeit und wandte sich mir zu. Ihr Gesicht, das zuvor von einer unbeschwerten Heiterkeit geprägt war, nahm einen Ausdruck an, der Neugier und vielleicht auch ein Hauch von Besorgnis zeigte. Es war unverkennbar: Sie war hübsch, unglaublich hübsch sogar. Ihre Züge waren fein und harmonisch, ihr Haar fiel in sanften Wellen, und in ihrem Blick lag eine natürliche Anmut, die sie noch attraktiver machte.

Mit einer Eleganz, die sowohl in ihrer Haltung als auch in ihrer Bewegung lag, näherte sie sich mir. Jeder ihrer Schritte schien bedacht, als würde sie die Spannung, die in der Luft hing, mit einer angeborenen Anmut durchschreiten. Als sie vor mir stand, streckte sie mir die Hand entgegen. »Ist das die Assistenzärztin, von der du so geschwärmt hast?« Über die Schulter schaute sie zu ihm und er nickte.

Wer zur Hölle war diese Frau?

Was war das für ein Ring an seinem Finger?

Er hatte ihn vorher niemals getragen.

Überhaupt keinen Schmuck hatte ich jemals an seinem Körper gesehen.

Sollte ich deswegen nicht herkommen?

Weil ich ihn mit einer anderen sehen würde?

»Es ist mir eine Freude, Sie endlich kennenzulernen. Mein Name ist Meggy. Ich bin Henrys Frau. Bald fange ich auch wieder an, hier zu arbeiten. Wir werden also Kollegen.« Ihr Händedruck war fest und selbstbewusst.

Trotz der Tränen, die in meinen Augen lauerten, und des Schmerzes, der in meinem Herzen pochte, konnte ich nicht umhin, ihre Anmut zu bewundern. Sie war so schön. Sie war so viel schöner, als ich es war. Und sie passte so verflucht gut zu ihm.

»Henry hat schon so viel von Ihnen erzählt. Ich bin schon ganz gespannt.«

Die Erkenntnis, dass Henry eine Frau hatte, eine andere Seite seines Lebens, die er mir gegenüber sorgfältig verborgen hielt, traf mich mit voller Wucht. Die Metapher, sein Schmetterling zu sein, die in glücklicheren Zeiten eine so poetische Beschreibung unserer Verbindung war, erhielt eine bittere Note.

Die Schönheit und Leichtigkeit, mit der ich einst in seiner Gegenwart zu schweben glaubte, verwandelte sich in Schmerz und Enttäuschung. Die Erinnerungen an die Momente, die wir geteilt hatten, an das Gefühl der Freiheit und des Glücks in seiner Nähe, wurden überschattet von der Erkenntnis seiner Untreue und des Betrugs.

Jeder Blick, jedes Lächeln, das zwischen uns gewechselt wurde, jede Berührung, die ich einst als Zeichen tiefer Verbundenheit deutete, fühlte sich nun an wie eine Illusion, eine schöne Lüge, die in der Realität keine Grundlage hatte. Die Entdeckung, dass er ein Doppelleben führte, eines, in dem ich keine Rolle spielte, ließ mich an allem zweifeln, was ich über uns zu wissen glaubte.

Er hatte mir die Flügel gebrochen, nicht durch eine einzige Geste, sondern durch die vielen unausgesprochenen Wahrheiten und Halbwahrheiten, die unsere Beziehung unbemerkt untergruben. Es war das erste Mal, dass ich verstanden hatte, warum ich sein Schmetterling gewesen war. Die Lebensspanne war nur sehr kurz, weswegen man jeden Augenblick schätzen sollte. Er hatte nicht vom Leben gesprochen, so wie ich es geglaubt hatte. Es war unsere Verbindung gewesen. Henry hatte von Anfang an gewusst, dass wir ein Verfallsdatum hatten.

Kapitel 40

Marie

Henry hatte mein Herz gebrochen. Nein, das war eigentlich noch viel zu nett ausgedrückt. Er hatte es in seine Hände genommen, es festgehalten und schließlich zerquetscht. Es war in so viele Scherben zerfallen, dass ich überzeugt davon war, dass ich es nie wieder zusammensetzen könnte.

Nach vier langen Wochen, in denen ich mich von der Arbeit zurückgezogen hatte, schritt ich erneut durch die vertrauten Gänge des Krankenhauses. Die automatischen Türen schwangen auf, und ich wurde von einer Mischung aus Desinfektionsmittel und Kaffeeduft begrüßt. Die Cafeteria hatte bereits geöffnet.

Mein Schritt hallte auf dem glänzenden Linoleumboden wider, während ich an den farbigen Wänden und den beschrifteten Wegweisern vorbeiging. Alles war so, wie ich es verlassen hatte, und dennoch fühlte sich alles anders an, fast als ob ich durch eine leicht verschobene Realität gehen würde. Die lebhaften Gespräche des Personals, das Klappern von Schreibutensilien und das gelegentliche Piepen der medizinischen Geräte, erschienen mir nun distanziert, als kämen sie aus weiter Ferne.

Die Gesichter der Kollegen und Patienten, die mir begegneten, waren die gleichen, und doch war ihre Wahrnehmung verändert. Ein Lächeln hier, ein kurzes Nicken dort – die gewohnten Gesten fühlten sich seltsam an, fast als müsste ich mich neu orientieren, mich wieder einfinden in den Rhythmus des Krankenhausalltags.

Mit jedem Schritt, den ich tat, kehrten Erinnerungen zurück, Momente der Zusammenarbeit und der Herausforderung, die ich hier erlebt hatte. Doch diese Andenken waren nun überlagert von dem Schleier meiner Abwesenheit, der Tatsache, dass ich eine Zeit lang nicht Teil dieses lebendigen Organismus gewesen war.

Ich lief Professor Speyer direkt in die Arme. Er, der sich während meiner Abwesenheit mehrfach erkundigt hatte, wie es mir ging, stand nun vor mir, sein Gesicht war von einem warmen, aufrichtigen Lächeln geprägt. »Dr. Schmidt, wie geht es Ihnen so?«

»Es... Es ist okay«, gab ich knapp zurück. Die letzten vier Wochen war ich untergetaucht. Ich war einfach verschwunden und hatte mein Handy nur in wenigen Momenten überhaupt eingeschaltet.

»Darf ich fragen, was Sie hatten?« Seine Reaktion war von einer solchen Herzlichkeit, dass sie wie ein Lichtstrahl in die seltsame Dämmerung meiner Rückkehr schien.

Die Wärme seiner Begrüßung und seine aufrichtige Besorgnis kontrastierten stark mit der inneren Zerrissenheit, die Henrys Enthüllung in mir ausgelöst hatte. Wie konnte ich Professor

Speyer erklären, was in mir vorging, ohne dass unsere professionelle Beziehung darunter litt?

Die Tatsache, dass Henry eine Frau hatte und mir dies vorenthalten hatte, während ich in Gedanken bereits eine gemeinsame Zukunft entwarf, wog schwer auf meinem Herzen. Diese Erkenntnis hatte nicht nur mein persönliches Empfinden erschüttert, sondern drohte auch, meine Fähigkeit zu beeinflussen, mich auf meine beruflichen Aufgaben zu konzentrieren.

Ich rang nach den richtigen Worten, um Professor Speyer gegenüber meine Lage zu umschreiben, ohne zu viel preiszugeben oder die professionellen Grenzen zu überschreiten. Allerdings existierten keine Worte, die das ansatzweise beschreiben konnten. »Pfeiffersches Drüsenfieber.« Meine Stimme brach. Jedes einzelne Wort tat so verdammt weh.

Er trat einen Schritt zur Seite und machte eine einladende Geste, die deutlich machte, dass er sich freute, mich wieder im Team zu wissen. »Oh, nein … Sie Arme. Fühlen Sie sich denn wieder bereit?«

Ich nickte. »Ich denke, ich bin wieder auf der Höhe. Es hat ein bisschen gedauert, aber jetzt geht es wieder. Wir stehen zusammen auf dem Plan, oder?« Es war ein Balanceakt, offen genug zu sein, um Verständnis zu erwecken, ohne jedoch die persönlichen Grenzen zu überschreiten, die in einer professionellen Beziehung gewahrt bleiben sollten. Die Hoffnung, dass Professor Speyer die Tiefe meines inneren Konflikts erahnen könnte, ohne dass ich zu viel preisgeben musste, begleitete jedes meiner Worte.

»Das hatte ich eigentlich vor, aber mir ist etwas dazwischengekommen. Professor von Stettenfels übernimmt meine OP.«

Umgeben von der vertrauten Hektik und dennoch so isoliert in meinem eigenen Schmerz, spürte ich, wie mein Herz unter der Last meiner Emotionen zu brechen schien. Der Wunsch, mich von allem zurückzuziehen, die Türen hinter mir zu schließen und in die Sicherheit meines Zuhauses zu fliehen, war überwältigend. Die vier Wände, die mich dort umgaben, schienen der einzige Ort zu sein, an dem ich den Sturm in meinem Inneren vielleicht hätte beruhigen können.

Mein Beruf, der mir so viel bedeutete, der Teil meines Schicksals war, band mich an diesen Ort, ließ ein einfaches Davonlaufen nicht zu. All die Jahre des Lernens, des Wachsens und der Hingabe, die ich in meine Karriere investiert hatte, konnten nicht einfach durch eine persönliche Krise zunichte gemacht werden.

Die Zerrissenheit zwischen dem Bedürfnis, mich den schmerzhaften Gedanken und Gefühlen zu entziehen, und der tiefen Verpflichtung gegenüber meinem Beruf, meiner Berufung, ließ mich innerlich auseinandergerissen zurück.

Die Tränen, die in meinen Augen brannten, waren Zeugen des inneren Kampfes, der in mir tobte. Jeder Atemzug schien schwerer zu fallen, als würde die Luft dünner in dem Maße, in dem der Schmerz in mir wuchs. Und dennoch wusste ich tief in mir, dass Aufgeben keine Option war. Die Hingabe, die ich meinem Beruf gegenüber empfand, war mehr als nur eine Laune oder eine vorübergehende Leidenschaft; sie war ein Teil von mir, ein Stück meiner Seele, das ich nicht einfach ablegen konnte, egal wie groß der Schmerz war.

»Ist alles okay?«, fragte er und legte mir die Hand an die Schulter.

Nichts war okay.

Absolut gar nichts.

An meinem ersten Tag direkt wieder mit Henry konfrontiert zu werden, war nicht das, was ich gewollt hatte. Nicht einmal ansatzweise. Unsicher rollte ich die Lippen übereinander. »Ich könnte jemand anderem assistieren oder für den Anfang Stationsarbeit machen.«

»Professor von Stettenfels hat auf Ihre Assistenz bestanden. Gibt es ein Problem?«

Jeder Teil von mir sehnte sich danach, die aufgestaute Frustration und den Schmerz herauszulassen, ihn wissen zu lassen, wie tief er mich verletzt hatte, wie sein Schweigen und seine Geheimnisse mich an den Rand meiner emotionalen Grenzen gebracht hatten.

Ich stellte mir vor, wie ich ihm gegenübertrat, mit fester Stimme die Worte formulierte, die all den Schmerz und die Enttäuschung ausdrückten, die in mir brodelten. Die Vorstellung, endlich all die Emotionen freizulassen, die mich innerlich zerrissen, gab mir für einen Moment ein Gefühl von Stärke, eine kurzlebige Befreiung von dem Gewicht, das auf meiner Brust lastete.

Doch fast so schnell, wie dieser Gedanke aufkam, wurde er von einer Welle der Sorge und der Angst vor den möglichen Konsequenzen überlagert.

Was würde ein solches Geständnis zwischen uns auslösen?

Würde es das fragile Gleichgewicht, das wir in unserer professionellen Beziehung aufrechterhielten, vollends zerstören?

Könnte ich die Auswirkungen eines solchen Schrittes auf unsere Arbeit, auf das Team, auf die Atmosphäre im Krankenhaus verantworten?

Die Furcht, dass meine Worte, meine Offenheit, mehr Schaden anrichten könnten als sie zu heilen vermochten, ließ mich zögern. »Es ist alles in Ordnung. Ich gehe dann mal hoch und kümmere mich um den Patienten.«

Mit schweren Schritten setzte ich meinen Weg durch das Krankenhaus fort, die Gänge entlang, die mich immer näher zum OP-Trakt führten. Jeder Schritt fühlte sich an wie eine Überwindung. Die bevorstehende Begegnung mit Henry, die unausweichlich bevorstand, legte eine fast greifbare Spannung in die Luft, die mich umgab.

Während ich ging, versuchte ich, meine Gedanken zu ordnen, mich mental auf das vorzubereiten, was kommen würde. Die Erinnerungen an die Offenbarung, die mich so tief getroffen hatte, schwebten wie Schatten über mir, doch ich wusste, dass ich Stärke zeigen musste. Hier gab es keinen Raum für persönliche Verwirrungen oder emotionale Turbulenzen. Hier zählte nur die Professionalität, die Fähigkeit, über persönliche Befindlichkeiten hinwegzusehen und sich ganz auf die Aufgaben zu konzentrieren, die vor einem lagen.

Ich atmete tief durch, versuchte, die Anspannung aus meinen Schultern zu lösen, die sich unbewusst angesammelt hatte. Das Summen der Beleuchtung, das sanfte Surren der Klimaanlage und das gelegentliche Piepen der medizinischen Geräte dienten als akustische Kulisse für meine mentalen Vorbereitungen.

Als ich schließlich den OP-Bereich erreichte, zog ich die sterile Kleidung an, bedeckte Haar und Schuhe mit den vorgeschriebenen Schutzmaterialien. Die Vorstellung, Henry gleich gegenüberzustehen, in einem Kontext, der absolute Konzentration und Zusammenarbeit erforderte, fühlte sich an wie eine Prüfung, deren Ausgang ungewiss war.

Mit festem Blick auf die Türen des OP-Saals, hinter denen meine professionelle Verpflichtung und meine persönlichen Gefühle aufeinandertreffen würden, sammelte ich all meinen Mut. Es galt, die Fassade der Professionalität aufrechtzuerhalten, für die Patienten, das Team und nicht zuletzt für mich selbst.

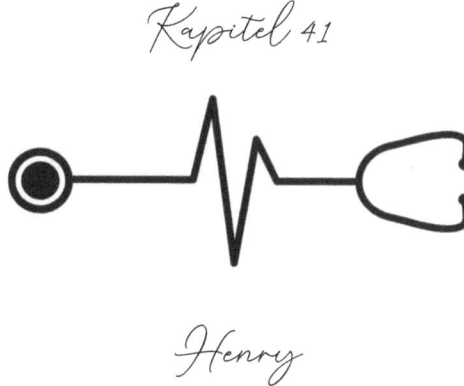

Kapitel 41

Henry

Konzentriert stand ich am OP-Tisch, mein Fokus galt der sorgfältigen Narbenkorrektur bei Mila, der Patientin mit dem Spenderherz, die ich gerade durchführte. Das Surren der OP-Leuchten und das gedämpfte Klappern der Instrumente bildeten die Hintergrundkulisse für diese präzise Aufgabe. Jeder Schnitt, jede Naht musste mit äußerster Sorgfalt und Präzision gesetzt werden, um das bestmögliche Ergebnis für den Patienten zu erzielen.

Marie stand mir gegenüber am Tisch, ihre Augen ebenfalls auf den Eingriff gerichtet, ihre Hände bereit, mir das benötigte Instrument zu reichen oder zu assistieren. Jeder Blick in ihre Richtung war begleitet von einem Gefühl der Verwirrung und Sorge. In den vergangenen Wochen hatte sie auf keine meiner Nachrichten oder Anrufe reagiert, ein Schweigen, das so untypisch für sie war und mir Rätsel aufgab.

Was hatte sie in dieser Zeit getan?

Warum hatte sie sich so zurückgezogen, gerade in einem Moment, der für uns beide so prägend und entscheidend schien?

Diese Fragen wirbelten in meinem Kopf, während ich mich bemühte, sie nicht meine Konzentration stören zu lassen. Die Arbeit als Chirurg erforderte meine volle Aufmerksamkeit, und dennoch war es schwer, die Gedanken an Marie und die ungeklärten Fragen, die sich zwischen uns aufgetürmt hatten, vollständig beiseitezuschieben.

Doch während wir beide in unsere Arbeit vertieft waren, die Stille des OP-Saals nur von den gelegentlichen Anweisungen und dem Piepen der Monitore unterbrochen wurde, blieb die Antwort auf diese Fragen unausgesprochen, hing wie ein ungelöstes Geheimnis zwischen uns.

»Wie geht es dir?«, hakte ich schließlich nach und unterbrach die Stille, die zwischen uns herrschte. Die anderen sprachen einfach weiter, aber sie schwieg mich an.

Egal, was ich sagte, ob ich nach einem Instrument fragte, eine Anweisung gab oder sogar versuchte, ein persönliches Wort einzuflechten, in der Hoffnung, irgendeine Reaktion von ihr zu entlocken, sie blieb unzugänglich. Ihre Reaktionen auf meine fachlichen Anweisungen waren mechanisch, präzise und professionell, doch jenseits dieser notwendigen Interaktion gab es keine Anerkennung meiner Existenz.

»Möchtest du vernähen?« Diese totale Ignoranz war verstörend und verwirrend zugleich. Jedes Mal, wenn ich es wagte, ihre Augen zu suchen, in der Hoffnung, einen Funken des früheren Verständnisses oder zumindest eine Spur von Bereitschaft zum Dialog zu finden, wurde ich von der Kälte in ihrem Blick getroffen, die mir unmissverständlich klar machte, dass sie nicht bereit war, diese Barriere zu durchbrechen.

»Gut, du möchtest offenbar nicht mit mir sprechen.« Das Gefühl, so kategorisch von jemandem ignoriert zu werden, den man schätzt und um den man sich sorgt, nagte an mir, störte meine Konzentration und ließ mich innerlich zerrissen zurück. Die Operation, die unter normalen Umständen eine Routineaufgabe gewesen wäre, wurde zu einer emotionalen Zerreißprobe, bei der ich gegen die Enttäuschung und die aufkommende Wut ankämpfen musste.

Als die Operation schließlich abgeschlossen war und die letzte Naht gesetzt wurde, hob Marie ihren Blick und unsere Augen trafen sich. Doch statt der erwarteten Neutralität oder gar des professionellen Respekts, den ich zu sehen gehofft hatte, fand ich in ihren Augen einen Ausdruck, der mich tief traf.

Ohne ein Wort zu sagen, ohne eine Erklärung oder auch nur einen Hinweis darauf, was in ihr vorging, trat sie ab, sobald wir mit dem Eingriff fertig waren. Sie entfernte ihre OP-Kleidung und verließ den Raum mit schnellen Schritten.

Getrieben von einer Mischung aus Sorge, Verwirrung und dem drängenden Bedürfnis nach einer Auflösung folgte ich ihr über den Flur. Jeder meiner Schritte schien das Echo meiner eigenen Verunsicherung widerzuspiegeln, während ich versuchte, zu ihr aufzuschließen. Doch Marie, scheinbar fest entschlossen, mir auszuweichen, beschleunigte ihr Tempo, ihre Haltung straff und abweisend. »Ist das dein Ernst?«

Ich rief ihren Namen, bat sie um einen Moment, um zu reden, um irgendeine Erklärung für den Abgrund, der sich scheinbar zwischen uns aufgetan hatte. Doch sie strafte mich mit Schweigen, einem Schweigen, das lauter und quälender war als jede verbale Zurückweisung.

Getrieben von der verzweifelten Notwendigkeit, die Kluft zwischen uns zu überwinden, handelte ich impulsiv. In einem Moment, der mehr von Emotionen als von Vernunft geprägt war, ergriff ich Maries Arm und zog sie mit mir in die abgelegene Waschecke, fernab der neugierigen Blicke und des hektischen Treibens des Krankenhausalltags. »Hör endlich auf, mich zu ignorieren. Ich will endlich wissen, wie es dir geht.«

»Du scheißt doch insgeheim auf mich.« Marie wandte sich mir zu.

»Das stimmt nicht.«

Genervt verdrehte sie die Augen.

»Es stimmt nicht! Wenn das die Wahrheit wäre, dann hätte ich nicht so oft versucht, mich zu erklären.«

»Du hast Nachrichten geschrieben. War es zu aufwendig, zu mir zu kommen und es persönlich zu machen oder konntest du das deiner Frau nicht erklären?«

Ich stand ihr gegenüber, unfähig, die richtigen Worte zu finden, die diesen Sturm besänftigen könnten. Die Frage, wie ich es wieder gutmachen sollte, wog schwer in meinem Herzen. »Das hat nichts mit Meggy zu tun.«

»Wie kann es sein, dass du in all den Wochen nicht auf den Gedanken gekommen bist, mir von deiner Frau zu erzählen?« Mit einem Ruck stieß sie mir gegen die Schultern. »Du hast mich in eine Situation getrieben, in der ich niemals sein wollte.« Ihre Wut, so deutlich sichtbar in der Art, wie sie mich ansah, schnitt tief.

»Es tut mir leid«, gab ich zurück.

Mein Geständnis, so ehrlich und roh es auch war, schien jedoch nicht die Reaktion in ihr hervorzurufen, die ich erhofft hatte. Stattdessen wurde ihr Blick noch härter, die Wut in ihren Augen noch intensiver. Plötzlich schubste sie gegen meine Schultern.

»Ich wollte niemals so eine Frau werden und du hast mich dazu gemacht. Fuck, ich hasse dich so sehr.«

»Ich wusste nicht, wie ich es sagen soll.« Mein Geständnis schien jedoch nicht die Reaktion in ihr hervorzurufen, die ich erhofft hatte. Stattdessen wurde ihr Blick noch härter, die Wut in ihren Augen noch intensiver.

Plötzlich schubste sie gegen meine Schultern.

»Du wusstest nicht, wie du es sagen sollst? Wie wäre es mit *Hey, ich habe übrigens eine Frau* oder *Marie, ich habe gelogen, denn ich habe eine Frau, die von allen geliebt wird und mich vergöttert.*« Während sie sprach, redete sie sich immer mehr in Rage. Ihre Worte kamen schnell, durchsetzt mit Vorwürfen und Anklagen. Jeder Satz, den sie aussprach, war durchtränkt von der Enttäuschung und dem Schmerz, den unsere Situation in ihr ausgelöst hatte.

»Du hättest mich auch einfach nicht ficken müssen, denn Zuhause hat jemand auf dich gewartet.« Ich stand ihr gegenüber, getroffen von der Intensität ihrer Worte, unfähig, eine Verteidigung zu formulieren oder auch nur den Wunsch zu äußern, die Situation zu beruhigen. Jeder Versuch, die Wogen zu glätten, schien im Keim erstickt zu werden durch die Kraft ihrer Emotionen, die nun ungehindert ihren Lauf nahmen. »Oder du hättest diesen verdammten Ring tragen können, den du jetzt andauernd trägst.«

»Ich war so glücklich mit dir, dass ich es nicht zerstören wollte.« Sie war mein Schmetterling und ich hatte von Anfang an gewusst, dass unsere Zeit irgendwann enden würde. Leider war es so viel schneller geschehen, als ich es erwartet hatte.

»Fick dich, Henry. Ehrlich, fick dich einfach nur. Du hast mein Herz gebrochen.«

Ich schluckte hart. »Ich hatte zum ersten Mal wieder das Gefühl, ein richtiger Mensch zu sein. Jemand, der gerne morgens aufsteht und sich auf den Tag freut.«

»Ich hasse dich.«

Mein eigener Selbsthass übertraf bei weitem den Groll, den sie mir entgegenbringen könnte. Jeder ihrer Vorwürfe, so scharf und schneidend sie auch waren, fand ein Echo in dem Sturm der Selbstkritik und der Reue, der in meinem Inneren wütete.

Mit jeder Anschuldigung, die sie aussprach, wuchs die Erkenntnis in mir, dass die Fehler, die ich gemacht hatte, die Entscheidungen, die uns an diesen dunklen Ort geführt hatten, nicht einfach Schicksal oder Missverständnisse waren. Sie waren Ausdruck meiner eigenen Unzulänglichkeiten, meiner Fehlentscheidungen und meiner Unfähigkeit, das zu bewahren, was uns einst so wertvoll erschien. »Das mit Meggy ist kompliziert.«

»Was kommt jetzt? Dass du seit Jahren keinen Sex mehr hast? Dass ihr in getrennten Zimmern schlaft? Oder nur wegen der Kinder zusammen seid? Sei kreativer in deinen Lügen, Henry.« Der Schmerz, den ich in ihren Augen sah, der Zorn, der ihre Stimme durchdrang, all das war nur ein Spiegelbild der Vorwürfe, die ich mir selbst machte.

Jedes Wort, das ich in Gedanken gegen mich richtete, war schärfer, grausamer als alles, was sie sagen konnte.

»Ich habe sie gesehen und ich schwöre dir, dass kein Mann die Finger von ihr lassen würde. Du erstrecht nicht.«

Meggy hatte nicht den gleichen Wert für mich. Und es waren auch nicht meine Kinder, sondern die meiner Schwester. Es war eine komplizierte Sache. Etwas, das einfach aus dem Ruder gelaufen war. »Lass es mich in Ruhe erklären.«

»Ich will es nicht hören. Jetzt lass ich los.« Sie riss sich los.

Doch ich hielt sie noch fester. »Ich möchte nicht, dass es so endet.« Die Wut, die sie empfand, konnte nur ein Schatten der Verachtung sein, die ich für mich selbst hegte.

»Fass mich nicht an«, schrie sie und zerrte an ihrem Arm, als würde er nicht zu ihrem Körper gehören.

Als Maries Worte noch in der Luft hingen und die Stille zwischen uns mit unausgesprochenen Emotionen geladen war, trat Meggy in die Waschecke.

Ihre plötzliche Anwesenheit fühlte sich an wie ein Riss in der dichten Atmosphäre, die uns umgab. Ihr kritischer Blick ruhte auf mir, durchdringend, als könne sie auf einen Blick die ganze Tragweite des Konflikts erfassen, der sich vor ihr entfaltete. »Man hört euch über den ganzen Flur.«

Dann wurden wir still. Marie hatte etwas Provokantes an sich. Etwas, das es aussehen ließ, als wäre sie nur eine falsche Geste davon entfernt, reinen Tisch zu machen. Und vielleicht wäre das nicht falsch, denn dann könnte ich endlich ehrlich sein.

»Was ist los bei euch?« Meggy schien sofort zu erkennen, dass etwas grundlegend nicht stimmte. Es gab keine Notwendigkeit für Worte; die Spannung in der Luft, die Art, wie Marie und ich einander gegenüberstanden, sprach Bände. ihre Augen wechselten zwischen uns hin und her, ihre Miene ernst, fast besorgt, als würde sie in Gedanken bereits abwägen, wie sie am besten eingreifen könnte.

»Wir hatten eine kleine Auseinandersetzung«, meinte ich und ließ Maries Arm los.

Sie stimmte mir zu. »Ich werde jetzt zu Professor Spreyer gehen und die Sache regeln.«

Sie wollte nicht mehr mit mir arbeiten, das hatte ich mir schon gedacht. Dennoch wollte ich nicht locker lassen. Sie durfte nicht einfach gehen. Das war es nicht, was ich wollte.

»Was hast du getan, Henry?« Ohne Zögern trat Meggy auf Marie zu, legte eine Hand sanft auf ihren Arm. »Lass uns das regeln. Nur wir.« Sie hatte eine ruhige Stimme, die die Macht hatte, die Sache ein wenig zu beruhigen. »Ich operiere gleich ein Aortenaneurysma. Möchtest du dabei sein? Ich würde mich wirklich sehr freuen.«

Maries Körperhaltung begann sich allmählich zu lockern, als würde sie die Möglichkeit erwägen, sich von der unmittelbaren Konfrontation zurückzuziehen.

Schließlich, nach einem sichtbaren inneren Ringen, nickte sie.

Meggy musterte mich. »Ich habe keine Ahnung, was gerade zwischen euch beiden vorgefallen ist, aber wir sind doch alle erwachsen.«

Dann trat Meggy kurz zu mir herüber und drückte mir einen schnellen Kuss auf die Wange. »Wir reden später noch darüber. Vielleicht lag es wieder an deinem Ton.« Vorwurfsvoll funkelte sie mich an.

Kapitel 42

Marie

Meggy ergriff meinen Arm und geleitete mich aus der angespannten Atmosphäre der Waschecke heraus. Ihr Griff war fest, doch tröstend, als würde sie intuitiv spüren, dass ich in diesem Moment Führung und Unterstützung benötigte. Das Gefühl, von ihr mitgenommen zu werden, war seltsam, fast surreal, als hätte ich plötzlich die Kontrolle über meine eigenen Schritte verloren und würde mich nun auf unbekanntes Terrain begeben.

Der Gedanke, dass ich ungewollt in die Nähe von Henrys Frau gekommen war, ließ mich innerlich zusammenzucken. Es war niemals mein Plan gewesen, irgendeine Form von Konfrontation oder gar Nähe zu ihr zu suchen. Die Information, dass sie ebenfalls Chirurgin war, hatte ich zwar gehört, aber nie hatte ich damit gerechnet, dass unsere Wege sich so direkt kreuzen könnten.

»Ich habe gehört, dass du wirklich gut sein sollst«, sagte sie und schaute mich mit leuchtenden Augen an.

Es war mir so verdammt unangenehm, in ihrer Nähe zu sein und mich ständig zu fragen, ob sie es wusste oder eher nicht.

Wenn es ihr bekannt war, dann würde sie nicht nett zu mir sein, oder?

Das hieß, er belog sie. Und irgendwie machte es das noch so viel schlimmer. Ich riss mich zusammen, versuchte, mir nichts anmerken zu lassen. »Das ist ein sehr nettes Kompliment, Dr. von Stettenfels.«

»Nenn mich Meggy, so nennen mich die meisten. Möchtest du darüber sprechen, was gerade geschehen ist?«

»Bei Gott nein.«

Während Meggy und ich durch die Gänge des OP-Traktes schritten, versuchte ich, meine Gedanken zu ordnen. Jeder Schritt fühlte sich an wie ein Schritt weiter weg von dem Wirbelsturm der Emotionen, der mich noch vor wenigen Minuten umgeben hatte.

Ihre Stimme wurde weicher. »Mein Mann ist manchmal ein wenig speziell. Aber er meint das nicht so.«

»Ich möchte nicht darüber sprechen.«

»Wenn du mir sagst, was geschehen ist, kann ich dir helfen.«

»Es ist nichts geschehen.«

»Dann schreist du den Chefarzt immer an?« Meggy und ich standen nebeneinander am Waschbecken, bereiteten uns auf die bevorstehende Operation vor, indem wir uns gründlich einwuschen. »Warum hast du die Herz-Thorax-Chirurgie gewählt?«

»Ich mag das Risiko, das Tänzeln am Abgrund. Man ist immer nur einen Schritt vom totalen Verlust entfernt.«

Sie schmunzelte, das sah ich an ihren Augen. »Ich verstehe, warum Henry dich so mag. Er hat die gleiche Ansicht.« Vielleicht war es das Leuchten in ihren Augen oder die Art, wie ihre dunklen Haare locker zu einem Zopf unter der Haube gebunden waren, der ihre professionelle Haltung unterstrich und gleichzeitig ihre natürliche Attraktivität betonte.

»Wir haben nicht viel gemeinsam«, sagte ich, um ihr zu beweisen, dass ich keine Bedrohung war. Auch, wenn sie mich als solches vielleicht gar nicht sah.

»Ich habe den Fokus schnell auf die kleinen Herz-Patienten gelegt. Das ist meine Spezialität.«

»Das ist sicher spannend, aber die Kinder tun mir immer schrecklich leid.«

Ihre grünen Augen waren nun ganz auf die Aufgabe vor ihr gerichtet, und dennoch schien ein inneres Feuer durch sie hindurch zu scheinen. »Man gewöhnt sich daran. Du musst dir einen Ausgleich schaffen, einen sicheren Ort, an den du zurückgehen kannst, wenn es ein schlechter Tag war.

»Ich arbeite daran.«

»Gut, denn das ist sehr, sehr wichtig.« Obwohl die Atmosphäre im OP-Vorbereitungsraum steril und nüchtern war, brachte die Nähe zu Meggy eine unerwartete Wärme mit sich. »Wenn wir die Operation beendet haben, dann möchte ich, dass wir beide einen Kaffee trinken.«

»Warum?«

»Weil es ein sehr risikoreicher Eingriff ist und keiner von uns weiß, wie es ausgehen wird. Jeder braucht danach einen sicheren Hafen.« Während wir uns gemeinsam auf die Operation vorbereiteten, fiel mir auf, wie Meggy mich immer wieder mit einem Blick bedachte, der schien, als wüsste sie alles – jeden Gedanken, jede Regung in meinem Inneren.

Trotz dieser Momente, in denen ihr Blick mich zu entblößen schien, verhielt sie sich im OP durchweg professionell. Doch zwischen den nüchternen Worten und der Konzentration auf den Eingriff, fand sich eine fast schon freundschaftliche Qualität in ihrem Verhalten.

Diese Mischung aus professioneller Distanz und freundschaftlicher Nähe machte unsere Zusammenarbeit im OP zu einer Erfahrung, die nicht nur durch Effizienz und Präzision geprägt war, sondern auch durch ein gegenseitiges Verständnis und eine Art Solidarität. Auch, wenn Henrys Frau nicht die Person war, die ich an meiner Seite haben wollte.

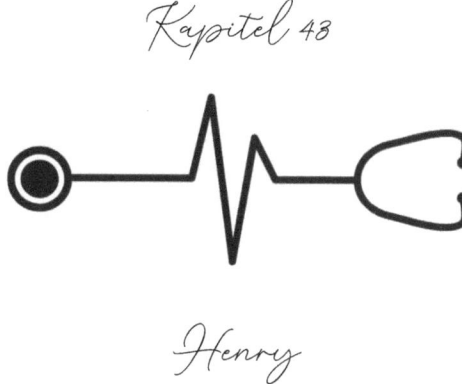

Kapitel 48

Henry

Das Abendessen mit meinen Neffen brachte eine ganz eigene Dynamik in unser Zuhause. Marvin, der Ältere mit den blonden Haaren, saß ruhig und bedächtig an seinem Platz. Er war das Gegenteil seines Bruders, der einfach nicht still sein konnte. »Wie gefällt dir die neue Schule, Marvin?«, fragte ich schließlich, um ein Gespräch zu beginnen.

»Es ist okay.« Er biss in das Brot.

»Hast du schon Freunde gefunden?« Meggy und ich saßen dabei, tauschten lächelnde Blicke und Kommentare aus, während wir versuchten, ein gewisses Maß an Ordnung am Tisch zu bewahren.

Zögerlich schüttelte er den Kopf.

»Das wird schon«, meinte Meggy und lächelte ihn zuversichtlich an, während sie Louis weitere Stücke aus dem Brot schnitt.

»Mir hat es bei Papa besser gefallen.«

Mit einem Lachen und einer Unbekümmertheit, die nur Kinder in solchem Maße besaßen, verwandelte Louis sein Essen in abenteuerliche Landschaften. »Nicht damit spielen.« Meggy hielt seine Hand kurz fest, um ihn daran zu hindern, ehe sie sich wieder Marvin zuwandte. »Dein Vater muss einige Zeit lang arbeiten und da hat er wenig Zeit für euch beide.«

»Ihr arbeitet auch viel«, gab er zurück.

»Aber die Nanny kümmert sich doch gut um euch.«

Ich seufzte. »Ich habe dir gleich gesagt, dass die Nanny eine blöde Idee ist.« Umgeben von kindlicher Unbeschwertheit und alltäglichen Freuden, lag eine unterschwellige Spannung in der Luft zwischen Meggy und mir. Es war ein subtiles Gefühl, eine Art ungreifbare Distanz, die sich in den Zwischenräumen unserer Konversationen und Blicke verbarg. Wir bewegten uns sorgfältig um Themen und Worte herum, die den Konflikt zwischen uns entfachen könnten, eine sorgsame Choreografie des Verschweigens.

Sie fing meinen Blick ein. »Wir bekommen das alles hin.«

»Die beiden sollten einfach bei ihrem Vater sein. Dort gehören sie hin.« Und daran könnte sie nicht rütteln. Kinder gehörten immer zu ihren Eltern, ob sie das nun richtig fand oder nicht.

»Leah war deine Schwester und es sollte dein Anspruch sein, dass ihre Kinder möglichst behütet aufwachsen und nicht bei diesem Säufer.«

Für den Bruchteil einer Sekunde entglitten mir die Gesichtszüge und ich wollte auf den Tisch schlagen, um sie daran zu erinnern, dass die beiden zu klein waren, um diese Details zu hören. Doch ich wählte Worte. »Nicht vor den Kindern, Meggy.«

Unter der Oberfläche unserer Austausche spürte ich eine Art Unruhe, eine Zögerlichkeit in ihrer Stimme und manchmal ein zögerndes Zögern in ihren Bewegungen.

»Geht im Zimmer spielen und macht die Tür zu. Jetzt.« Sie hob Louis aus dem Hochstuhl und deutete Marvin mit dem Kopf die Richtung.

Sie gingen beide.

Dann herrschte absolute Stille.

Gelegentlich fingen unsere Blicke sich, hielten für einen Moment inne, und in diesen kurzen Sekundenbruchteilen schien es, als würden wir beide nach Anzeichen suchen. Doch fast augenblicklich wich einer von uns aus, ließ den Blick abgleiten, zurück zu den kindlichen Scherzen und dem sicheren Terrain des Alltäglichen. »Du hast es Leah versprochen, also halte dich an dieses verdammte Versprechen.«

»Unser Leben ist nicht auf Kinder ausgerichtet.« Ich war mir nicht sicher, ob wir das waren, was die beiden brauchten. Was wäre denn, wenn wir alles nur noch viel schlimmer machten, anstatt ihnen eine Hilfe zu sein?

»Dann richten wir es darauf aus. Du musst doch irgendwann erwachsen werden.« Diese unausgesprochenen Spannungen, die unterschwelligen Strömungen des Konflikts, die sich unter der scheinbaren Normalität unseres Familienlebens verbargen, schufen eine subtile Distanz zwischen uns. »Warum verhältst du dich seit meiner Rückkehr eigentlich wie das letzte Arschloch?«

»Mache ich nicht.«

Scharf sog sie die Luft ein. »Was war das dann mit deiner Assistenzärztin?« Ihre Anstrengungen, die wachsende Spannung zwischen uns mit einer künstlich wirkenden Gelassenheit zu überdecken, schienen jedoch eher passiv aggressiv als wirklich beruhigend.

»Es war nur eine kleine Meinungsverschiedenheit nichts weiter.«

»Was war der Auslöser?«

»Nichts weiter.« Ich machte eine wegwerfende Handbewegung. Sie würde es ohnehin nicht verstehen.

»Also hast du den Fehler gemacht.« Ihre sorgfältig gewählten Worte und die Art, wie sie manchmal geradezu übertrieben höflich reagierte, verrieten eine unterschwellige Frustration.

Schnaubend schüttelte ich den Kopf. »Natürlich, ich habe den Fehler gemacht. Es kann ja auch nicht sein, dass irgendjemand anders mal etwas falsch macht und ich nicht der Auslöser bin.«

»Ich kenne dich schon eine gefühlte Ewigkeit. Wenn jemand anders schuld wäre oder die Kleine einen Fehler gemacht hatte, dann hättest du es längst gesagt.« Diese subtile Passivität in ihrem Verhalten, die scheinbare Ruhe, die bei genauerer Betrachtung eher wie eine dünn verhüllte Anklage wirkte, entfachte in mir eine wachsende Wut. »Hast du dich ihr gegenüber im Ton vergriffen?«

»Nein.«

»Was dann? Hast du sie unsittlich berührt? Einen sexistischen Spruch gemacht?«

Die Erkenntnis, dass sie so schlecht über mich dachte, traf mich wie ein Schlag. Ich konnte es kaum fassen, dass die Person, mit der ich so viele Momente geteilt hatte, in deren Gegenwart ich mich einst sicher und verstanden gefühlt hatte, solch eine dunkle und negative Sicht auf mich werfen konnte. »Ich gehe schlafen.«

»Wag es nicht.« Warnend funkelte sie mich an.

»Willst du es mir verbieten?«

»Sei nicht so zu mir, Henry. Ich habe dir nichts getan.« Der Kontrast zwischen ihrem äußeren Bemühen um Friedfertigkeit und den spürbaren Spannungen, die in ihren Aktionen mitschwangen, machte es mir schwer, meine eigene Fassung zu bewahren. Es fühlte sich an, als wären wir in einem subtilen psychologischen Duell gefangen, in dem jeder Versuch der Deeskalation paradoxerweise nur dazu beitrug, die gegenseitige Verärgerung zu verstärken.

»Ich dir auch nicht, aber du machst mich für alles verantwortlich, was nicht nach deiner Nase läuft.«

Tief atmete sie durch. »Du lässt deinen Frust an der Assistenzärztin raus.«

»Nein, das tue ich nicht.« Sie hatte mir das Herz gebrochen, genauso wie ich es bei ihr getan hatte. Und es tat so verflucht weh, dass ich mir in den meisten Momenten wünschte, es würde einfach stehen bleiben, nur damit es endete.

»Was war das dann mit ihr?« Jede ihrer Bewegungen, jeder Blick schien nun beladen mit einer stummen Anklage, einem unausgesprochenen Vorwurf, der mich zweifeln ließ. Zweifeln an mir selbst, an den Entscheidungen, die ich getroffen hatte, und an der Authentizität der Momente, die wir miteinander geteilt hatten.

»Es ist doch einfach scheißegal.«

»Nein, ist es nicht!«, schrie sie und ließ mich kurz aufschauen.

Jeder Blick, jede Geste, die darauf hindeutete, wie schlecht sie über mich dachte, fügte meiner ohnehin schon schweren Last einen weiteren Stein hinzu. Aber es war die Abwesenheit von Marie, die eine unbeschreibliche Leere in mir hinterließ, ein schmerzendes Loch, das weder Worte noch Zeit zu füllen vermochten.

Mein Herz fühlte sich an, als würde es unter der Last dieses Schmerzes zerbrechen. Die Erinnerungen an die Momente, die ich mit Marie geteilt hatte, kamen in Wellen, überwältigend stark und schmerzhaft süß, ein bittersüßes Echo von dem, was einmal war und was nun schien, für immer verloren zu sein. »Ich gehe jetzt ins Badezimmer und dann schlafen.«

Unfähig, den Schmerz noch länger zu ertragen und die Fassade der Normalität aufrechtzuerhalten, stand ich auf, ließ Meggy und die Stille, die zwischen uns lag, am Tisch zurück.

Ohne ein Wort zu sagen, getrieben von dem Bedürfnis, irgendwohin zu fliehen, wo ich allein sein konnte mit meinem Schmerz, machte ich mich auf den Weg zum Badezimmer.

»Lässt du mich jetzt einfach so stehen?«

Meine Schritte waren hastig, als ich den Raum durchquerte, vorbei an den vertrauten Gegenständen unseres Zuhauses, die plötzlich so fremd und unbedeutend wirkten. Jeder Schritt trug mich weiter weg von Meggy, von den unausgesprochenen Konflikten und von der quälenden Präsenz der Leere, die Maries Abwesenheit hinterlassen hatte.

Als ich das Badezimmer erreichte, schloss ich die Tür hinter mir und lehnte mich einen Moment gegen sie, versuchte, den Sturm der Emotionen in mir zu beruhigen. Vor dem Spiegel, mit dem kalten Licht, das mein Gesicht unerbittlich beleuchtete, fand ich mich unfähig, meinen eigenen Anblick zu ertragen. Die Reflexion, die mich ansah, schien ein Fremder zu sein, jemand, der vom Gewicht unsagbarer Trauer gezeichnet war. Die Spuren der vergangenen Wochen, die Schlaflosigkeit, der Kummer und die unzähligen Stunden des Grübelns hatten tiefe Schatten unter meine Augen gezeichnet und meiner Haut jede Farbe genommen.

Während ich dort stand, überwältigt von dem Ansturm der Emotionen, begannen die Tränen, unaufhaltsam aufzusteigen, gezeichnet von dem Schmerz und der Sehnsucht, die in mir brodelten.

Mit zitternden Händen stützte ich mich auf das kühle Porzellan des Waschbeckens, suchte nach Halt in einer Welt, die sich anfühlte, als würde sie unter meinen Füßen nachgeben. Der Rand des Beckens bot einen schmerzhaften Kontrast zu dem Wirbelsturm aus Gefühlen, der in mir tobte. Es war, als würde ich versuchen, mich an den letzten verbliebenen Resten meiner Selbst zu klammern, in der Hoffnung, nicht vollständig von der Flut der Emotionen fortgerissen zu werden.

Kapitel 44

Marie

Als die Nachricht kam, dass Henry mich in sein Büro bestellt hatte, spürte ich sofort den Impuls, mich zu weigern, der Aufforderung nicht nachzukommen. Der Gedanke daran, ihm gegenüberzustehen, in einem Raum gefangen zu sein, der von seiner Autorität und unserer vergangenen Nähe durchdrungen war, ließ Unbehagen in mir aufkeimen. Doch trotz meines inneren Widerwillens wusste ich, dass ich kaum eine Wahl hatte. Als der Boss hatte Henry eine Position inne, die es mir schwer machte, seine Anforderungen einfach abzulehnen.

Mit gemischten Gefühlen und einer inneren Anspannung, die sich mit jedem Schritt verstärkte, machte ich mich auf den Weg zu seinem Büro. Der Gang dorthin schien länger als sonst, jeder Schritt widerhallte in mir wie ein Countdown zu einem unvermeidlichen Konfrontationsmoment.

Als ich schließlich vor der Tür seines Büros stand, atmete ich tief durch, versuchte, die aufsteigende Nervosität zu unterdrücken und mich auf das bevorstehende Gespräch vorzubereiten. Mit einem leichten Klopfen als bloße Formalität öffnete ich die Tür und betrat den Raum, der so vertraut und doch so fremd wirkte. »Was willst du von mir?«

»So redet man nicht mit seinem Boss.« Henry saß hinter dem Schreibtisch.

Meine Arme verschränkte ich vor der Brust. »Hör auf, diese Situation auszunutzen. Ich will dich nicht sehen oder mit dir sprechen.«

»Und ich werde dich nicht loslassen, Butterfly.«

»Nenn mich nicht so.« Er hatte jedes Recht vertan, mich so zu nennen.

Er erhob sich und ging auf mich zu. »Gib mir fünf Minuten und ich erkläre dir alles.«

»Nein«, meinte ich und drehte mich zur Tür um, doch er ergriff meinen Arm und hielt mich zurück.

Er ließ die Hand über meinen Arm wandern, legte die andere auf die gegenüberliegende Seite und drückte mich mit einer Entschlossenheit, die keine Widerrede duldete, gegen die Wand seines Büros. Seine Hände positionierten sich fest neben meinen Schultern, sein Körper nur wenige Zentimeter von meinem entfernt. »Bitte hör mir nur zu«, stieß er aus.

»Du bist tot für mich.« Mein Herz raste, dröhnte in meinen Ohren. Ein Teil von mir, der Teil, der sich nach der Vertrautheit und Intimität sehnte, die wir geteilt hatten, spürte, wie der Widerstand zu bröckeln begann, wie die Mauern, die ich mühsam um mein Herz errichtet hatte, Risse bekamen.

Er stand so dicht vor mir, dass ich seinen Atem spüren konnte. »Ich wollte es dir sagen, aber ich wusste nicht wie. Und dann hatte ich den richtigen Moment verpasst.«

»Du wolltest mich mit Arbeit ablenken, damit ich nicht auf der Feier wäre. Was hättest du gemacht, wenn Meggy hier angefangen hätte? Hättest du sie als deine Schwester ausgegeben?« Doch gleichzeitig rebellierte etwas in mir gegen diese Nähe. Ich weigerte mich, dieser aufkeimenden Schwäche nachzugeben, kämpfte gegen den Sog der Gefühle an, die seine Nähe in mir weckte. Meine Hände schoben sich gegen seine Brust, eine Geste des Widerstands, ein stummes Plädoyer für Distanz inmitten der stürmischen See aus Emotionen, die zwischen uns tobte.

»Ich habe gehofft, dass sie wieder geht.«

Ich kniff die Augen zusammen. »Und dann?«

»Dann hätte mein Glück noch einen Augenblick länger bestehen können.« Sein Blick durchdrang mein Innerstes, als suche er dort nach einer Antwort, einem Zeichen, das ihm den Weg weisen könnte. Aber ich war gefangen zwischen dem Verlangen, mich in der vertrauten Wärme seiner Nähe zu verlieren, und dem verzweifelten Bedürfnis, mich selbst zu bewahren, mich nicht erneut dem Schmerz und der Verwirrung auszusetzen, die unsere Beziehung mir bereits zugefügt hatte.

»Du bist tot für mich«, wiederholte ich noch einmal. In Henrys Nähe zu sein, war wie das Stehen am Rande eines Abgrunds, dessen Tiefe sowohl Verlangen als auch Schmerz barg. Jeder Atemzug, den ich in seiner unmittelbaren Nähe tat, schien mit einer bittersüßen Qual geladen zu sein, die mein Innerstes durchdrang.

»Bitte, Marie.«

Hastig schüttelte ich den Kopf. »Wag es nicht, mich jemals wieder bei dir einzuteilen oder ich reiße dir den verdammten Kopf ab.« Das Gefühl seiner Hände, fest an der Wand neben meinen Schultern, sein Atem, der warm gegen meine Haut prallte, all das brachte eine Flut von Erinnerungen mit sich, die es wert waren, erinnert zu werden, und zugleich so schmerzhaft waren. Es war das Gefühl, zugleich zu Hause und obdachlos zu sein, geborgen und doch so unglaublich verletzlich.

Getrieben von einem überwältigenden Bedürfnis nach Luft und Raum zum Nachdenken, ließ ich die erdrückende Atmosphäre von Henrys Büro hinter mir und bewegte mich zielstrebig durch die langen, Flure des Krankenhauses. Mein Ziel war das Dach.

Als ich die Tür zum Dach öffnete, wurde ich von der frischen Luft und der Weite des Himmels über mir begrüßt. Ein tiefer Atemzug der kühlen Abendluft füllte meine Lungen, brachte einen Moment der Erleichterung und Klarheit. Doch diese Stille wurde jäh unterbrochen, als ich die Gestalt von Professor Spreyer erblickte, der abseits, nahe der Dachkante, stand und rauchte.

Ich zögerte einen Moment. Doch etwas in der ruhigen Ausstrahlung des Professors, in der Art, wie er scheinbar in Gedanken versunken den Horizont betrachtete, ermutigte mich, mich ihm anzunähern.

Er nahm mir die Entscheidung ab, als er mich erblickte und lächelte. »Möchten Sie auch eine?« Professor Spreyer, mit seinen dunklen Haaren, die an den Schläfen bereits von einem vornehmen Grau durchzogen waren, drehte sich zu mir, ein offenes Päckchen Zigaretten in der Hand haltend.

»Gerne.« Zögerlich nahm ich eine Zigarette an, und während er sie für mich anzündete, fiel das flackernde Licht des Feuerzeugs auf sein markantes Gesicht, betonte die tiefen Linien, die Erfahrung und Nachdenklichkeit verrieten.

»Ich bin Alexander«, sagte er und steckte die Schachtel wieder ein.

»Marie.« Als die Zigarette glimmte, richtete ich meinen Blick wieder auf das Panorama vor uns. München breitete sich unter uns aus, ein lebendiges Mosaik aus Lichtern und Schatten, das in der Abenddämmerung pulsierte. Die Türme und Dächer der Stadt waren von einer sanften Dunkelheit umhüllt, durchbrochen von den Lichtern, die wie Sterne an der Erde funkelten.

»Eigentlich rauche ich gar nicht, aber der Stress … Es ist einfach so viel im Moment. Die Aussicht gibt mir immer das Gefühl, frei zu sein.« Er sprach, als würden wir uns schon ewig kennen, als könnten wir uns diese Dinge anvertrauen.

»Manchmal braucht man das«, erwiderte ich und wusste, wie sehr ich es in diesem Moment brauchte.

»War es ein harter Tag?« Die sanfte Brise spielte mit den grauen Strähnen, verlieh ihm eine gewisse Zeitlosigkeit, die so passend schien zu diesem Ort der Reflexion und Weitsicht. Sein gelegentlicher Blick auf die Stadt schien Geschichten zu erzählen von den vielen Leben, die er beeinflusst und den vielen Wegen, die er beschritten hatte.

Ich nickte. »Die meisten Tage sind hart.«

»Ich würde dir gerne sagen, dass es besser wird, aber das wäre eine Lüge.«

Henry hatte mir das Herz gebrochen, hatte mich zurückgelassen mit einem Schmerz, so tief und weitreichend, dass er jede Faser meines Seins durchdrang. Und dennoch, trotz des Verrats, trotz der Enttäuschung und des Verlustes, konnte ich die Sehnsucht nach ihm nicht abschütteln.

»Gibt es ein Problem?«

»Darf ich ehrlich sein?« Jeder Zug an der Zigarette schien wie ein verzweifelter Versuch, den Schmerz zu betäuben, die Leere zu füllen, die er hinterlassen hatte.

»Es bleibt unter uns«, erwiderte er mit bedachter Stimme.

Es war nun von größter Wichtigkeit, ihm so weit wie möglich aus dem Weg zu gehen. Der Gedanke daran, ihn anzusehen, seine Nähe zu spüren, ohne ihm wirklich nahe sein zu können, war unerträglich. Jeder Blick, jedes zufällige Treffen im Krankenhausflur, brachte die Gefahr mit sich, dass alte Wunden aufgerissen und unbeantwortete Fragen und Sehnsüchte erneut an die Oberfläche gespült wurden. »Ich möchte nicht mehr mit Professor von Stettenfels arbeiten.«

»Ist etwas vorgefallen?«

»Wir verstehen uns nicht und es ist keine gute Lernumgebung mehr.«

Irritiert legte er den Kopf schräg. »Aber bei dem Feedbackgespräch wart ihr einander doch sehr zugewandt.« Die Vorstellung, nur die zweite Frau in seinem Leben zu sein, jemand, der in den Schatten gestellt wurde, war für mich undenkbar. Mein Stolz, mein Selbstwertgefühl, sie alle standen auf dem Spiel in diesem gefährlichen Spiel der Emotionen. Ich wusste, dass ich, um mich selbst zu schützen, um meine Integrität und mein Herz zu bewahren, Abstand von ihm halten musste. Dieser Abstand war mein Schild, meine Verteidigung gegen die Verwirrung und den Schmerz, die seine Anwesenheit in mir auslöste. »Bitte tue uns allen einen Gefallen und sorg dafür, dass ich nicht noch einmal mit ihm arbeiten muss.«

»Muss ich mir Sorgen machen?«

Ich schüttelte den Kopf. »Ich möchte einfach nur dieser Belastung nicht mehr ausgesetzt sein.« Die Entscheidung, Henry zu meiden, war jedoch alles andere als einfach. Es erforderte eine ständige Wachsamkeit, ein ständiges Manövrieren durch den Tag, um Begegnungen zu vermeiden, um nicht in Situationen zu geraten, die mich schwach machen könnten. Jeder Tag im Krankenhaus wurde zu einem strategischen Spiel, in dem ich stets auf der Hut sein musste, immer bereit, meine Routen zu ändern, Pausen zu verschieben und Meetings aus dem Weg zu gehen.

»Ich werde mich darum kümmern.«

Mir fiel ein Stein vom Herzen, als er verständnisvoll nickte und ich erneut das Wort ergriff: »Ohne, dass es Konsequenzen für einen von uns hat?«

»Ich behandle das vertraulich und werde einen Weg finden. Gute Mitarbeiter muss man doch halten.«

»Danke, Professor Spreyer.« Trotz dieser Anstrengungen war da immer die Angst, zu schwach zu werden, nachzugeben, wenn ich ihm doch begegnen sollte. Die Angst, dass all meine Vorsätze und mein Bedürfnis nach Distanz wie ein Kartenhaus zusammenfallen könnten im Angesicht seiner Anwesenheit.

»Alexander«, korrigierte er mich.

Wie ertappt fasste ich mir an den Kopf und lächelte. »Danke, Alexander.«

»Ich teile dich vorerst mit mir ein und dann schauen wir weiter.«

Henry aus dem Weg zu gehen, war nicht nur eine taktische Entscheidung, sondern eine Notwendigkeit, ein Überlebensmechanismus, der es mir ermöglichte, Tag für Tag weiterzumachen, ohne vollständig von der Last der unerfüllten Liebe und des Verrats erdrückt zu werden. Es war ein einsamer

Weg, aber ein Weg, den ich gehen musste, um mein Herz und meine Seele zu bewahren.

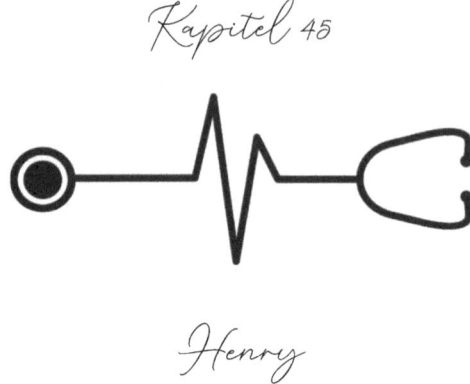

Kapitel 45

Henry

N ach der dritten Operation, bei der jeder Handgriff zählte und jede Entscheidung von Bedeutung war, betrat ich den Pausenraum, um durchzuatmen und Abstand von der Anspannung des OPs zu gewinnen. Mit einer schnellen Bewegung riss ich mir den Mundschutz ab und warf ihn in den dafür vorgesehenen Abfallbehälter. Das Gefühl, endlich tief durchatmen zu können, ohne die Barriere des Stoffs, war eine kleine, aber willkommene Erleichterung.

Marie saß lächelnd neben Alexander. Ihr Lachen war frei und unbeschwert, füllte den Raum und schuf eine Atmosphäre der Leichtigkeit, die in krassem Kontrast zu der Schwere stand, die ich noch aus dem OP-Saal mit mir trug. »Du bist so witzig«, meinte sie und legte ihm die Hand auf die Schulter.

»Mahlzeit«, sagte ich und bewegte mich zum Wasserspender.

»Mahlzeit«, gaben die beiden im Chor zurück.

Dann wandte Alexander sich ihr wieder zu. »Ich liebe Hunde einfach und Flocke war mein ganzer Stolz.«

Hatte dieser Kerl eigentlich ein anderes Thema als seinen toten Hund?

Während ich mir ein Glas Wasser nahm, konnte ich nicht umhin, die beiden aus dem Augenwinkel zu beobachten. Ihre scheinbare Vertrautheit warf Fragen auf, ließ mich grübeln.

Seit wann hatte Marie so engen Kontakt mit ihm?

Es war mir neu, sie in solch gelöster und heiterer Interaktion zu sehen. Ihre Namen gemeinsam auf dem OP-Plan zu entdecken, hatte mich bereits stutzig gemacht, aber dieses offensichtliche Zeichen ihrer Nähe ließ mich zweifeln und sorgte für ein verwirrendes Gefühl in der Magengegend.

»Ein Tier zu verlieren, hinterlässt bestimmt eine gigantische Lücke. Oder?« Ihre blauen Augen leuchteten.

Er nickte. »Ja, es ist ungewohnt, alles wieder allein zu machen. Sie ist ja auch wirklich alt geworden mit ihren siebzehn Jahren.«

War dies eine neue Entwicklung, von der ich nichts gewusst hatte?

Hatte sich zwischen Marie und Alexander eine Verbindung gebildet, während ich versucht hatte, meinen eigenen emotionalen Wirren Herr zu werden?

»Mir tut das sehr leid.« Ihre Unterlippe bebte.

»Ich bin drüber hinweg.«

In meinem Kopf äffte ich ihn nach. Warum durfte er mit ihr sprechen, wenn ich es nicht konnte? Als ich dort stand, mein Wasser trinkend, beobachtete ich, wie Alexander Marie tief in die Augen schaute. Etwas an der Intensität seines Blicks, an der Art, wie er sich ausschließlich auf sie konzentrierte, als wäre niemand anderes im Raum, entfachte eine Glut der Wut in mir.

»Hast du Haustiere?«, fragte er und ich nippte noch einmal am Glas, um es nicht wirken zu lassen, als würde ich die beiden beobachten.

»Ich hätte gerne welche, aber ich habe einfach keine Zeit dafür. Der Dienstplan lässt das nicht zu.«

Sein Lächeln hatte etwas Verschwörerisches an sich. Etwas, das mir überhaupt nicht gefiel. »So fleißig, wie du bist, ist das auch kein Wunder.«

Ich hatte Marie aufgebaut, sie gefördert, hatte in sie investiert – nicht nur meine Zeit und mein Wissen, sondern auch einen Teil meines Herzens. Sie hatte mich stolz gemacht, so unglaublich stolz, mit ihrer Entwicklung, ihrem Können, ihrer Leidenschaft. Unsere Zusammenarbeit war geprägt von einem besonderen Verhältnis, einer Tiefe, die über das rein Professionelle hinausging.

»Ich versuche immer, mein Bestes zu geben.« Sie strich sich eine Strähne wieder unter die Haube, die sich gelöst hatte.

»Das gelingt dir auch.«

»Danke, Professor Spreyer.«

Die Art, wie sie die Lippen übereinander rollte, war mir nur allzu bekannt. Und ich wollte schreien, dass sie es lassen sollte. Dass es mein Privileg war, sie so zu sehen. Doch ich wusste, dass ich kein Recht dazu hatte.

Und nun fühlte es sich an, als würde all das, was zwischen uns gewesen war, entwertet. Ihre unbeschwerte Heiterkeit mit Alexander, die Art, wie sie sich ihm so öffnete, ließ mich zweifeln, ließ mich fragen, ob all die Momente, die ich als besonders empfunden hatte, für sie vielleicht doch nicht mehr als gewöhnliche Stationen auf ihrem Weg gewesen waren.

»Wir waren doch schon bei *Alexander*.« Er schmunzelte.

Diese Erkenntnis, dass sie so einfach weitermachte, so, als hätte unsere Verbindung, unsere Nähe nie die Tiefe gehabt, die ich ihr beimaß, ließ mich mit einem Gefühl der Leere und des Verrats zurück.

Meine Hände umklammerten das Glas fester, als versuchte ich, den Sturm der Gefühle, der in mir tobte, physisch zu bändigen. Die Wut, die Enttäuschung, das Gefühl des Verlusts – all das mischte sich zu einem bitteren Cocktail, der schwer in meinem Magen lag.

»Tut mir leid, es ist nur so ungewohnt.« Sie sah aus wie ein Engel – mein Engel, der sich gerade in falscher Gegenwart befand.

»Ich möchte, wie ein Kollege behandelt werden und nicht wie der Boss.«

»Aber du bist der Boss.«

Ich war ihr Boss.

Ich war verdammt nochmal der Einzige, den sie so nennen sollte.

Die Eifersucht, die in mir aufkeimte, als ich die beiden so eng beieinander sah, war erdrückend und lähmend zugleich. Es war eine intensive, fast schon verzehrende Emotion, die mich mit einer Wucht erfasste, die ich nicht erwartet hatte.

Die bloße Vorstellung, Marie mit einem anderen Mann zu sehen, sie so vertraut und gelöst mit Alexander interagieren zu sehen, war mehr, als ich ertragen konnte. Es fühlte sich an, als würde mir jemand das Herz aus der Brust reißen, als würden all die gemeinsamen Momente, all die Nähe und Verbundenheit, die ich mit Marie geteilt hatte, entwertet und durch diese neue Vertrautheit, die sie mit jemand anderem teilte, ersetzt.

Mein Verstand wusste, dass ich kein Recht hatte, Eifersucht zu empfinden. Unsere Beziehung war professioneller Natur, und doch hatte ich immer das Gefühl gehabt, dass zwischen uns mehr war als nur Arbeit. Die Tatsache, dass ich diese Gefühle nicht offenbaren konnte, machte die Situation nur noch qualvoller.

»Augenhöhe ist das Wichtigste, Marie. Nur so kann ein Team funktionieren«, erklärte er ihr und hatte dabei die gönnerhafte Art, die ich nur selten ertrug.

Ich knallte das Glas auf die Arbeitsfläche des Pausenraums. Jedes Gespräch, jedes Lachen verstummte abrupt bei dem unerwarteten Laut. Ohne einen weiteren Blick auf Marie und Alexander zu werfen, stürmte ich aus dem Raum. Meine Schritte hallten laut auf den Fliesen des Krankenhausflurs wider, ein stürmisches Echo meiner inneren Verwirrung und Wut. Ich war getrieben von einem undefinierbaren Bedürfnis, diesen Wirrwarr aus Gefühlen irgendwie zu entkommen, ihn zu konfrontieren, zu lösen.

Als ich Meggy in der Nähe meines Büros erblickte, ergriff ich sie ohne Vorwarnung, geleitet von einem Impuls, den ich selbst nicht ganz verstand. Vielleicht suchte ich nach einem Anker in dem emotionalen Sturm, der in mir tobte, oder nach einem Ventil, um den Druck, der in mir aufgebaut war, irgendwie zu entlasten. Ohne ein Wort der Erklärung zog ich sie mit mir, durchquerte die letzte Strecke zum Büro mit hastigen Schritten.

»Was ist mit dir los? Warum bist du so stürmisch?« Sie folgte meinen Schritten einfach.

Ich schloss die Tür hinter uns und ließ den Klang des Schlosses den Raum mit einer endgültigen Schwere füllen. Fast wie in Trance drückte ich Meggy gegen die Wand. Mein Atem ging schwer, meine Hände platziert an der Wand neben ihrem Kopf, mein Körper lehnte sich leicht in ihren, als suchte ich Halt in der Turbulenz meiner Emotionen.

Getrieben von dem Wunsch, Marie und den Schmerz, den ihre Gleichgültigkeit in mir ausgelöst hatte, zu vergessen, küsste ich Meggy mit einer Intensität, die sowohl mich als auch sie überraschte. Der Kuss war weniger eine Geste der Zuneigung als vielmehr ein verzweifelter Versuch, mich von den Gedanken an Marie zu befreien, von der Sehnsucht nach etwas, das offensichtlich nicht mehr existierte.

Ihr Körper spannte sich unter meinem Griff an. Es war eine Reaktion, die ich unter anderen Umständen hätte vorhersehen müssen, doch in diesem Moment der emotionalen Verwirrung waren meine Handlungen nicht von Vernunft oder Überlegung geleitet.

Der Kuss konnte die Leere in mir nicht füllen, konnte die Bilder von Marie und Alexander, die sich in meinem Kopf festgesetzt hatten, nicht vertreiben.

Nein, das half nicht.

Dafür standen wir uns nicht nahe genug. Stattdessen wurde mir mit jeder verstreichenden Sekunde bewusster, wie aussichtslos mein Versuch war, den Schmerz einfach auszulöschen, Marie aus meinem Herzen zu reißen, so wie sie mich anscheinend aus dem ihren verbannt hatte.

»Fuck … So hast du mich lange nicht geküsst«, hauchte sie und berührte dabei immer wieder meine Lippen.

Als ich von Meggy zurücktrat, sah ich die Verwirrung und das Unverständnis in ihren Augen. Es war mir schmerzlich bewusst, dass ich eine Grenze überschritten hatte, dass meine Handlung mehr über meinen eigenen inneren Konflikt aussagte als über irgendein Gefühl für Meggy. »Das ist nicht das Ende.« Ich griff ihren Kasack, wollte sie über den Schreibtisch beugen.

Doch sie bremste mich. »Ich kann nicht.«

Ich nahm ihr Kinn zwischen Daumen und Zeigefinger und zwang sie damit, mich anzusehen. Es war eine Geste, die weniger von Dominanz zeugte als vielmehr von dem Bedürfnis, in ihren Augen eine Bestätigung zu finden, dass nicht alles um mich herum ins Wanken geraten war. »Ich bin dein Boss. Wenn du zu spät zur OP kommst, dann werde ich dich dafür nicht bestrafen.«

»Wie redest du denn mit mir?«

Ohne einen weiteren Gedanken zu verschwenden, nahm ich ihre Hand und führte sie zu meinem Schwanz. Sie musste mich hart machen. Sie musste mir beweisen, dass es auch eine andere Frau tun könnte. Dass Marie nichts weiter gewesen war als ein Flirt. Es war an ihr, es mir zu demonstrieren. »Du hast so oft versucht, mich zu verführen und jetzt will ich.«

Während ich ihr in die Augen blickte, suchte ich nach einer Spur von Verständnis, nach einem Ankerpunkt in der stürmischen See meiner Emotionen. Die Nähe zu Meggy, die physische Verbindung durch die Berührung, gab mir für einen flüchtigen Moment das Gefühl von Kontrolle zurück, das ich so dringend benötigte. »Zeig mir, dass du ein böses Mädchen sein kannst und lass dich von mir ficken.«

Ich redete mir ein, dass ich alles im Griff hatte, dass dieser Moment mit Meggy, so unerwartet und impulsiv er auch gewesen sein mag, eine bewusste Entscheidung war, ein Schritt weg von der Ohnmacht und hin zu einem Zustand, in dem ich die Kontrolle zurückerlangte. Doch selbst, als ich diese Worte gedanklich wiederholte, spürte ich, wie brüchig diese Fassade war, wie dünn das Eis, auf dem ich mich bewegte.

Entschlossen schubste sie mich von sich. »Ich habe meine Tage.« Die Worte kamen so harsch über ihre Lippen, dass ich mir nicht sicher war, ob es eine Ausrede war, die ihr gerade eingefallen war.

»Und auch abgesehen davon, ist das nicht mein Stil. Das hier ist meine Arbeit. Ich habe andere Dinge im Kopf, als mich von dir vögeln zu lassen.«

Seufzend sank ich gegen die Wand. Die Realität war, dass Marie und die Gefühle, die ich für sie hegte, tief in mir verwurzelt waren, verwoben mit jedem Teil meines Seins. Keine noch so verzweifelte Geste der Kontrolle, keine flüchtige Verbindung konnte das ändern oder die Leere füllen, die sie hinterlassen hatte.

»Was zur Hölle ist los mit dir?«

»Ich habe einen schlechten Tag«, erwiderte ich und tigerte durch das Büro.

»Du bist alt geworden, aber ich habe dir schon ein paar Mal gesagt, dass du so nicht mit mir reden sollst.« Sie tangierte mich mit ihrem Todesblick, doch selbst dieser prallte an mir ab, als hätte er keinen Wert. »Es gibt vielleicht Frauen, die darauf stehen, von dir herumgeschubst zu werden, aber ich gehöre nicht dazu.«

Mir wurde mit schmerzhafter Klarheit bewusst, dass sie sich nicht verändert hatte – und dass sie trotz aller Nähe und des flüchtigen Moments der Verbindung nicht das war, was ich in meinem tiefsten Inneren suchte. Meggy war eine vertraute Präsenz, eine Freundin vielleicht, aber die leere Stelle in meinem Herzen, die Marie hinterlassen hatte, konnte sie nicht füllen.

Marie hingegen schien das fehlende Stück zu sein, das mein Herz zu vervollständigen suchte. Sie hatte mein Herz schlagen lassen und jetzt war es wieder der Eisklotz, den ich die ganze Zeit empfunden hatte. Der Gedanke an sie, an alles, was wir durchgemacht hatten, an die Momente der Nähe und des gegenseitigen Verstehens, ließ eine Sehnsucht in mir aufkeimen, die mit jeder Sekunde intensiver wurde. »Zieh den Stock aus dem Arsch, Meg.«

Ich beobachtete, wie sie die Hand zur Faust ballte. »Such dir was zum Vögeln. Du bist nicht zu ertragen.«

Eine Mischung aus Lachen und Schnauben entwich mir. »Das ist es, was du willst? Dass ich mir eine andere Frau suche?«

»Das war doch der Deal. Wir bleiben zusammen, aber jeder hat sein Leben. Wir halten lediglich das Versprechen an deine Schwester.«

»Das ist traurig.« Schließlich ließ ich mich auf den Stuhl sinken. Das Verlangen nach Marie, nach der Wiederherstellung dessen, was einmal war, wurde zu einer brennenden Notwendigkeit, die jeden anderen Gedanken überschattete.

»Hast du die Kleine gefickt?« Sie fing meinen Blick ein. »Die Assistenzärztin, meine ich.«

Ich wünschte, ich hätte sie nur gefickt, aber es war so viel mehr als das. Je länger ich über sie nachdachte, über die Möglichkeit, wieder mit ihr zusammen zu sein, desto stärker wurde das Gefühl des Verlustes, der Leere, die sie hinterlassen hatte. Es war ein Schmerz, der tiefer ging als jede physische Wunde, ein Verlangen, das mich bis ins Mark erschütterte. »Machen wir einen Fehler, indem wir das Versprechen halten?« Ich konnte nicht auf ihre Frage antworten. Die Worte kamen einfach nicht über meine Lippen.

»Es ist für die Kinder. Sie sollten eine Familie haben.«

»Wir vermitteln ihnen das falsche Bild von Liebe.«

Meggy zuckte mit den Schultern. »Vielleicht kriegen wir irgendwann die Kurve.«

»Glaubst du das wirklich? Denn wir sind so nahe am Abgrund, dass ich nicht daran glaube, dass wir ansatzweise eine Chance haben, um die Kurve zu kommen.« Familie sollte ein Fundament aus Liebe, Vertrauen und Stabilität sein, ein sicherer Hafen, in dem jedes Mitglied Unterstützung und Geborgenheit findet. Die Vorstellung, den Kindern ein verzerrtes Bild von Familie zu präsentieren, in dem Unsicherheit, Eifersucht und ungelöste Konflikte vorherrschen, war besorgniserregend.

»Du hast ein Problem, Henry. Du verhältst dich zu sehr wie ein Arschloch. Alle Kollegen reden darüber, wie unfreundlich du bist.«

»Ich bin nicht unfreundlich.« Ich fand mich in einem Zustand der Verlorenheit wieder, der erschreckend ähnlich dem war, den ich an jenem Abend empfunden hatte, als das fragile Konstrukt aus Halbwahrheiten und Illusionen, das ich um mich herum aufgebaut hatte, zusammengebrochen war.

»Aber auch nicht freundlich«, merkte sie an.

Als wäre es ein Automatismus, verschränkte ich die Arme vor der Brust. »Ich bin der Boss.«

»Du bist ein Boss von vielen. Spreyer steht über dir und über ihm steht wieder jemand. Du bist nur ein Rädchen im Getriebe, so wie wir alle.« Diese Sehnsucht nach Marie, nach der Wiederherstellung dessen, was wir einst hatten, war jedoch mehr als nur ein Wunsch nach Nähe oder Zuneigung. Es war das tiefe Verlangen, wieder Ganzheit zu finden, den Teil von mir zurückzuerlangen, den ich verloren hatte, als unsere Wege sich trennten. »Du musst das in den Griff kriegen, sonst gibt's irgendwann Probleme.«

Doch diese Klarheit über meine Gefühle, diese unumstößliche Gewissheit, dass ich Marie wollte, machte die Realität meines aktuellen Zustands nur noch quälender. Ich war gefangen in einem Netz aus Konsequenzen meiner eigenen Entscheidungen, in einem Leben, das plötzlich leer und bedeutungslos erschien ohne sie. Die Verlorenheit, die mich umgab, war nicht nur eine räumliche oder emotionale – es war eine Verlorenheit der Seele, ein tiefer Riss in meinem Innersten, der nicht zu heilen schien.

Kapitel 46

Marie

Im Übungsbereich für roboterassistierte Operationen, umgeben von hochmoderner Technik und dem Summen der Maschinen, stand ich vor der Herausforderung, die Bewegungen und Techniken zu meistern, die für den Einsatz des Da-Vinci-Operationssystems erforderlich waren. »Das ist total spannend.«

»Jetzt zerteilst du das Gummibärchen«, sagte Professor Spreyer und lehnte sich gegen die Konsole, an der ich saß, um den Roboter zu steuern.

Vor mir befand sich kein menschliches Gewebe, sondern ein Gummibärchen. Die Aufgabe bestand darin, das Gummibärchen präzise zu zerschneiden, eine Übung, die hohe Konzentration und ein feines Gespür für die Maschine erforderte. Die weiche, nachgiebige Beschaffenheit des Gummibärchens, kombiniert mit der Notwendigkeit, äußerst präzise Schnitte zu setzen, machte diese Aufgabe zu einer anspruchsvollen Prüfung meiner Fähigkeiten. »Mist«, stieß ich aus, als ich das Gummibärchen zerhackte.

»Das war doch gar nicht so schlecht.«

»Ich habe es zerhackt.«

»Du warst etwas grobmotorisch, aber das ist alles eine Sache der Übung.« Professor Speyer legte seine Hände auf meine Schultern. Seine Berührung war fest, doch in der leichten Massage lag eine Form der Ermutigung und des Verständnisses.

Frustriert ließ ich die Steuerungsknöpfe los und konzentrierte mich nur auf die Bewegung seiner Hände. »Wieso hast du begonnen, roboterassistiert zu operieren?«

»Da Vinci, das Gerät, arbeitet so viel präziser, als wir es jemals könnten. Es ist ein bisschen wie Videospielen, nur am realen Menschen. Gewissermaßen war es also Spielerei.«

»Ich finde das sehr spannend.«

Sein Enthusiasmus für das Thema war unverkennbar und manifestierte sich nicht nur in seiner Stimme, sondern auch in der Art und Weise, wie er sich durch den Raum bewegte. Er positionierte sich vor dem Da-Vinci-Übungssystem, seine Haltung aufrecht, seine Augen fixiert auf die feingliedrigen Instrumente, die vor uns lagen. »Lungenkarzinome kannst du damit sehr gut operieren, aber ich möchte es auch für Tumore am Herzen einsetzen. Deswegen laufen gerade Tests.«

Ich drehte mich mit dem Stuhl zu ihm um. »Warum bist du Arzt geworden?«

Er tigerte durch den leeren Saal, bis er sich schließlich gegen den OP-Tisch lehnte. »Ich hatte einen Freund, als ich ein Kind war. Er ist an Krebs gestorben.« Als er sprach, war seine Stimme von einer

Klarheit und einem Enthusiasmus getragen, die seine tiefe Verbundenheit mit dem Fachgebiet verrieten.

»Das tut mir unglaublich leid«, erwiderte ich und senkte instinktiv den Blick.

»Er hat meinen Weg geebnet. Ohne ihn wäre ich nicht hier.«

»Es ist ein trauriges Schicksal, aber es ist ein wunderschöner Grund.« Ich erhob mich und trat näher an ihn heran. »Du kannst sehr stolz auf dich sein.« Er stand dort, wo ich in einigen Jahren auch sein wollte. Er war Chefarzt und auch, wenn ich erst einmal meine Etappenziele erreichen musste, war das irgendwann das Ziel.

»Warum bist du Ärztin geworden?« Trotz seines beeindruckenden Wissens und seiner Stellung agierte er stets auf Augenhöhe, ohne jegliche Anmaßung oder Überlegenheitsgefühl. Diese bescheidene Art machte die Interaktionen mit ihm besonders wertvoll und lehrreich.

Ich lächelte. »Ich fand es faszinierend, herauszufinden, wie der menschliche Körper funktioniert und wie viel wir beeinflussen können.«

»Warum Herz-Thorax-Chirurgie?«

»Ich hatte Urologie und Gynäkologie in der engeren Auswahl, aber letztlich waren es die Transplantationen, die mich gefesselt haben.«

»Ich bin froh, dass wir dich nicht an diese Fachgebiete verloren haben.« Er schaffte es, eine Atmosphäre zu schaffen, in der Fragen nicht nur willkommen waren, sondern auch ermutigt wurden, wodurch ein echter Dialog statt eines einseitigen Vortrags entstand. Seine Antworten waren durchdacht und reflektiert, was zeigte, dass er nicht nur zuhörte, sondern auch wirklich verstand, was hinter den Fragen stand.

Mit einem Nicken stimmte ich ihm zu. »Meine Entscheidung habe ich bisher nicht bereut.«

»Wir brauchen mehr Ärzte, die mit dem Roboter umgehen können. Wenn du dir das vorstellen kannst, werden wir daran arbeiten.« Zudem war seine Gelassenheit ansteckend. Selbst in stressigen Situationen oder bei der Diskussion komplexer Probleme bewahrte er eine ruhige und besonnene Haltung, die beruhigend wirkte und den Raum für eine konstruktive Auseinandersetzung öffnete. Sein respektvoller Umgang schuf eine Atmosphäre des Vertrauens und der Offenheit.

»Ich weiß noch nicht so ganz, wo ich meinen Schwerpunkt setzen soll.« Unsicher rieb ich mir über die Hände.

»Du bist jung. Probiere dich aus.« Sein Lächeln war warm und es gab mir jedes Mal, wenn es mir galt, ein wirklich gutes Gefühl. »Bleib nur nicht stehen. Kollegen, die stehen geblieben sind, sollten nicht lehren.«

»Ist das eine Anspielung?«

»Mit dem richtigen Lehrer steht oder fällt alles.« In seinen Augen spiegelte sich eine aufrichtige Freundlichkeit und ein tiefes Verständnis wider, das weit über das rein Akademische hinausging. Sie leuchteten auf eine Art und Weise, die Zuversicht vermittelte.

»Denkst du, Henry ist kein guter Lehrer?«, hakte ich nach, denn das war ein Irrtum. Er war gut in dem, was er tat, wenn man wusste, wie man ihn nehmen musste.

»Ich denke, dass er eine schlechte Art hat, Menschen etwas zu lehren.«

Ich wollte nichts dazu sagen. Nichts, was Henry in Schwierigkeiten bringen würde.

»Du musst nichts dazu sagen. Ich weiß, dass es so ist.« Als ich ihm in einem dieser Momente tief in die Augen schaute, fühlte ich eine Verbindung, die über die übliche Lehrer-Schüler-Beziehung hinausging. Seine Augen, lebhaft und durchdringend, schienen direkt zu meinem Kern zu sprechen, und in ihrem Blick lag eine Ermutigung und ein Glauben an meine Fähigkeiten, der mich inspirierte und motivierte. »Schau nicht so traurig. Nicht jeder ist dazu gemacht, Menschen etwas beizubringen.«

»Ich glaube, ich würde das mit den Robotern sehr gerne ausprobieren.« Vielleicht brauchte ich einfach nur einen neuen Weg, eine neue Herausforderung, die mich vergessen ließ, was gerade in meinem Leben geschah.

Als würde die Zeit stehen bleiben, streifte Alexanders Daumen sanft über mein Kinn. Seine Berührung war zart, fast flüchtig, und doch trug sie eine Intimität in sich, die mich tief berührte. Ich fand mich gefangen in dem Gefühl, das diese kleine Geste in mir auslöste, unfähig wegzusehen, während sein Blick den meinen hielt. »Sehr gut, dann werden wir uns demnächst darum kümmern.«

Ich war gefangen in dem Augenblick, unfähig, meinen Blick von ihm abzuwenden. Seine Augen hielten meinen gefangen, als ob sie mich an diesen Ort und diese Zeit binden wollten. Die Zeit schien stillzustehen, und alles um uns herum verlor an Bedeutung, reduziert auf den Raum zwischen uns und die Elektrizität, die durch diese einfache Berührung zu fließen schien.

»Du bist viel schöner, wenn du lächelst«, meinte er und seine Stimme wurde immer tiefer.

Dann riss der Klang des Piepers uns aus diesem tranceartigen Zustand. Der scharfe Ton zerschnitt die Stille, ein abrupter Weckruf zurück in die Realität unseres Krankenhausalltags. Ich holte ihn aus der Kitteltasche und las die Nummer. »Oh, ich muss in den OP. Ich habe Bereitschaftsdienst.«

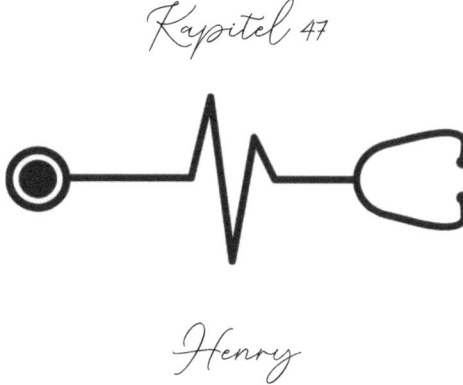

Kapitel 47

Henry

Nachdem Marie und ich gemeinsam eine anstrengende Operation hinter uns gebracht hatten, spürte ich, wie die Spannung des Eingriffs langsam von uns abfiel. Während sie sich in Richtung des Dienstzimmers bewegte, konnte ich meinen Blick nicht von ihr lassen. Ihre Energie und Entschlossenheit während der Operation hatten mich erneut beeindruckt, und jetzt, in der Ruhe nach dem Sturm, fühlte ich eine starke Sehnsucht, die Distanz zwischen uns zu überbrücken.

Mit einem Entschluss machte ich mich auf den Weg zum Automaten. Ich wusste genau, welche Snacks sie bevorzugte.

Mit den Snacks in der Hand folgte ich Marie ins Dienstzimmer. Die Tür fiel hinter mir ins Schloss und für einen Moment stand ich einfach nur da, unsicher, wie ich beginnen sollte. Marie saß bereits, vertieft in ihre Gedanken, und ich nutzte die Gelegenheit, mich ihr zu nähern. »Ich dachte, du könntest eine kleine Stärkung gebrauchen«, sagte ich, als ich die Snacks auf den Tisch legte.

Ich musste mit ihr reden, das Gefühl in mir war zu stark, um es zu ignorieren. Marie fehlte mir, mehr, als ich es mir selbst eingestehen wollte. Trotz der Komplexität unserer Beziehung und der ungelösten Fragen, die zwischen uns schwebten, war der Wunsch, wieder eine Verbindung herzustellen, überwältigend. »Hast du Hunger? Das war eine anstrengende OP, oder?«

»Ich arbeite nicht mehr mit dir.« Sie schaute nicht auf, sondern richtete den Blick starr auf den Boden.

»Ich musste einspringen.« Ich hatte mich nicht darum geprügelt, jetzt hier zu sein, auch wenn es eine gute Gelegenheit war.

Ihre Zurückhaltung weckte in mir nicht nur den Wunsch, sondern eine fast zwingende Notwendigkeit, in ihrer Nähe zu sein, die Barrieren, die sie um sich errichtet hatte, zu überwinden. »Das passt dir doch wunderbar in den Kram.«

»Hier, ich habe deinen liebsten Schokoriegel geholt. Du hast bestimmt noch nicht gegessen.« Ich schob ihn über den Tisch zu ihr.

Sie nahm ihn und biss ab. »Ich schlafe einfach im Aufenthaltsraum.«

»Sei nicht albern. Ich tue dir nichts.« Ihr distanziertes Verhalten forderte mich heraus, meine Bemühungen zu verdoppeln, die emotionalen Mauern, die sie zwischen uns errichtet hatte, Stück für Stück abzutragen. Ich brauchte sie, auf eine Art und Weise, die weit über das Professionelle hinausging, die tief in das Persönliche reichte.

»Dafür ist es schon zu spät.« Sie stand auf und steuerte die Tür an.

Doch ich hielt sie zurück. »Geh nicht.«

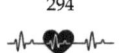

Mein Verlangen nach ihrer Nähe, nach ihrem Verständnis und ihrer Akzeptanz, wurde zu einer treibenden Kraft. Ich wollte nicht nur Teil ihrer Welt sein, ich wollte, dass sie ein wesentlicher Bestandteil der meinen war. Es war eine tiefe Sehnsucht, die mich erfüllte, eine Mischung aus der Erinnerung an die Vertrautheit, die wir einst geteilt hatten, und der Hoffnung auf eine Zukunft, in der diese Kluft zwischen uns nicht mehr existieren würde.

»Das hier ist mein Arbeitsplatz, du warst mein Privatleben. Misch es nicht.«

»Ich kann nicht anders.« Trotz ihrer anfänglichen Zurückweisung spürte ich, dass dies nicht das Ende unserer Geschichte sein konnte. Es gab zu viel Unausgesprochenes, zu viele ungelöste Gefühle, die noch immer unter der Oberfläche schwelten. Diese emotionale Verwicklung, das komplexe Geflecht aus Nähe und Distanz, war sowohl beängstigend als auch faszinierend.

»Geh zu deiner Frau, Henry. Sie wartet bestimmt auf dich.«

Ich griff sanft, aber bestimmt nach Maries Arm, um sie zu mir zu ziehen. Ich spürte, wie ihr Körper unwillkürlich zitterte, ein feines Beben, das mehr aussagte, als Worte es je könnten. Dieses Zittern war ein stummer Zeuge der Emotionen, die unter ihrer scheinbar ruhigen Oberfläche brodelten, ein klares Zeichen, dass ich ihr nicht gleichgültig war, dass die Verbindung zwischen uns noch immer lebendig war. »Es ist anders, als du denkst.«

»Lass meinen Arm los.«

»Du fehlst mir.« Ich schaute sie an und ich konnte an nichts anders als daran, wie schön sie war. Selbst nach dem diesem anstrengenden Tag leuchteten ihre Augen auf eine Art, die mich faszinierte. »Wenn du ehrlich zu dir selbst bist, dann willst du doch gar nicht gehen. Du willst bei mir sein.«

»Ich hasse dich.«

Vorsichtig hob ich ihr Kinn an, sodass unsere Blicke sich trafen. In diesem Moment schien die Welt um uns herum zu verstummen, alle Geräusche des Krankenhauses, das Summen der Maschinen und das ferne Stimmengewirr verblassend vor der Intensität unseres Moments. »Du hasst mich nicht«, flüsterte ich. »Und wenn doch, dann ist es nicht das Schlimmste, was passieren kann. Denn Hass ist eine Emotion. Solange du mich hasst, bedeute ich dir noch etwas.« Wie automatisch glitt meine Hand über ihre Wange.

Sie war mir so nahe, dass mein Herz schneller schlug. »Mich hat noch nie jemand so sehr verletzt.«

»Wir sind hoch geflogen, da ist der Fall immer tief.« Ihre Augen spiegelten eine Mischung aus Überraschung, Unsicherheit und einem Hauch von Hoffnung wider.

»Wow, das klingt als wäre ich ein bisschen gefallen. Viel eher habe ich das Gefühl, dass ich aus dem verdammten Himmel auf den Asphalt geknallt bin und jeder Knochen in meinem Körper gebrochen ist.«

»Mein Herz hat wegen dir wieder angefangen, zu schlagen. Und jetzt schreit es einfach nur nach dir.« Die Zartheit ihrer Haut unter meinen Fingern, die Wärme, die von ihr ausging, und die zarte Vibration ihres Zitterns ließen mich jede Vorsicht vergessen. Alles, was zählte, war dieser Moment, diese unmittelbare Nähe zu ihr, die eine Sehnsucht in mir entfachte, die ich kaum zu kontrollieren vermochte. Sie war wunderschön in ihrer Verletzlichkeit, atemberaubend in ihrer Stärke, und in diesem Augenblick der Nähe fühlte ich mich mehr mit ihr verbunden als je zuvor.

»Was ist mit deiner Frau?«

Ich neigte mich vor und legte meine Stirn sanft gegen Maries. »Du bringst meine beste Seite zum Vorschein.« Beinahe berührte ich ihre Lippen. »Du tust das«, murmelte ich und streifte sie hauchzart. »Du bist mein Herz.«

Marie reagierte, indem sie ihre Hand auf meine Brust legte. Ihre Berührung war leicht, aber voller Bedeutung, eine Geste, die gleichzeitig Trost und Verbindung ausdrückte. Ihre Handfläche gegen mein Herz zu spüren, ließ mich ihre Präsenz noch intensiver wahrnehmen, als wären wir durch diese sanfte Berührung noch enger miteinander verbunden. »Liebst du sie?«

»Ich liebe dich.« Wir standen uns so nahe, dass ich jeden Atemzug von ihr spüren konnte, eine sanfte Brise, die die wenigen Zentimeter zwischen uns zu überbrücken schien. Unsere Lippen waren nur einen Hauch voneinander entfernt, und doch zögerten wir beide, den letzten Schritt zu tun, diesen letzten Abstand zu überwinden.

»Das war nicht meine Frage.«

»Fuck … Ich drehe durch, wenn ich dich mit Spreyer sehe. Ich halte das nicht aus. Mein Herz zerspringt in tausend Teile.« Ich ballte die Hand zur Faust.

»Dann weißt du ja, wie ich mich fühle, wenn du deine Frau ansiehst.«

Wir gingen nicht den letzten Schritt, nicht aus Furcht oder Unsicherheit, sondern weil dieser Moment der Nähe, so wie er war, vollkommen erschien. Es war ein stillschweigendes Einverständnis zwischen uns, dass die Schönheit dieses Augenblicks in seiner Unvollständigkeit lag, in der reinen Präsenz des anderen. »Das mit Meggy ist kompliziert.«

»Nein, eigentlich ist es ganz einfach. Sie ist nett. Sie ist so nett, dass es mir von Herzen leidtut, dass du sie bescheißt. Das tut mir so weh … Denn sie ist nett zu mir.« Marie sprach hastig, als hätten die Worte sich über Wochen angesammelt.

»Sie ist kein schlechter Mensch.« Ich genoss Maries Nähe mit jeder Faser meines Seins, nahm die Wärme ihrer Haut, den sanften Rhythmus ihres Atems und die zarte Berührung ihrer Hand auf meiner Brust in mich auf.

Plötzlich fühlte ich, wie Marie mich mit einer entschiedenen Bewegung von sich stieß. Die unerwartete Distanzierung riss mich aus dem tranceartigen Zustand der Verbundenheit und ließ mich verwirrt und aus dem Gleichgewicht gebracht zurück. Ihr Ausdruck war eine Mischung aus Zögern und einer Entschlossenheit, die ich nicht sofort einordnen konnte. »Aber du bist es.«

»Ich versuche auch nur, das Beste für alle zu tun.« Meine Neffen standen an erster Stelle, aber es zerriss mich, das Versprechen an meine Schwester zu halten und an Meggys Seite zu bleiben. Selbst meinen Schwager, diesen Säufer, versuchte ich unter Kontrolle zu halten. Alles funktionierte nur, weil sich keiner einen Millimeter in diesem Porzellankonstrukt bewegte. Schließlich wussten wir, dass bei einer falschen Bewegung alles brechen könnte.

»Du tust das Beste für dich.«

»Ich leide wie ein verfluchter Hund, Marie. Denkst du, das ist es, was ich will? Das ist genau der Grund, warum ich niemanden an mich heranlassen wollte.«

»Ich kann das nicht mehr.« Bevor ich reagieren konnte, durchbrach der schrille Ton ihres Piepers die Stille des Raumes. Dieses verdammte Gerät, das so oft als unausweichliche Erinnerung an unsere Pflichten und Verantwortungen diente, hatte sich erneut als Störenfried erwiesen, genau in einem Moment, der so zart und voller unausgesprochener Worte war.

Trotz der abrupten Unterbrechung und Maries Versuch, sich von mir zu lösen, hielt ich sie noch einen kurzen Moment zurück. Es war ein reflexartiges Festhalten, getrieben von dem Wunsch, diesen flüchtigen Moment der Nähe nicht so schnell enden zu lassen, von der Sehnsucht, noch etwas von der Verbindung festzuhalten, die zwischen uns entstanden war. »Du bedeutest mir zu viel, um dich einfach loszulassen.«

»Ich muss auf Station. Es gibt bestimmt wieder ein Problem bei Mila Berger. Sie hatte hohe Entzündungswerte.«

»Ruf mich an, wenn du etwas brauchst«, sagte ich und letztendlich musste ich sie gehen lassen.

Kapitel 48

Marie

Meggy und ich hatten Seite an Seite gearbeitet, um das Leben eines kleinen Jungen zu retten, dessen Zustand prekär blieb. Trotz unserer Bemühungen und der fortgeschrittenen medizinischen Techniken, die wir eingesetzt hatten, war die Prognose düster. Die Wahrscheinlichkeit, dass er die kommenden Tage nicht überstehen würde, lag schwer in der Luft und drückte auf unsere Schultern wie eine unsichtbare, doch erdrückende Last.

Ich zog mich zurück, ging zu den Waschbecken in der Ecke des Raumes. Während das Wasser über meine Hände floss, spürte ich, wie mir Tränen in die Augen stiegen. Kinderoperationen waren nie mein Ding gewesen, zu groß war die emotionale Last, die mit jedem Eingriff einherging. Das Wissen, dass ein junges Leben, so voller Potenzial, auf Messers Schneide stand, war eine Bürde, die schwer zu tragen war.

Die Kälte des Wassers auf meiner Haut war ein schwacher Versuch, mich zu erden, mich an die Realität zu erinnern, dass wir als Chirurgen unser Bestes gegeben hatten. Doch das Wissen um die Statistiken, um die nüchternen Zahlen, die in diesem Fall gegen uns standen, ließ sich nicht so einfach abschütteln.

Ich starrte auf das Wasser, sah, wie es in den Abfluss verschwand, und wünschte mir, ich könnte die Ungewissheit und den Schmerz ebenso leicht fortspülen. Aber die Realität von Kinderoperationen, die Zerbrechlichkeit ihrer kleinen Patienten, war eine stete Erinnerung daran, dass einige Dinge außerhalb unserer Kontrolle lagen, egal wie sehr wir uns bemühten.

Ich bemerkte Meggys Anwesenheit erst, als sie nur wenige Schritte entfernt stand. Trotz der Tränen, die meine Sicht verschleierten, erkannte ich die sanfte Besorgnis in ihren Augen, ein Ausdruck, der so charakteristisch für sie war, wenn sie mit Leid konfrontiert wurde. »Hey, du warst so plötzlich weg.«

»Ich brauchte einen Moment für mich.«

»Oh, okay.« Sie war gerade dabei, sich umzudrehen, als ich das Wort wieder ergriff.

»Wie machst du das?« Ich fühlte mich völlig ausgeliefert in diesem Moment, überwältigt von der Trauer um den kleinen Jungen, dessen Leben in der Schwebe hing. Meine Tränen flossen ungehindert, ein Zeichen meiner menschlichen Zerbrechlichkeit, das ich so selten zuließ. »Wie verdaust du das, wenn du weißt, dass die Wahrscheinlichkeit, dass sie sterben, höher ist als die, dass sie leben?«

»Du musst dir einen sicheren Ort schaffen, an den du gehen kannst, wenn genau das eintritt. Ein Ort, an dem du einfach nicht mehr darüber nachdenken musst, dass die Welt verdammt unfair ist.«

»Dieser Junge ist so klein und er muss so sehr leiden.« Die Tränen strömten über meine Wangen.

Meggy zögerte keinen Moment, um für mich da zu sein. Sie schloss mich in ihre Arme. »Ohne uns wäre er jetzt tot. Das sind die Dinge, die du dir vor Augen halten musst.«

»Tut mir leid, ich will gar nicht heulen.« Jede Faser meines Seins schrie auf unter der Last dieses Wissens. Wie konnte ich ihren Trost annehmen, wenn ich der Grund für einen zukünftigen Schmerz war, der ihr vielleicht noch bevorstand? Wie konnte ich ihre Nähe suchen, wenn ich sie in einem so grundlegenden Aspekt ihres Lebens betrogen hatte?

»Alles gut. So geht es uns allen mal.« Der Konflikt in mir wuchs mit jeder Sekunde, die sie mich hielt. Ihre Güte, ihre selbstlose Art, mich zu trösten, obwohl sie selbst in der gleichen belastenden Situation gefangen war, machte das Gewicht meiner Schuld nur noch schwerer. Die Ironie der Situation, dass sie, die von meinem Verrat nichts ahnte, diejenige war, die mir in meiner Verzweiflung beistand, war fast unerträglich. »Was machst du, wenn du gleich nach Hause gehst?«

»Vermutlich schlafen.« Ich löste mich aus der Umarmung und wischte die Tränen von meinen Wangen.

»Das ist kein guter Plan. Dann denkst du die ganze Zeit nach und wirst die Nerven verlieren. Lass uns noch etwas trinken gehen.«

»Lieber nicht.« Das Wissen um meine Affäre mit ihrem Mann hing wie ein dunkler Schleier über diesem Moment der Nähe, ließ mich zögern und füllte mich mit Unbehagen bei dem Gedanken, mit Henrys Frau eine Verbindung zu pflegen.

Ihre Güte jedoch, die Art, wie sie ohne Zögern für mich da war, obwohl ich eine Fremde für sie war, machte es zunehmend schwerer, mich ihrem warmen, mitfühlenden Wesen zu entziehen. Meggy strahlte eine Art natürlicher Empathie und Wärme aus, die selbst das härteste Herz erweichen konnte. Ihre aufrichtige Sorge und ihr Wunsch, Beistand zu leisten, selbst inmitten ihrer eigenen Belastungen, wirkten wie ein Balsam auf meine aufgewühlte Seele.

»Ich lasse kein Nein gelten. Komm, wir gehen zusammen«, meinte sie und deutete auf die Umkleidekabine.

Ich nickte und folgte ihr.

Wir zogen uns um und steuerten die Bar an, die gegenüber vom Krankenhaus war. In der warmen, einladenden Atmosphäre angekommen, machten wir es uns an einem abgelegenen Tisch bequem, umgeben von dem sanften Murmeln anderer Gäste und dem gedämpften Klirren von Gläsern. Die Bestellung unserer Getränke erfolgte fast routinemäßig, ein einfacher Austausch mit dem Barkeeper, der uns einen Moment der Ablenkung und des Innehaltens verschaffte.

Während wir auf unsere Getränke warteten, ließ ich meinen Blick über Meggy schweifen und konnte nicht umhin, ihre Schönheit zu bewundern. Das Licht ließ ihr Haar in einem rötlichen Schimmer erstrahlen.

Ihre Schönheit in diesem Licht, so unbeschwert und fern von den Schatten unserer beruflichen Verstrickungen, erinnerte mich daran, dass hinter den Rollen, die wir im Alltag spielten, echte Menschen mit eigenen Geschichten, Hoffnungen und Träumen standen. Meggy, in diesem Moment einfach eine Frau, die ihr Getränk genoss, war so viel mehr als die Summe der Beziehungen und Konflikte, die uns verbanden. »Kommst du aus München?«, fragte ich schließlich.

Sie nickte. »Ich bin hier aufgewachsen und war nur das letzte Jahr über in Berlin.«

»Was hast du da gemacht?« Obwohl ich mir fest vorgenommen hatte, die Grenzen des Respekts und der Privatsphäre nicht zu überschreiten, fand ich mich in einem inneren Kampf wieder, der von einer wachsenden Neugier genährt wurde. Ein Teil von mir wollte nichts lieber, als in meiner eigenen Welt zu bleiben, unberührt von den möglicherweise verworrenen oder schmerzhaften Realitäten eines anderen Lebens. Doch trotz dieser Vorsätze konnte ich nicht anders, als von einem unwiderstehlichen Drang getrieben zu werden, mehr zu erfahren, tiefer zu blicken.

»Mein Schwager ist mit den Kindern dorthin gezogen und brauchte ein wenig Hilfe. Deswegen habe ich ihn unterstützt.«

»Du bist also Tante?« Noch so ein Detail, das Henry wohl vergessen hatte, zu erwähnen.

»Von zwei Jungs. Die beiden sind wirklich niedlich.« Diese Neugier war nicht von der Art, die sich in Klatsch und Tratsch ergötzt; sie war tiefer, getrieben von einem echten, wenn auch unerwünschten Bedürfnis zu verstehen, zu verbinden, vielleicht sogar zu helfen. »Henrys Schwester war meine beste Freundin.«

»War?« Ich stutzte.

»Sie ist vor vier Jahren gestorben.«

»Oh, das tut mir schrecklich leid. War sie krank?« Ich ertappte mich dabei, wie ich auf kleine Hinweise achtete, auf die Art, wie ihr Lächeln manchmal einen Hauch von Melancholie zu tragen schien, wie ihre Augen gelegentlich in die Ferne abschweiften, als würden sie Szenen betrachten, die nur ihr bekannt waren.

»Gewissermaßen«, erwiderte sie zögerlich. »Sie hat auch im Krankenhaus gearbeitet und es gab einen Zwischenfall, der sie zerstört hat.« Sie setzte das Glas an ihren Lippen an und hörte erst nach einigen Schlucken wieder auf zu trinken. »Sie hat sich umgebracht und wenn ich ehrlich bin, dann sind wir nie wirklich darüber hinweggekommen. Leah hat eine gigantische Lücke hinterlassen.«

Ich wollte nachfragen, aber ich traute mich nicht. Ein Teil von mir wollte es wirklich wissen. Doch ich senkte den Blick. Es tat mir leid, dass es scheinbar so ein wunder Punkt war, dass niemand darüber sprach.

»Hat Henry das nicht erzählt?«

Dann schaute ich auf. »Wieso sollte er?«

Wie lange könnte ich das Theater, dass wir nur Kollegen waren, wohl noch aufrechterhalten?

Der Zwiespalt in mir wuchs mit jedem Moment, den ich in ihrer Nähe verbrachte. Einerseits wollte ich mich zurückhalten, den ungeschriebenen Kodex der Diskretion wahren, der uns lehrt, nicht zu tief in das Leben anderer einzudringen. Andererseits war da diese menschliche Neigung, zu verstehen, zu verbinden, die Puzzleteile zusammenzufügen, die uns präsentiert werden, oft ohne unsere Zustimmung.

Gequält lächelte sie mich an. »Du schläfst doch mit ihm, oder?«

Es war ein flüchtiger Moment, in dem sich unsere Blicke trafen, doch in diesem kurzen Austausch lag eine Tiefe, die Worte nicht zu fassen vermochten. Ihre Augen spiegelten plötzlich ein Wissen wider, das mich bis ins Mark erschütterte. Es war, als hätte sich ein Schleier gelüftet, und plötzlich stand die ungeschminkte Wahrheit zwischen uns: Sie wusste es.

Das Gewicht dieser Erkenntnis drückte auf mich, ein schier unerträglicher Druck, der mir den Atem raubte. Die Tatsache, dass sie von meiner Affäre mit ihrem Mann wusste, füllte mich mit einer Scham und einem Bedauern, das schwer in der Luft hing. Ihr Schweigen darüber, die Art und Weise, wie sie es für sich behielt, machte es nur noch schlimmer. »Du hast es nicht verraten, denn dir habe ich es nicht angemerkt, aber ihm. Er kann keine Sekunde wegschauen, wenn er in deiner Nähe ist.«

»Es tut mir furchtbar leid ... Ich... Ich wusste nicht, dass er eine Frau hat.« Ich stotterte herum, wusste plötzlich nicht mehr, wie ich es sagen sollte.

»Es ist kompliziert.« Ihr Zeigefinger glitt immer wieder über den walnussgroßen Diamanten an ihrem Ring. »Aber wir sind verheiratet. Wir ziehen unsere Neffen gemeinsam auf, also werden wir immer verbunden sein.«

»Meggy, es...« Es gab keine richtigen Worte, um es zu begründen. Mein Herz schmerzte bei dem Gedanken an den Schmerz, den ich ihr zugefügt hatte, an das Vertrauen, das ich so fahrlässig missachtet hatte. Es tat mir unglaublich leid, und dieser Schmerz war umso intensiver, weil ich wusste, dass keine Entschuldigung der Welt ausreichen würde, um das Geschehene ungeschehen zu machen. Die Einsicht in das Leid, das ich verursacht hatte, und die Hilflosigkeit, es nicht rückgängig machen zu können, ließen mich mit einem Gefühl der Ohnmacht zurück.

»Du kannst nichts dafür. Ich gebe dir nicht die Schuld daran. Vielleicht waren es einfach die Umstände.« Unsicher rollte sie die Lippen übereinander. »Wie lange lief das?«

»Nur ein paar Wochen.«

»Warst du in unserem Haus?«

Ich schüttelte den Kopf. »Niemals.«

»Okay ...« Die Tränen glitzerten in ihren Augen. »War es nur Sex oder hat es eine Bedeutung?«

Ich wollte etwas sagen, irgendeine Form von Entschuldigung aussprechen, doch die Worte schienen bedeutungslos angesichts der Größe meines Fehlers. Alles, was ich tun konnte, war, ihr in die Augen zu sehen, meine eigene Reue und mein Bedauern so offen wie möglich zu zeigen, in der Hoffnung, dass sie in meinem Blick einen Funken der aufrichtigen Reue erkennen konnte, die ich fühlte. »Henry ist sehr attraktiv.«

»Ist es eine Schwärmerei?«

»Das ist nicht mehr wichtig, denn es ist beendet. Ich hätte mich niemals darauf eingelassen, wenn ich gewusst hätte, dass er verheiratet ist.« Ich fühlte mich nackt, bloßgestellt unter dem Gewicht meines eigenen Fehlverhaltens, und jeder Atemzug schien mir schwerer zu fallen.

Die Scham brannte in mir, ein unaufhörliches Feuer, das jede Faser meines Seins zu verzehren drohte. Es war mehr als bloßes Bedauern über eine falsche Entscheidung; es war die quälende Erkenntnis, dass ich das Vertrauen und die Würde eines anderen Menschen so tief verletzt hatte. Ich hatte Meggy, eine Frau, die nichts als Freundlichkeit und Verständnis gezeigt hatte, in einer Weise betrogen, die unfassbar und unentschuldbar war.

»Danke für deine Ehrlichkeit.« Sie setzte ihr Glas an den Lippen an und exte es. Mein Blick senkte sich, unfähig, den ihren zu halten, unfähig, der Wahrheit ins Auge zu sehen, die sich in ihren Augen spiegelte. Ich fühlte mich zerrissen zwischen dem Wunsch, zu fliehen, und der Notwendigkeit, der Situation ins Auge zu sehen, der ich selbst den Weg bereitet hatte. Die Worte, die ich sagen wollte, die Entschuldigungen, die ich aussprechen wollte, blieben in meiner Kehle stecken, erstickt von der Last der Schande, die ich trug. »Wir sehen uns Morgen. Frühstücke und trink ausreichend. Es wird ein langer Tag.«

Irritiert musterte ich sie. »Darf ich noch dabei sein?«

»Ich mische Privates und Berufliches nicht.« Die Scham ließ mich innerlich schrumpfen, ließ mich wünschen, ich könnte mich unsichtbar machen, könnte die Zeit zurückdrehen und die Entscheidungen ungeschehen machen, die mich hierher geführt hatten. »Ich bin nicht Henry«, flüsterte sie und zog ihren Mantel an.

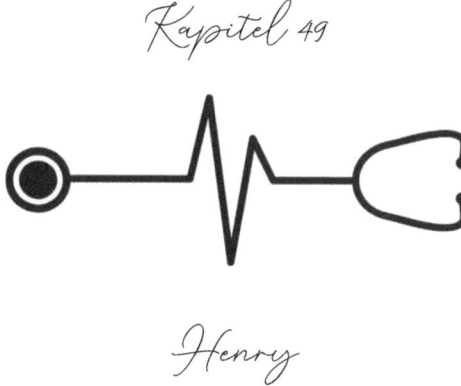

Kapitel 49

Henry

Umgeben von der Stille, die nur durch das Ticken der Wanduhr und das gelegentliche Rascheln der Seiten unterbrochen wurde, während ich mich in den Fachartikel vertiefte. Die Worte flossen von meinen Fingern, geformt durch Gedanken, die sich über Tage und Wochen gesammelt hatten, nun bereit, ihren Weg auf das Papier zu finden.

Marvin und Louis hatten sich bereits in das Land der Träume verabschiedet. Ihre ruhigen Atemzüge drangen durch das Babyphone zu mir. Ich hörte das vertraute Geräusch der Tür, gefolgt von dem Klang ihres Mantels, der sich von ihren Schultern löste und seinen Weg auf die Garderobe fand. Ihre Bewegungen waren bedacht und, fast als wollte sie die friedvolle Stimmung, die sich über den Raum gelegt hatte, nicht stören.

»Du hast heute aber lange gearbeitet. War die OP so langwierig?« Ich klappte den Laptop zu.

»Ich war in der Bar.« Als sie den Mantel aufhängte, spürte ich, wie ihr Blick kurz über den Raum glitt, über mich, der ich so vertieft in meiner Arbeit war. »Mit Marie«, fügte sie hinzu.

Ich stutzte. »Wieso gehst du mit Marie aus?«

»Ich wollte verstehen, was du in ihr siehst.«

Mein Herz rutschte gefühlte Kilometer nach unten.

Warum zur Hölle verbrachten die beiden Zeit zusammen?

Was sollte das?

»Was soll das bedeuten?«

»Du hast sie gefickt.«

Mein Körper wurde starr. Es fühlte sich wie ein Rausch an, der durch meinen Körper zog und alles vereinnahmte, was mich ansatzweise am Leben hielt. Alles wurde still.

»Und wahrscheinlich hättest du weitergemacht, wenn sie nicht so viel Moral besitzen würde.« Als ich Meggys Gesicht sah, den festen Zug um ihren Mund, die blitzenden Augen, die eine Mischung aus Entschlossenheit und Wut verrieten, spürte ich, wie sich ein Knoten in meinem Magen bildete. Die Wut in ihrem Blick war unmissverständlich, ein stummer Vorwurf, der so viel mehr sagte, als Worte es je könnten.

»Du hast mir in meinem Büro selbst gesagt, dass ich mir jemanden suchen soll. Und das war nicht das erste Mal, dass du es mir gesagt hast.«

»Ich war wütend«, schrie sie und revidierte alles, was sie jemals zu mir gesagt hatte. »Das war doch niemals das, was ich wollte.« Und dann waren da die Tränen in ihren Augen, die sie krampfhaft zurückzuhalten versuchte. Sie verrieten die Verletzlichkeit, die sich hinter der Fassade der Stärke verbarg, einen Schmerz, der tief saß und nun, angestachelt durch die aktuellen Ereignisse, an die Oberfläche drängte. »Fuck … Wie kannst du denken, dass ich möchte, dass du eine andere Frau anfasst?« Es war ein Anblick, der mir das Herz brach, die Erkenntnis, dass meine eigenen Wirrungen und Konflikte nun auch sie erreicht hatten, sie in einen Strudel der Emotionen zogen, der ursprünglich nur mich hätte erfassen sollen.

»Beruhige dich. Die Kinder schlafen.« Beschwichtigend hob ich die Hände.

»Ist mir egal, Henry. Es ist mir vollkommen egal, ob sie wach werden oder ob du dich schlecht fühlst. Wobei … Kennst du ein schlechtes Gewissen überhaupt?« Sie rieb sich über die Stirn. »Du hast mir sogar von ihr erzählt. Du hast gesagt, wie besonders sie ist und ich Idiotin habe dachte, dass es nur um ihre ärztlichen Fähigkeiten geht.«

Ich erhob mich vom Stuhl. »Ich hatte eine Affäre – und jetzt?«

Als Meggy ihre Hand hob und mir eine Ohrfeige verpasste, spürte ich mehr als den physischen Schmerz auf meiner Wange. Der scharfe Klang des Aufpralls hallte in der Stille nach, ein abruptes Crescendo in der bisher unausgesprochenen Symphonie unserer Auseinandersetzung. »Ich hasse dich so unsagbar dafür.«

»Du hattest den Freifahrtschein lange vor mir.« Ich nahm den Schlag hin, regungslos, mit einer Resignation, die tiefer ging als bloße Akzeptanz. Ihr Schmerz, ihre Verletzung hatten sich in diesem Akt der Verzweiflung Bahn gebrochen, und obwohl jede Faser in mir sich dagegen sträubte, wusste ich, dass ich es hinnehmen musste.

»Aber ich habe ihn nicht genutzt«, brüllte sie und ballte die Hände zur Faust. »Ich habe immer nur versucht, alles zusammenzuhalten. Alles, was für mich gezählt hat, war das verdammte Versprechen an deine Schwester.« Meggy stand vor mir, ihre Augen funkelten vor Zorn, und mit jeder Sekunde schien sie mehr von sich selbst zu vergessen, getrieben von der Wut und dem Schmerz, die sich in ihr angestaut hatten. Ihr sonst so beherrschtes Auftreten war einer ungezügelten, rohen Emotionalität gewichen, die sich in einem gewaltigen Ausbruch Bahn brach. »Und was machst du? Du arbeitest weiterhin mit dem Mann zusammen, der für alles verantwortlich ist.«

»Halt den Mund, Meggy. Wag es nicht, alles wieder an die Oberfläche zu holen.« Mit jeder Sekunde, in der Meggys Vorwürfe intensiver wurden, spürte ich, wie der Druck in mir anstieg, eine brodelnde Mischung aus Frustration, Schuld und der verzweifelten Sehnsucht, die Situation zu entschärfen. Ich kämpfte darum, meine Fassung zu bewahren, um nicht jene Kontrolle zu verlieren, die mir in solchen Momenten Halt bot. Doch ihre Worte trafen mich immer wieder aufs Neue, zerrten an den dünnen Fäden meiner Selbstbeherrschung.

»Vielleicht musst du es hören, um dich wieder daran zu erinnern, was er mit Leah gemacht hat. Vielleicht musst du hören, wie er sie auf dieser Feier in sein Büro gezerrt hat, wie er sie immer wieder vergewaltigt hat und irgendwann angefangen hat, sie zu betäuben, damit sie sich nicht mehr gewehrt hat.« Sie brüllte, ihre Stimme hallte durch den Raum, durchdrungen von einer Intensität, die mich bis ins Mark erschütterte.

Jedes ihrer Worte war wie ein gezielter Schlag, der darauf abzielte, mich dort zu treffen, wo es am meisten weh tat. Mit einer Präzision, die nur jemand besitzen konnte, der mich durch und durch kannte, griff sie meine wundesten Punkte an, entblößte sie vor meinen Augen und machte sie zur Zielscheibe ihrer verbalen Angriffe.

»Sei still.« Sie provozierte weiter, als könnte sie nicht anders, als könnte der Schmerz in ihr keine andere Form finden als die der Anklage.

»Ich werde nicht still sein.« Drohend funkelte sie mich an. »Ich weiß nämlich noch genau, wie sie mir in die Arme gelaufen ist. Bei dir hat sie vielleicht geweint, aber ich habe die Spuren von ihrem Körper gewaschen. Ich habe *seine* Spuren von ihr gewaschen, als sie sich keinen Millimeter bewegen konnte.« Die Vorwürfe, die sie aussprach, waren nicht willkürlich gewählt; sie waren das Ergebnis einer tiefen Verletzung, eines Gefühls des Verrats, das sie nun in einem Sturzbach der Emotionen freisetzte. Jedes Wort, das sie wählte, schien darauf ausgelegt zu sein, die Mauern, die ich um mich errichtet hatte, zum Einsturz zu bringen, mich zu entwaffnen und mich der nackten Wahrheit meiner Fehler und Schwächen zu stellen.

Meine Hände packten ihre Schultern fester, als ich beabsichtigt hatte, und ich schüttelte sie leicht, ein verzweifelter Versuch, sie zur Vernunft zu bringen, ihr zu zeigen, wie irrational und zerstörerisch dieser Ausbruch war. »Hör auf zu reden oder ich verliere die Nerven.«

»Ich habe ihre Hand gehalten, als sie festgestellt hat, dass sie schwanger ist und als sie zusammengebrochen ist, weil das so viel mehr war, als sie ertragen konnte.« Sie wusste genau, wo sie ansetzen musste, um mich zu treffen, und sie zögerte nicht, diese Kenntnis zu nutzen. Ihre Worte waren ein Spiegel der Verzweiflung und des verletzten Vertrauens, das sie empfand. »Ich war das. Nicht du. Ich halte alles zusammen, während du dich einfach nur wie ein Arschloch verhältst.«

Fast sofort stieß sie mich von sich. Die Distanz zwischen uns war unüberbrückbar. Die Luft zwischen uns war erfüllt von den

Scherben unserer einstigen Nähe, und jeder weitere Moment, den ich in ihrer Nähe verbrachte, drohte mich dazu zu bringen, eine Grenze zu überschreiten, von der es kein Zurück mehr gab.

Ich hörte das scharfe Klingen von Glas, das durch die Luft schnitt. Instinktiv drehte ich mich um, gerade rechtzeitig, um zu sehen, wie ein Glas in meine Richtung flog. Ich wich gerade noch aus, doch das Glas zerschellte an der Wand hinter mir, Splitter flogen umher wie glitzernde Tränen eines unausgesprochenen Schmerzes. »Du arbeitest mit dem Mann im gleichen OP-Trakt, siehst ihn in den Pausen und schüttelst ihm die Hand, obwohl du genau weißt, dass er deine Schwester mit seiner abscheulichen Art in den Selbstmord getrieben hat.«

Meggy stand da, ihre Brust hob und senkte sich im schnellen Rhythmus ihres aufgewühlten Atems. Die Energie ihres Zorns schien sich mit jedem Wort, das sie aussprach, zu verstärken. Sie redete sich in eine Rage, in der jedes Wort, jede Anschuldigung schärfer war als das vorherige. »Er hat sie getötet, aber du rächst sie nicht. Du ziehst den Schwanz ein und fickst lieber diese kleine Assistenzärztin, anstatt dich auf die Familie zu konzentrieren.«

Und es gelang ihr. Jedes ihrer Worte traf mich mit einer Präzision, die nur jemand erreichen konnte, der einen so gut kannte, der wusste, wo die Risse im Panzer lagen. Ihre Worte waren wie Pfeile, die mit einer tödlichen Zielgenauigkeit abgeschossen wurden, und jeder traf genau dort, wo es am meisten wehtat. Der Schmerz, den sie verursachte, war nicht körperlicher Natur, aber er war umso zerstörerischer. Er riss alte Wunden auf, legte vergrabene Ängste und Unsicherheiten bloß und hinterließ eine Spur der Verwüstung in meiner Seele. »Leah würde dir vor die Füße kotzen, wenn sie das sehen müsste.«

Ich hatte die Polizei kontaktiert, hatte meine Bedenken und Beobachtungen geteilt, in der Hoffnung, dass sie etwas finden würden, das ausreichen würde, um ihn zu überführen. Die Ermittlungen wurden aufgenommen, eine Tatsache, die mir zunächst einen Funken Hoffnung gab.

Die Ermittler hatten seine Vergangenheit durchleuchtet, waren jedem Hinweis nachgegangen, den ich ihnen geben konnte, und hatten sogar versucht, Muster in seinem Verhalten zu erkennen, die auf eine Schuld hindeuten könnten. Doch trotz ihrer Bemühungen und meiner unerschütterlichen Überzeugung, dass Christian zur Verantwortung gezogen werden musste, fanden sie nichts, was einer rechtlichen Überprüfung standhalten würde.

Die Gespräche mit den Ermittlern wurden zunehmend frustrierender. Jedes Mal, wenn ich dachte, wir kämen einem Durchbruch näher, stellte sich heraus, dass die vermeintlichen Beweise nicht ausreichten, dass Zeugenaussagen zu vage waren oder Alibis seine Anwesenheit an anderen Orten bestätigten.

Das Gefühl der Machtlosigkeit, das sich in mir breitmachte, war erdrückend. Zu sehen, wie jemand, dem ich tiefes Unrecht und Schmerz zuschrieb, frei herumlief, ohne Konsequenzen für seine Taten fürchten zu müssen, war eine bittere Pille, die ich schlucken musste. Letztendlich musste ich akzeptieren, dass, zumindest vorerst, Christian der gerechten Strafe entkommen war. »Du weißt genau, dass ich alles versucht habe, um ihn dranzukriegen.«

»Er macht einfach weiter.« Ihr Zorn, ihre Verletzung, hatte eine Sprache gefunden, die tief in mein Herz schnitt, und ich stand da, unfähig zu reagieren, gelähmt von der Intensität der Gefühle, die zwischen uns tobten. »Er darf immer noch mit Assistenzärztinnen arbeiten, obwohl es längst ein offenes Geheimnis ist, dass er sie missbraucht.«

»Ich kann nichts dagegen tun, Meggy«, schrie ich und konnte nicht anders, als es zu tun. Es war egal, ob die Kinder aufwachen würden oder uns hörten. Wir mussten das klären, und zwar jetzt.

»Nein, du bist viel zu beschäftigt damit, deinen Schwanz in Marie zu versenken.«

»Was genau ist dein Problem?« Mit jedem Schritt, den ich auf sie zuging, wuchs die Entschlossenheit in mir, dieser endlosen Spirale der Verletzungen ein Ende zu setzen. Die Luft zwischen uns schien zu vibrieren, erfüllt von der aufgeladenen Energie der unausgesprochenen Worte und der schweren Last der vergangenen Konflikte. Als ich schließlich vor ihr stand, baute ich mich bedrohlich auf. »Oder willst du mir einfach nur wehtun, indem du meine Schwester ins Spiel bringst?«

In ihren Augen glitzerten die Tränen. »Vielleicht soll es dir einfach nur so wehtun wie mir.«

»Wir haben gesagt, dass wir wegen den Kindern zusammenbleiben und ansonsten alle Freiheiten haben.«

»Aber ich will das nicht.« Meine Augen fixierten die ihren, und ich spürte, wie die Intensität meines Blickes den Raum zwischen uns mit einer fast greifbaren Spannung erfüllte. »Ich will nicht alles geben, um am Ende nichts zu haben.«

»Du hast zwei Kinder, so wie du es immer wolltest, ein Haus und einen Mann. Deine Karriere läuft super. Du könntest eine sehr glückliche Frau sein«, sagte ich, meine Stimme fest und durchdringend, jede Silbe ein klarer, unmissverständlicher Ausdruck meiner Forderung.

»Fick dich, Henry.« Mit schnellen Schritten ging sie durch das Wohnzimmer. »Wenn du in diesem Vakuum leben könntest, dann hättest du sie niemals vögeln müssen.«

»Sie hat mich glücklich gemacht.« Mein Herz schlug schnell in meiner Brust, ein steter Rhythmus, der die Ernsthaftigkeit meiner Worte unterstrich. Doch die Entschlossenheit, ein Ende der Verletzungen zu fordern, gab mir die Kraft, standhaft zu bleiben, trotz der Ungewissheit, die dieser Konfrontation folgen würde. Sie schluchzte einmal auf, ehe sie ins Badezimmer ging und mich zurückließ.

Kapitel 50

Marie

Unter dem gleißenden Licht des Operationssaals fand ich mich wieder, umgeben von der Medizintechnik und dem Summen der Geräte, die Leben überwachten und erhielten. Ich war hier, um Meggy und Henry zu assistieren und ehrlich: Ich konnte mir nichts Schlimmeres vorstellen.

An diesem Tag stand uns eine Herausforderung bevor, die alles andere in den Schatten stellte: eine Operation bei einem Kind mit Hypoplastischem Linksherz-Syndrom. Dieser Zustand, bei dem die linke Seite des Herzens unterentwickelt ist, erforderte nicht nur chirurgische Präzision, sondern auch ein tiefes Verständnis für das fragile Leben, das wir in unseren Händen hielten.

Die Vorbereitungen waren umfangreich. Das Kind vor uns war in ein Meer aus sterilen Tüchern gehüllt, die nur den nackten Brustkorb freiließen, der so verletzlich unter den hellen OP-

Lampen wirkte. Henry machte den ersten Schnitt. Seine Hand führte das Skalpell mit einer Ruhe und Präzision, die in krassem Gegensatz zu der komplexen Emotionalität stand, die ich von ihm kannte.

Ich hatte nicht den Hauch einer Ahnung, warum ausgerechnet ich hier war. Als das Brustbein geöffnet wurde, offenbarte sich uns das winzige Herz, pulsierend und doch so unvollständig. Meggy übernahm, ihre Augen konzentriert hinter der Schutzbrille.

»Du machst das sehr gut«, raunte Henry und warf ihr einen Blick zu, den ich nicht deuten konnte.

Sie sog die Luft scharf ein. »Was hast du erwartet, Henry? Dass ich einen Job ausführe, der mir nicht liegt?« Die Schaffung eines neuen Weges für das Blut, um die unterentwickelte linke Kammer zu umgehen. Ihre Hände bewegten sich mit einer Anmut und Sicherheit, die nur jahrelange Erfahrung und Hingabe mit sich bringen.

»Ich meine ja nur. Wir haben lange nicht mehr gemeinsam operiert.«

»Mhm … Das letzte Mal wohl, als ich deine Assistenzärztin war.« Ihre Worte hatten einen seltsamen Unterton. »Komischer Zufall. Findest du nicht, Schatz?«

Ich reichte ihr Instrumente, meine eigenen Hände zitterten leicht unter der Last der Verantwortung. Jedes Skalpell, jede Klemme, die ich ihr übergab, fühlte sich an wie ein Schlüssel zu einem neuen Leben für das Kind, das so tapfer gegen seinen angeborenen Defekt ankämpfte.

»Meggy hat angefangen, hier zu arbeiten, als ich Oberarzt geworden war.« Sein Blick schweifte zu mir.

»Interessant«, log ich, denn ich hatte nicht den Hauch einer Ahnung, wie ich mich in diesem Saal verhalten sollte.

Waren sie wegen mir so?

Hatten sie gestritten, nachdem wir in der Bar gewesen waren?

Mit jeder Klemme, jedem Faden, den ich Meggy reichte, war ich Teil eines Aktes, der an ein Wunder grenzte. »Danke, Marie. Du machst das wirklich gut.«

Unsere Hände waren die Boten zwischen Leben und Tod, zwischen dem, was war, und dem, was sein könnte. Meggy arbeitete mit einer Ruhe und Präzision, die jede meiner Bewegungen leitete und mir eine stille Sicherheit gab, dass wir auf dem richtigen Weg waren.

Die Anspannung in der Luft verdichtete sich, als wir uns dem kritischsten Teil der Operation näherten: dem Anlegen eines Shunts, der das Blut um das unterentwickelte linke Herz herumführen sollte. Dieser Schritt erforderte nicht nur technisches Können, sondern auch ein tiefes Verständnis für die einzigartigen Herausforderungen, die das hypoplastische Linksherz-Syndrom mit sich brachte.

Henry trat nun wieder in den Vordergrund, seine Hände führten die feinen Instrumente mit einer Anmut, die jede seiner Bewegungen in ein Kunstwerk verwandelte. Gemeinsam arbeiteten sie daran, den Blutfluss des kleinen Patienten umzuleiten.

Ich beobachtete, wie Meggy und Henry, jeder in seiner Rolle, doch vereint in ihrem Ziel, das fragile Herz bearbeiteten. Die Spannungen zwischen ihnen, die noch Stunden zuvor spürbar waren, schienen in diesem Moment bedeutungslos, verdrängt durch die gemeinsame Konzentration auf das Leben, das sie zu retten versuchten.

Als der Shunt sicher platziert und das Herz wieder zu schlagen begann, dieses Mal stärker und sicherer durch die neu geschaffene

Route, fühlte ich eine Welle der Erleichterung durch den Raum gehen.

In den letzten Schritten der Operation, als wir die Brust des Kindes wieder schlossen und die Naht setzten, war es nicht nur das Ende eines chirurgischen Eingriffs, sondern das Zeugnis einer tiefen menschlichen Anstrengung, die Grenzen des Möglichen zu erweitern. Die Stille, die folgte, als das letzte Instrument weggelegt wurde, war erfüllt von einem unausgesprochenen Gefühl des Stolzes und der Dankbarkeit – für die Wissenschaft, für die Kunst und für die menschliche Entschlossenheit, die uns hierhergeführt hatte.

Als wir uns schließlich voneinander abwandten, unsere Blicke noch immer geprägt von der Intensität der vergangenen Stunden, wusste ich, dass trotz aller persönlichen Unstimmigkeiten, die zwischen uns herrschten, wir in diesem Moment etwas Unbeschreibliches geteilt hatten. Etwas, das weit über uns selbst hinausging und uns auf eine Weise verband, die nur jene verstehen konnten, die gemeinsam am Rande des Unmöglichen gestanden hatten.

Jedes Mal, wenn ich ihn ansah, fühlte es sich an, als würde ein Kampf in meinem Inneren toben, ein Ringen zwischen Verlangen und Vernunft, zwischen dem, was mein Herz wollte, und dem, was mein Verstand mir zurief.

Ich erinnerte mich, zwang mich dazu, an die Schmerzen zu denken, die er mir zugefügt hatte, an die Enttäuschung und den Verrat, die wie offene Wunden in meiner Seele brannten. Jedes Lächeln, jede zufällige Berührung erweckte diese Erinnerungen zum Leben, ließ die Schatten der Vergangenheit über die Gegenwart fallen und mahnte mich, auf der Hut zu sein, mich nicht wieder in das Netz aus Lügen und halben Wahrheiten verstricken zu lassen.

Doch trotz aller Vernunft, trotz der festen Vorsätze, die ich mir immer wieder auferlegte, konnte ich nicht leugnen, dass mein Herz nach ihm verlangte. Immer, wenn ich ihn sah, wenn unsere Blicke sich trafen, war es, als würde ein Teil von mir zu ihm hingezogen, ungeachtet der Mauern, die ich um mein Herz errichtet hatte.

Diese innere Zerrissenheit, dieses Ringen zwischen Wunsch und Wirklichkeit, machte jeden Tag zu einer Herausforderung. Doch dann gab es Augenblicke, in denen die bloße Nähe zu ihm all diese Vorsätze zum Wanken brachte, als würde die bloße Existenz unserer gemeinsamen Vergangenheit jede rationale Überlegung auslöschen.

Ich kämpfte mit meiner Sehnsucht, wenn ich ihn ansah, und versuchte, das Gleichgewicht zwischen dem zu finden, was mein Herz wollte, und dem, was mein Verstand für richtig hielt. Doch trotz all meiner Anstrengungen, mich von ihm zu distanzieren, von den Gefühlen, die er in mir auslöste, blieb die unangenehme Wahrheit bestehen: Mein Herz wollte ihn, trotz allem, was geschehen war, und dieser Wunsch war stark genug.

Sein Blick schweifte zu Meggy, als er vom Tisch zurücktrat. »Essen wir zusammen?«

»Ich habe keinen Hunger.« Sie würdigte ihn keines Blickes.

Schnaubend wandte er sich ab. »Gut, dann eben nicht.«

Er stand noch einige Sekunden am Desinfektionsmittelspender, als die Krankenschwester, die ebenfalls assistiert hatte, dazu kam. »Professor von Stettenfels, es gibt ein Problem mit einer Transplantationspatientin.«

»Was ist los?«

»Mila Berger stößt das Herz ab. Sie ist auf dem Weg in den OP, damit sie an die Herzlungenmaschine kommt«, erklärte sie knapp.

Das hieß nichts Gutes. In den letzten Tagen hatte ich alles versucht, um das zu verhindern. Mein Herz rutschte gefühlte Kilometer nach unten. So schlecht, wie es ihr heute Morgen gegangen war, hatte ich schon irgendwie damit gerechnet, dass sie das Herz abstoßen würde, aber ein Teil von mir hatte gebetet, dass es nicht geschehen würde.

»Bereiten Sie alles vor. Ich mache mich steril«, herrschte er sie an. »Marie, du kommst mit mir.«

Die Luft im Operationssaal war immer noch erfüllt von der Anspannung der vergangenen Stunden, einer Mischung aus Adrenalin und dem Bewusstsein der Schwere unseres Berufs. Ich zog den Kittel mit einer routinierten Bewegung aus, ließ das Gewicht der Verantwortung hinter mir auf dem Boden fallen. Die Handschuhe folgten, ihre Oberfläche ein stummer Zeuge der Herausforderungen, denen wir uns gestellt hatten.

Dann ließ ich das kalte Desinfektionsmittel über meine Hände laufen. Als ich den Raum verließ, an Henrys Seite, der ebenso die Last des Eingriffs zu tragen schien, traf mein Blick auf Meggy. Ihr Ausdruck war schwer zu deuten, eine komplexe Mischung aus Sorge und einem undefinierbaren Funkeln, das vielleicht Respekt. Ihre Augen hielten nun eine Geschichte verborgen, die sich mir nicht ganz erschloss. »Du darfst jetzt nicht die Nerven verlieren.«

»Tue ich nicht. Es tut mir einfach nur leid für die Patientin.«

»Noch haben wir nicht verloren. Wir werden jetzt versuchen, das Herz zu retten.« Es lag eine Spannung zwischen uns, unausgesprochen und doch deutlich spürbar.

»Haben wir eine realistische Chance?«

Er schüttelte den Kopf. »Herz-Thorax-Chirurgie ist wie das Tänzeln am Abgrund. Du operierst immer in der Gewissheit, dass du fallen kannst.«

Kapitel 51

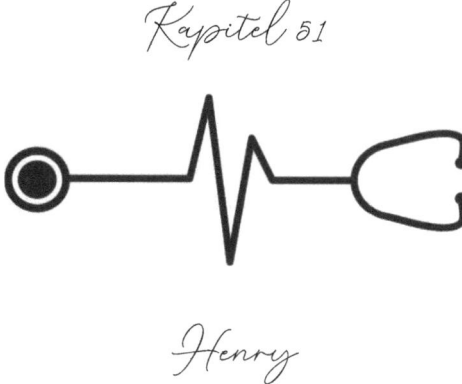

Henry

Die Stimmung im Operationssaal war von Anfang an geladen, durchtränkt von der Dringlichkeit und dem Gewicht der bevorstehenden Aufgabe. Unser Ziel war es, Mila Berger an die Herzlungenmaschine anzuschließen, um ihr Herz und ihre Lungen zu unterstützen und ihr eine Chance zu geben, gegen die Abstoßung anzukämpfen.

Als ich den ersten Schnitt setzte, durchtrennte ich vorsichtig die Narben der vorherigen Operation, um Zugang zum Herzen zu erhalten. Die Narben erzählten ihre eigene Geschichte von Hoffnung und Verzweiflung, von einem Kampf, der noch lange nicht gewonnen war. Das Team arbeitete mit einer Präzision, die jeder Bewegung innewohnte, ein tänzerisches Zusammenspiel von Händen und Instrumenten, die einem gemeinsamen Ziel dienten.

Als wir das geschwächte Herz der Patientin vorsichtig freilegten, bereit, sie an die lebensrettende Herzlungenmaschine anzuschließen, begannen die Vitalzeichen plötzlich und unerwartet abzufallen. Ein alarmierender Piepton durchbrach die konzentrierte Stille des Operationssaals, und alle Blicke richteten sich auf die Monitore, die ein bedrohliches Bild zeichneten: Der Puls war unregelmäßig, die Sauerstoffsättigung fiel.

Wir handelten sofort. Während ich die Anschlüsse für die Herzlungenmaschine vorbereitete, gab Marie Anweisungen zur Medikation, um das Herz zu stabilisieren. Meine Hände, sonst so sicher und ruhig, bewegten sich jetzt hektisch, als er versuchte, den Blutfluss zu sichern und die Patientin für die Überbrückung vorzubereiten.

Trotz unserer gebündelten Erfahrung und des unermüdlichen Einsatzes schien die Situation jedoch immer weiter zu entgleiten. Die Monitore zeigten einen immer schneller werdenden Abfall der Vitalwerte, ein stummer Zeuge des Kampfes, der sich im Inneren der Patientin abspielte. Ihr Körper stieß das Spenderherz ab, ein verzweifelter Akt der Selbstverteidigung, der ihr jedoch letztendlich zum Verhängnis wurde.

Die Anspannung im Raum war greifbar, jede Sekunde zählte nun doppelt. Wir alle wussten, dass die Herzlungenmaschine die letzte Chance für die Patientin war, ein Anker in dem stürmischen Meer, in dem sie sich befand. Doch als wir die letzten Vorbereitungen trafen, um die Maschine anzuschließen, verstummte plötzlich der alarmierende Ton der Monitore, und ein langer, durchdringender Piepton erfüllte den Raum.

Ein Blickwechsel genügte – wir alle wussten, was das bedeutete. Trotz aller Bemühungen, trotz der fortgeschrittensten medizinischen Geräte und Techniken, hatten wir den Kampf verloren. Die Patientin war verstorben, noch bevor wir die Chance hatten, sie an die Herzlungenmaschine anzuschließen.

Wir standen da, umgeben von der Hightech-Ausstattung, die uns so oft in der Vergangenheit geholfen hatte, Leben zu retten, und doch fühlten wir uns hilfloser denn je. Die Erkenntnis, dass es Grenzen gibt, die auch die beste medizinische Versorgung nicht überwinden kann, war eine bittere Pille, die schwer im Magen lag. Mein Blick schweifte auf die Uhr, ehe ich das Tuch, das uns von der Anästhesieseite trennte, herunterzog. »Zeitpunkt des Todes 18:42 Uhr«, sagte ich, aber so hörbar, dass es dokumentiert werden konnte.

Marie stand regungslos am OP-Tisch, die Hände zitterten leicht, während sich in ihren Augen Tränen sammelten und über ihre Wangen rannen. Trotz der Kälte des Raumes und der klinischen Distanz, die ihr Beruf so oft verlangte, konnte sie die Emotionen nicht zurückhalten, die sie überwältigten. Ihre Hände waren nun bedeckt mit dem Blut der Operation, einem grellen Kontrast zu dem weißen Kittel, den sie trug.

Die Stille des Raumes schien die Schwere des Moments nur zu verstärken, jedes Piepen der Monitore und das gedämpfte Murmeln des Operationsteams wirkte wie aus einer anderen Welt. Sie schaute immer wieder auf ihre Hände, als könne sie nicht glauben, dass ihre Bemühungen, die so oft Leben gerettet hatten, diesmal nicht ausgereicht hatten.

Mit einem tiefen, zitternden Atemzug trat sie vom OP-Tisch zurück, ihre Bewegungen mechanisch und doch irgendwie gebrochen. Sie entfernte ihren Kittel mit einer ruckartigen Bewegung, als wolle sie sich von dem Gewicht befreien, das auf ihren Schultern lastete. Die blutbefleckten Handschuhe folgten, fielen mit einem dumpfen Geräusch in den dafür vorgesehenen Abfallbehälter.

Ohne ein Wort zu sagen, ohne einen Blick auf ihre Kollegen zu werfen, die ebenso von der Schwere des Verlustes betroffen waren, stürmte sie aus dem Operationssaal. Ihre Schritte hallten durch die leeren Flure des Krankenhauses, ein Echo ihrer Verzweiflung und ihrer Hilflosigkeit.

»Kümmert euch bitte darum. Ich komme gleich, um alles zu unterschreiben.« Getrieben von einer Sorge, die tiefer ging als bloße berufliche Verbundenheit, folgte ich ihr, mein Herz schlug unruhig bei dem Gedanken, was sie durchmachte. Die Stille der Krankenhausflure wirkte beinahe erdrückend, als ich ihre hastigen Schritte bis zu einem kleinen, selten genutzten Lagerraum verfolgte. Die Tür stand einen Spalt offen, ein leises Schluchzen drang heraus und zerschnitt die Stille wie ein scharfes Messer.

Vorsichtig trat ich ein und fand sie dort, zusammengesunken zwischen Kisten und medizinischem Versorgungsmaterial. Ihre Schultern bebten unter dem Gewicht ihres Kummers, und in diesem Moment war sie nicht die kompetente, selbstsichere Chirurgin, die ich kannte, sondern ein Mensch in seiner verletzlichsten Form. »Es ist doch immer das Tänzeln am Abgrund.«

»Nein, das ist einfach nur unfair.« Hemmungslos weinte sie, jeder Schluchzer ein Ausdruck der tiefen Verzweiflung und des Schmerzes, der sich in ihr aufgestaut hatte. Ihre Tränen flossen frei, ungehemmt, ein schmerzhafter Befreiungsschlag gegen die Mauern, die sie um ihr Herz errichtet hatte, um den täglichen Herausforderungen ihres Berufs standzuhalten. »Sie hat das nicht verdient. Sie war doch noch so jung.«

Ohne ein Wort zu sagen, ließ ich mich neben sie auf die kalten Fliesen sinken. Zögerlich, fast ehrfürchtig, legte ich meine Hand auf ihre Schulter, ein stilles Angebot von Trost und Beistand. Ich wollte ihr Raum geben, wollte, dass sie wusste, dass sie nicht allein war mit ihrem Schmerz, mit der Last, die das Leben manchmal unerwartet auf uns warf.

»Ihre Familie wartet auf Station. Ihr Mann ist dort und wir werden es ihm sagen müssen.«

Meine Berührung war leicht, fast flüchtig, doch sie trug die ganze Tiefe meines Mitgefühls. Es war ein stillschweigendes Versprechen, dass ich da war, dass sie sich anlehnen konnte, wenn die Last zu schwer wurde.

Ich zögerte nur einen Moment, dann umarmte ich sie. Meine Arme schlossen sich sanft, aber fest um sie, boten ihr einen Hafen in dem emotionalen Sturm, der sie zu verschlingen drohte. »Ich weiß, Butterfly.« Ich legte meine Hand an ihren Hinterkopf und presste ihn gegen meine Brust.

»Ich hasse diese Momente. Ich bin nicht hart genug dafür.«

»Es ist das Schlimmste, was passieren kann«, sagte ich und strich über ihre Wangen. »Aber wir haben alles getan, was in unserer Macht steht. Letztlich war ihr Körper einfach nicht stark genug.«

Ich spürte, wie sie ihren Körper gegen den meinen presste, als suche sie Halt, eine feste Verbindung in einer Welt, die plötzlich keinen Sinn mehr zu machen schien. Ihre Haare rochen leicht nach Desinfektionsmittel. »Das tut so verflucht weh.«

»Sieh mich an.« Sie machte es nicht, also hob ich ihr Kinn an. »Wir haben unser Bestes gegeben und manchmal ist das Beste einfach nicht genug.«

Ihr Schluchzen durchbrach die sonst so beherrschte Stille, jedes Zucken ihres Körpers ein Echo der inneren Erschütterung, die sie durchlebte. In ihren Tränen spiegelte sich das ganze Ausmaß ihrer

Verzweiflung wider, jedes Schluchzen ein stummer Schrei nach Verständnis und Trost inmitten des Sturms, der in ihr tobte.

Vorsichtig presste ich meine Lippen auf ihre Stirn. »Wir haben alles gegeben und es hat einfach nicht gereicht. Das ist hart, aber es ist ein Zustand, an dem wir nichts ändern können.«

Langsam hob sie ihren Blick, ihre Augen, noch immer verschleiert von den Tränen der Verzweiflung, trafen die meinen in einer Intensität, die die Luft um uns herum zu verdichten schien.

Unsere Blicke hielten einander gefangen, sprachen in einer stummen Sprache der Seelen, die sich in der Tiefe erkannten. In ihren Augen sah ich nicht nur den Schatten des Leids, sondern auch einen Funken der Vertrautheit, der mich tiefer zog, mich einlud, die Barriere zu überwinden, die uns noch trennte.

Ganz langsam, als würde jeder Zentimeter, den wir uns näherkamen, eine Ewigkeit umspannen, verloren wir uns in der Tiefe des Moments. Die Welt um uns herum schien zu verblassen, ihre Konturen zu verschwimmen, bis nichts außer dieser Verbindung blieb, die sich zwischen uns zu spannen begann. Mein Herz schlug einen ungestümen Rhythmus, als könnte es den Weg weisen durch das Dickicht der Emotionen, das uns umgab.

Ihre Atemzüge vermischten sich mit meinen. Unsere Gesichter waren nur noch einen Hauch voneinander entfernt, die Wärme des anderen spürbar wie ein Versprechen in der kalten Luft des Raumes. Ich konnte den Duft ihres Parfums wahrnehmen, eine flüchtige Note von etwas, das gleichzeitig vertraut und unbekannt war.

Doch genau in diesem Moment, als wir kurz davorstanden, den letzten Schritt zu wagen, den Abgrund der Ungewissheit zu überwinden, wurde die Tür aufgerissen. Die Realität brach mit aller Macht über uns herein, ein kalter Schwall, der uns auseinandertrieb und uns unsanft daran erinnerte, dass die Welt außerhalb dieses stillen Raumes weiterhin ihren Forderungen nachging. »Professor von Stettenfels, wir brauchen Ihre Unterschriften.«

»Jetzt nicht«, fauchte ich.

»Es ist wichtig.« Die Krankenschwester verschränkte die Arme vor der Brust.

Ich atmete tief durch. »Ich komme gleich.«

Dann ging sie.

Marie begann langsam, sich von den Tränen zu befreien, die ihre Wangen hinabgelaufen waren. Mit zittrigen Händen, die von der Intensität ihrer Gefühle zeugten, wischte sie die salzigen Spuren der Verzweiflung weg, ein stummer Versuch, sich der Schwere des Moments zu entledigen. »Ich möchte es ihrem Mann sagen.«

»Das ist mein Job«, gab ich zurück und holte noch einmal Luft, um die Emotionen nicht die Oberhand gewinnen zu lassen.

»Ich möchte es machen. Ich muss das lernen.« Es war ein Bild voller Würde und zugleich tiefer Menschlichkeit, als sie sich langsam vom Boden aufrappelte. Jede Bewegung schien überlegt, und doch war eine gewisse Erschöpfung nicht zu übersehen, als wäre das bloße Aufstehen eine Last, die all ihre verbliebene Kraft forderte.

»Butterfly, das ist nicht der richtige Moment.«

»Ich kann das.« Die Tränen schimmerten in ihren Augen.

Ich stand da, beobachtete sie aus der Nähe und konnte nicht umhin, den Schmerz zu sehen, der in ihren Augen lebte. Die Art, wie ihre Augen in die Ferne blickten, als suchten sie nach Antworten in den sterilen Wänden des Raumes, verriet die Zerrissenheit, die in ihr brodelte. »Ich werde dich begleiten, sobald ich die Papiere unterschrieben habe. Du machst das auf keinen Fall allein.«

Kapitel 52

Marie

Als ich den Ehemann der verstorbenen Patientin im Flur der Station ansah, spürte ich, wie die Worte in meiner Kehle stecken blieben. Henry stand fest neben mir, seine Unterstützung war fast greifbar. »Herr Berger«, begann ich, meine Stimme zitterte trotz meiner Bemühungen, sie fest klingen zu lassen. »Bitte nehmen Sie Platz. Wir müssen über Ihre Frau sprechen.«

Er sah uns an, ein flüchtiges Lächeln der Hoffnung huschte über sein Gesicht, bevor es von der Realität unserer ernsten Mienen verdrängt wurde. »Ist alles in Ordnung? Kann ich sie endlich sehen?« Er setzte sich langsam, seine Hände zitterten leicht.

Ich atmete tief durch, suchte nach den richtigen Worten, die es einfach nicht gab. »Es tut mir unendlich leid, Ihnen mitteilen zu müssen, dass Ihre Frau ... dass sie die Operation nicht überlebt hat.« Die Worte fühlten sich an, als würde ich sie aus einer tiefen, dunklen Schlucht hervorziehen.

Sein Gesicht wurde bleich, die Hoffnung wich aus seinen Augen, und für einen Moment herrschte eine erdrückende Stille. »Aber ... Nein ... Das kann nicht sein«, flüsterte er, seine Stimme brach.

»Wir haben alles Menschenmögliche getan.« Die Tränen kämpften sich gegen meinen Willen in meine Augen. »Manchmal passieren Dinge, die außerhalb unserer Kontrolle liegen, trotz aller Vorsichtsmaßnahmen.«

In diesem Moment fühlte ich, wie Henrys Hand nach meiner griff und sie festhielt. Seine Berührung gab mir einen Hauch von Stärke zurück. Der Mann der Patientin sah zwischen uns hin und her, sein Blick verloren in einem Meer aus Schmerz. »Ich... Ich weiß nicht, was ich ohne sie tun soll.« Seine Stimme war nicht mehr als ein Hauchen.

»Wenn wir etwas für Sie tun können, geben Sie uns bitte Bescheid«, sagte Henry und umfasste meine Hand fester. »Nehmen Sie sich alle Zeit, die Sie brauchen. Wir lassen Ihnen Raum, um ...«

Aber Herr Berger hörte schon nicht mehr zu. Sein Blick war starr auf einen Punkt an der Wand gerichtet, seine Gedanken offensichtlich bei der Frau, die er verloren hatte. Henry übte sanften Druck auf meine Hand aus.

Während wir den Flur entlanggingen, fühlte ich, wie die Tränen, die ich zurückgehalten hatte, über meine Wangen liefen. Henry ließ meine Hand nicht los, bis wir weit genug entfernt waren. Die Tür zu seinem Büro fiel hinter uns ins Schloss, und für einen Moment schien die Hektik des Krankenhausalltags draußen zu bleiben. Ich ließ mich erschöpft auf den Stuhl gegenüber seinem Schreibtisch sinken, meine Glieder schwer von der körperlichen und emotionalen Last des Tages.

»Du hast das sehr gut gemacht«, sagte er und umrundete den Tisch.

Tiefes Durchatmen war alles, was ich in diesem Moment tun konnte, ein Versuch, die Anspannung, die sich in meinem Körper aufgebaut hatte, zu lösen und meine Gedanken zu ordnen. Henry nahm mir gegenüber Platz, sein Blick ruhte auf mir, durchdringend und doch nicht wertend. »Es war hart und ich habe so viel geweint.«

Er sank ebenfalls auf den Stuhl. »Du bist eine gute Ärztin, weil du die Emotionen zeigst und sie nicht unterdrückst. Das macht dich aus.« Doch ich wusste, dass eine solche Geste, so tröstlich sie auch sein mochte, uns nur noch tiefer in ein Chaos aus unerlaubten Gefühlen und professionellen Grenzüberschreitungen stürzen würde. Die Linie zwischen uns war dünn und brüchig, beladen mit unausgesprochenen Emotionen und dem Bewusstsein um die Konsequenzen, die ein Überschreiten dieser Grenze nach sich ziehen könnte.

Henrys Blick verlor sich nicht, er hielt meinem stand, bot mir auf seine Weise Unterstützung an, ohne die Grenzen zu überschreiten, die wir beide kannten und respektierten.

»Ich kann das alles nicht mehr.« Alles in mir fühlte sich zerrissen an, ein Wirrwarr aus Gefühlen, die ich kaum zu entwirren vermochte. Die Nähe zu Henry, die gemeinsam geteilten Erfahrungen und Herausforderungen hatten eine Bindung zwischen uns geschaffen, die weit über das Professionelle hinausging. Die Linie zwischen uns war dünn und brüchig, beladen mit unausgesprochenen Emotionen und dem

Bewusstsein um die Konsequenzen, die ein Überschreiten dieser Grenze nach sich ziehen könnte.

»Meggy und ich sind nur wegen der Kinder zusammen. Wir haben keinen Sex, wir schlafen zwar in einem Schlafzimmer, aber da läuft nichts mehr.« Die Zeichen der Erschöpfung zeichneten sich nicht nur in den Schatten unter seinen Augen ab, sondern auch in der Art, wie seine Schultern gebeugt waren. »Ich habe meiner Schwester versprochen, mich um sie zu kümmern und auf sie aufzupassen. Das ist der einzige Grund, warum ich noch bei ihr bin.«

In diesem Moment wünschte ich mir nichts sehnlicher, als die Barriere, die uns trennte, zu durchbrechen und ihm um den Hals zu fallen. Es war der Wunsch, für einen Moment all die Regeln und das Schweigen zu vergessen, das uns umgab. »Das ist keine Lüge. Das ist die Wahrheit. Sie hat den Freifahrtschein seit Jahren und ich habe ihn mit dir genutzt. Es war also kein Betrug, sondern einfach nur eine Flucht«, erklärte er mit ruhiger Stimme.

Doch so sehr ich seinen Standpunkt auch verstand, die Vernunft, die ihn dazu brachte, auf Distanz zu bleiben, um uns beide zu schützen, konnte ich nicht leugnen, dass ich es leid war, mich wie ein Spielzeug in diesem endlosen Spiel zu fühlen. Ein Spielzeug, das nach Belieben aufgenommen und wieder weggelegt wird, abhängig von den Umständen und den ungeschriebenen Regeln, die unsere Interaktionen bestimmten.

»Ich war so glücklich und ich wollte, dass das besteht.« Er stand wieder auf und ging auf mich zu. »Das war dumm, aber… Aber ich war glücklich zum ersten Mal seit verdammt langer Zeit.« Vor mir ging er in die Hocke. »Mein ganzes Leben ist stehen geblieben, als meine Schwester vor vier Jahren gestorben ist. Alles hat den Wert verloren, bis du in mein Leben getreten bist.« Die

Nähe, die wir teilten, wenn unsere Blicke sich trafen, war bittersüß. Sie war ein flüchtiger Hauch dessen, was sein könnte, und doch war sie eingefangen in einem Zyklus der Distanzierung, der jedes Mal folgte.

»Ich kann dich verstehen, aber das heißt nicht, dass ich dir vergebe.« Diese Achterbahn der Emotionen, das ständige Balancieren auf dem schmalen Grat zwischen dem, was wir füreinander empfanden, und dem, was beruflich und ethisch akzeptabel war, zehrte an mir.

»Ich vergebe mir selbst nicht, dass ich das Beste an meinem Leben gehen lassen habe.« Dann nahm er meine Hand und streichelte sanft darüber.

»Ich werde nicht dein Spielzeug oder die zweite Frau sein, dafür bin ich mir zu viel Wert.«

»Verstehst du nicht, dass du alles bist, was ich will?«

»Dann solltest du jetzt schleunigst mit der Wahrheit rausrücken«, verlangte ich, ohne die Härte aus meiner Stimme zu nehmen. Meine Arme waren fest vor der Brust verschränkt, und mein Blick ließ keinen Raum für Ausflüchte.

Er schluckte, seine Kiefer mahlten, als ob er Worte zurückhalten wollte, die längst bereit waren, aus ihm hervorzubrechen. Schließlich hob er den Kopf, seine Augen suchten meine. »Heute vor zwei Jahren ist meine Schwester gestorben.« Seine Stimme war, kaum mehr als ein Hauch, aber jedes Wort schlug wie ein Schlag in die Stille zwischen uns. »Ihr Name war Leah.«

Ich spürte, wie meine Haltung weicher wurde. Seine Worte hingen schwer im Raum, und ich wusste, dass da noch mehr kommen würde. Er sah auf seine Hände hinunter, als könnten sie ihm die richtigen Worte zuflüstern. »Als wir in der Bar waren … hast du Christian getroffen. Erinnerst du dich?«

Ich nickte langsam, ein Bild von Christian flackerte vor meinem inneren Auge auf. Groß, mit einem Lächeln, das auf den ersten Blick charmant wirkte, aber bei genauerem Hinsehen etwas Unechtes hatte. Etwas, das mich misstrauisch gemacht hatte, auch wenn ich es damals nicht einordnen konnte.

»Sie haben gemeinsam gearbeitet«, fuhr er fort, seine Stimme schwer von etwas, das wie Bedauern klang. »Er war ihr Oberarzt gewesen. Und sie… sie hatten eine besondere Art miteinander gehabt.« Er hielt inne, als ob die nächsten Worte besonders schmerzhaft sein würden. »Leah und er haben oft gelacht. Sie hatten diese Art von Chemie, die jeder im Raum bemerken konnte. Sie haben geflirtet … auf eine Art, die ich anfangs noch harmlos fand.« Seine Lippen verzogen sich zu einem bitteren Lächeln. »Manchmal war ich sogar überzeugt davon, dass sie einander wirklich mochten.«

»Und dann? Was ist passiert?«

Er stieß die Luft aus, als hätte er die Frage erwartet, aber trotzdem Schwierigkeiten, sie zu beantworten. »Am Anfang dachte ich wirklich, es wäre nichts Ernstes. Leah war … frei. Sie liebte ihr Leben, ihre Arbeit, ihre Kollegen. Und Christian schien ein Teil davon zu sein. Aber irgendwann hat sich etwas verändert.«

Sein Blick wanderte ins Leere, und seine Schultern sackten nach unten. »Leah hat aufgehört, mit mir über ihn zu reden. Früher hatte sie alles erzählt, jeden kleinen Witz, jedes Gespräch. Aber plötzlich war da eine Distanz. Nicht nur zu mir, sondern zu allen.« Er rieb sich mit den Händen über das Gesicht, als könnte er damit die Erinnerungen fortwischen. »Es war, als ob sie sich selbst in einen Käfig gesperrt hätte, und ich hatte keine Ahnung, wie ich sie da rausholen sollte.«

Ich hielt den Atem an, während er fortfuhr. »Einmal habe ich sie gefragt, ob alles in Ordnung sei. Sie hat gelächelt, aber es war dieses Lächeln, das nur die Lippen berührt und nie die Augen erreicht.« Seine Stimme brach. »Ich wusste, dass etwas nicht stimmte, aber ich wusste nicht was. Nicht, bis es zu spät war.«

Ich fühlte, wie ein kalter Schauer über meinen Rücken lief. »Was meinst du mit *zu spät*?«

Er zögerte einen Moment, bevor er mich ansah, seine Augen voller Schmerz und Schuld. »Christian ... er war nicht der Mann, der er vorgab zu sein. Und Leah hat das erst erkannt, als sie schon zu tief drin war.« Seine Hände ballten sich zu Fäusten, und ich konnte sehen, wie die Erinnerung ihn innerlich zerriss. »Sie wollte weg von ihm. Aber Christian ... hat sie nicht gehen lassen.« Seine Hände lagen flach auf dem Tisch vor uns, doch ich konnte sehen, wie sie leicht zitterten. »Er kannte seine Grenzen nicht ... wobei ... er kennt sie heute auch nicht«, sagte er mit einer Stimme, die vor Bitterkeit und Schmerz vibrierte.

Ich schüttelte den Kopf, verwirrt und zunehmend beunruhigt. »Was meinst du damit?«

Er holte tief Luft, als müsste er sich selbst daran erinnern, wie man atmet. »Leah hat ihn abgewiesen. Sie hatte einen Freund. Sie hat ihm klar gesagt, dass da nichts laufen würde. Und er... er hat die Nerven verloren.«

Seine Worte hallten in meinem Kopf wider, kalt und schwer wie ein Hammerschlag. »Die Nerven verloren? Was soll das bedeuten?«

Er schloss die Augen und ließ seinen Kopf sinken, bevor er weitersprach. »Er hat sie vergewaltigt. Auf eine Art ...« Seine Stimme brach, und ich konnte sehen, wie er gegen die aufsteigenden Tränen kämpfte. »Auf eine Art, die ich niemals für möglich gehalten hätte. Leah war danach nicht mehr dieselbe. Er hat sie auf eine Weise gebrochen, die niemand wieder heilen konnte.«

Ich spürte, wie mein Herz schwer wurde, während ich die Verzweiflung in seinen Worten aufnahm. »Leah hat immer so viel gelacht«, fuhr er fort, ein bitteres Lächeln auf den Lippen. »Manchmal... manchmal höre ich es noch in meinem Kopf. Aber es ist nicht mehr dasselbe. Es ist, als würde es mich verfolgen.«

Ich sah ihn an, und der Schmerz in seinem Gesicht schnitt mir ins Herz. »Sie hat sich umgebracht. Nicht wahr?«

Er nickte langsam, die Bewegung mechanisch, als würde er sich selbst bestrafen. »Sie hat alles, wofür sie gekämpft hat, weggeworfen. Es hat nicht mehr gezählt. Nichts hat mehr gezählt. Sie lag nur noch im Bett, die meiste Zeit stumm, bis sie irgendwann gar nicht mehr reagiert hat.«

Er hielt inne, seine Hände ballten sich zu Fäusten, bevor er mit leiser Stimme gestand: »Ich war bei ihr. Ich habe versucht, bei ihr zu bleiben. Aber ...« Er brach ab, sein Blick wurde leer, als er die nächsten Worte aussprach. »Es war nur ein winziger Augenblick. Louis hatte geweint. Ich musste nach ihm sehen, ihn beruhigen.«

In diesem Moment traf es mich wie ein Schlag. Ich erkannte, dass er sich die Schuld an ihrem Tod gab, dass er jeden Tag mit dieser Last lebte.

»Sie hatte sich die Pulsadern längst aufgeschnitten, bevor ich das Zimmer verlassen hatte«, flüsterte er, die Worte voller Schmerz. »Sie wusste, dass es so den maximalen Erfolg bringen würde. Ich war keine Minute weg ... und doch ...« Seine Stimme brach, und er senkte den Kopf, Tränen liefen über sein Gesicht. »Ich habe sie gefunden.« Seine Stimme war kaum noch hörbar, als er hinzufügte: »Ich werde mir niemals verzeihen, dass ich sie allein gelassen habe.«

Ich sah ihn an, spürte, wie die Verzweiflung in seinen Worten mich einhüllte. Es tat weh, ihn so zu sehen, so zerrissen von Schuld und Schmerz. Doch ich wusste, dass keine Worte, die ich jetzt sagen könnte, ihn davon überzeugen würden, dass es nicht seine Schuld war.

Ich konnte es nicht länger ertragen, ihn so leiden zu sehen. Seine Schultern waren eingesunken, sein Gesicht von Tränen gezeichnet, und die Luft um ihn herum wirkte schwer, als würde sein Schmerz ihn förmlich erdrücken.

Ohne nachzudenken, trat ich näher und zog ihn in eine feste Umarmung. Er zuckte zusammen, steif und unsicher, als hätte er mit allem gerechnet – nur nicht damit. Doch dann ließ er los, und ich spürte, wie die Spannung aus seinem Körper wich, während er sich gegen mich lehnte. Es fühlte sich an, als würde er versuchen, einen Teil seines untragbaren Gewichts an mich abzugeben. »Wenn Menschen sterben wollen, dann kann man es nicht verhindern.« Meine Arme hielten ihn fest, als könnte ich ihn allein durch diese Geste davon überzeugen, dass er nicht allein war. Seine bebenden Schultern erzählten von der Schlacht, die in ihm tobte, einer Schlacht, die er jeden Tag verlor.

Seine Reaktion kam in gebrochenen, rauen Worten, zwischen heftigem Schluchzen hervorgepresst. »Aber ich habe sie so sehr geliebt«, sagte er, während seine Stimme immer wieder von Tränen verschluckt wurde. »Wir haben alles zusammen gemacht. Sie war mein Leben, mein Mittelpunkt. Und ich …« Er kämpfte um Luft, schluckte hart, bevor er weitersprach. »Ich habe immer auf sie aufgepasst. Immer! Bis auf diesen einen Moment.« Er ließ sich gegen mich sinken, als hätte er keine Kraft mehr, den Schmerz alleine zu tragen.

Ich spürte, wie meine eigene Kehle sich zuschnürte, meine Augen brannten vor unterdrückten Tränen. Aber ich wusste, dass ich jetzt stark für ihn sein musste. »Henry …«, begann ich, und obwohl meine leise Stimme war, war jedes Wort voller Überzeugung. »Du kümmerst dich jetzt um ihre Familie. Du bewahrst ihr Andenken. Du tust alles, was du kannst, um das, was passiert ist, zu ehren. Du versuchst, ihrem Leben die Bedeutung zurückzugeben, die sie selbst nicht mehr sehen konnte.«

Er zog sich ein Stück zurück, gerade so weit, dass ich sein Gesicht sehen konnte. Seine Augen waren rot, die Wimpern noch nass von Tränen, und der Ausdruck in seinem Blick riss an meinem Herzen. »Aber manchmal… manchmal ist das einfach nicht genug.«

Ich hob meine Hände, sanft und vorsichtig, und legte sie an seine Wangen. Seine Haut fühlte sich kühl und feucht an, und ich spürte, wie seine Kiefer vor Anspannung zitterten. »Es ist genug«, sagte ich mit Nachdruck und sah ihm tief in die Augen, zwang ihn, meine Worte aufzunehmen. Meine Daumen strichen über seine Wangen, wischten die letzten Spuren seiner Tränen fort. »Es ist genug, Henry. Du bist genug.«

Seine Augen füllten sich erneut mit Tränen, aber dieses Mal schien es eine andere Art von Schmerz zu sein – weniger überwältigend, weniger hoffnungslos. Er sagte nichts, seine Lippen bewegten sich lautlos, als hätte er keine Worte mehr übrig, die seinen Gefühlen gerecht werden könnten.

Bevor ich mich weiter zurückhalten konnte, zog ich ihn näher, meine Hände blieben an seinen Wangen, und ich drückte meine

Lippen vorsichtig auf seine. Seine Atmung stockte, und für einen Moment blieb die Welt stehen.

Als ich mich langsam von ihm löste, blieben meine Hände an seinem Gesicht, und unsere Stirnen berührten sich leicht. Seine Augen waren geschlossen, und ich konnte seinen ungleichmäßigen Atem spüren, wie er sich bemühte, sich zu fangen. »Du bist genug«, flüsterte ich erneut, meine Stimme kaum hörbar. »Mehr als genug.«

Es war nicht möglich, jeden Patienten zu retten. Aber in diesem Augenblick wurde mir bewusst, dass ich uns retten konnte. Und es wäre ein Fehler, es nicht zu tun. Denn mein Herz hatte einen Platz gefunden, den es niemals wieder aufgeben würde.

Ende